KB153994

문학의 번역

A CRITICAL INTRODUCTION TO TRANSLATION STUDIES

ⓒ Jean Boase-Beier 2011

This translation is published by arrangement with Bloomsbury Publishing Plc.
All right reserved

Korean translation copyright © 2017 by KANG PUBLISHING LTD.
Korean translation is published by arrangement with BLOOMSBURY PUBLISHING PLC
through EYA(Eric Yang Agency)

이 책의 한국어판 저작권은 EYA(Eric Yang Agency)를 통한 BLOOMSBURY PUBLISHING
PLC 사와의 독점계약으로 (주)도서출판 강에 있습니다. 저작권법에 의하여 한국 내에서 보호
를 받는 저작물이므로 무단 전재와 복제를 금합니다.

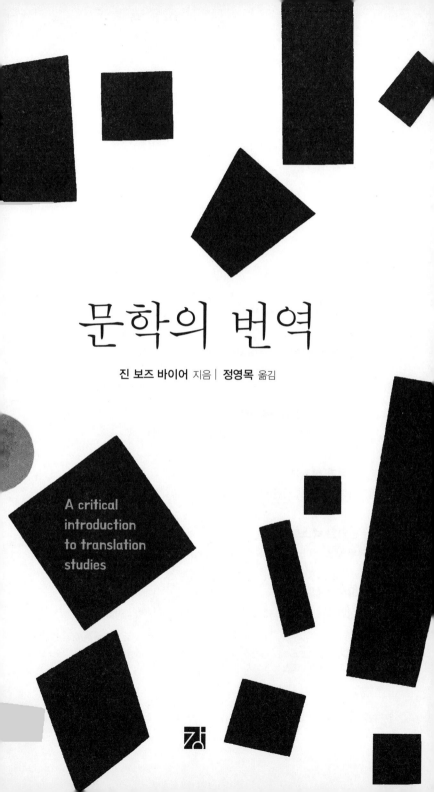

문학의 번역

진 보즈 바이어 지음 | **정영목** 옮김

A critical
introduction
to translation
studies

서문 7

감사의 말 8

1부_ 번역, 텍스트, 정신, 맥락

1_ 번역은 무엇으로 이루어지는가?

정의의 어려움 13 | 원천과 목표 41

2_ 번역의 가능성과 불가능성

번역과 언어 상대성 58 | 문학 번역과 비문학 번역 68

3_ 충성과 창조성

번역자의 충성 89 | 번역과 창조성 99

4_ 번역된 텍스트

번역된 텍스트의 텍스트 유형 109 | 개념적 혼성으로서의 번역 122

5_ 이론과 실천

이론이란 무엇인가? 132 | 이론과 전략 141 | 이 책의 이론 145

차례

2부_ 번역의 시학

6_ 정신 번역으로서의 문학 번역
문학적 정신과 번역자의 역할 151 | 체현된 정신 172
시적 효과를 재창조하기 176 | 인지적 맥락과 번역의 독자 192

7_ 특별한 형태의 시 번역
상호작용과 제약으로서의 형태 199 | 형태, 전경화, 번역 208
형태와 기대 224 | 번역과 읽기의 선형성 233 | 시의 눈 239

8_ 중의성, 정신 게임, 탐색
독자의 의미 탐색 250 | 목소리, 태도, 함의 267

9_ 번역 생각하기와 번역 하기
번역의 기술(記述) 이론, 실천 276 | 번역의 시학 283

참고 문헌   299
역자 후기   328

이 책은 주로 번역학을 공부하는 대학원생, 그들의 교사, 일반적 연구자를 독자로 삼고 있다. 이 책은 참고 도서로 사용하도록 쓴 것이다. 이 시리즈의 제목*이 말해주듯이 이 책은 번역이라는 주제에 대한 입문서이지만, 기존의 입문서와는 약간 다르다. 이 번역학 입문서는 이보다 전통적인 책에서 볼 수 있는 개념이나 생각을 다루면서도 관점은 인지 시학에서 가져온다.

따라서 더 넓게 인지 시학, 인지 문체론, 인지 언어학, 인지 문학론 분야를 공부하는 학생, 교사, 연구자에게도 흥미가 있을 것이다. 수준 높은 학부생들이라면 이 책에서 오랜 문제들에 대한 흥미로운 관점과 더불어 새로운 문제들에 대한 비판적 소개도 발견하게 될 것이다.

번역자로 활동하고 있는 사람들도 이 책에서 흥미를 끄는 것들을 발견하게 되기를 간절히 바란다. 나 자신 또한 문학 번역자이며 나의 연구의 많은 부분은 번역자가 화급하게 관심을 가지는 문제들과 관련이 있다. 창조성이란 무엇인가? 번역자는 얼마나 창조적일 수 있는가? 우리는 왜 어떤 텍스트가 말하는 것을 안다고 생각하는가? 이 책이 문학 번역자들에게 번역을 보고, 번역을 하는 새로운 방법을 시도할 자신감을 불어넣는 데 도움이 되기를 바란다.

---

* 컨티뉴엄 언어학 비판적 입문(Continuum Critical Introductions to Linguistics)(옮긴이)

| 감사의 말 |

이 책을 쓰는 데 다른 사람들의 도움을 많이 받았다. 나의 많은 학생과 동료들이 (종종 의식적으로) 예와 아이디어를 제공했다. 특히 내가 구사할 수 없는 언어들로부터 예를 얻는 데 도움을 준 B. J. 엡스틴, 히로코 후루카와, 로절린드 하비, 클라라 스턴 로드리게스에게 감사하고 싶다. 또 이스트 앵글리아 대학의 문학 번역 석사과정에서 현재 공부하거나 과거에 공부했던 학생들의 의욕, 지원, 제안에 감사하며, 특히 나의 문학 번역 연구에 큰 도움을 준 현재 그리고 과거 박사과정 학생들에게 감사한다. 또 이 책을 쓰는 핵심적 단계에서 시인이자 번역가이자 당시 박사과정 학생이었던 필립 윌슨을 연구조교로 받아들일 수 있는 연구비를 지원한 '문학 창작 학교'에 깊은 감사를 드린다. 특히 수많은 창의적인 번역을 포함하여 참고 자료와 예를 제공하느라 쉼 없이 노력해준 필립에게 큰 빚을 지고 있다. 가능한 곳에는 해당 부분 번역이 그의 작업임을 밝혀두었다. 마지막으로 언제나 그렇듯이, 다양한 초고를 준비하는 데 귀중하기 짝이 없는 도움을 준 남편 디터 바이어에게 감사하고 싶다. 이렇게 도움을 준 사람들이 내가 혹시 이 책에서 범했을지 모르는 잘못에 전혀 책임이 없음은 말할 필요도 없다.

발췌문을 수록하도록 허락해준 다음 자료의 저작권자에게 감사한다. 이 책에 사용된 모든 자료의 자세한 서지 사항은 참고 문헌에서 찾아볼 수 있다.

Bloodaxe Books, for 'Agnus Dei', by R.S. Thomas, reproduced from *Collected Later Poems 1988-2000*; copyright ©2004

Everyman, an imprint of the Orion Publishing Group, London, for 'The Gap' and 'Absence', by R.S. Thomas, reproduced from *Collected Poems 1945-1990*; copyright©1993, and for 'In Memoriam (Easter 1915)', by Edward Thomas, reproduced from *Edward Thomas*; copyright© 1997

Suhrkamp Verlag, for 'Wann Herr······' and 'Beten will ich', by Thomas Bernhard, translated by James Reidel, reproduced from *In Hora Mortis; Under the Iron of the Moon*; copyright©1991

Anvil Press Poetry, for 'Winter Solstice', by Michael Hamburger, reproduced from *Intersections*; copyright©2000

Verlag Klaus Wagenbach GmbH, for 'Beim Lesen der Zeitung' and 'Aufruf ', by Volker von Törne, reproduced from *Im Lande Vogelfrei: Gesammelte Gedichte*; copyright©1981

Arc Publications, for 'The sun sets a trap······', by Anise Koltz, translated by Anne-Marie Glasheen, reproduced from *At the Edge of Night*; copyright©2009

Literarisher Verlag Braun, for 'Weidenwort' and 'Wandlung', by Rose Ausländer, reproduced from *Gesammelte Gedichte*; copyright©1977

1부

번역, 텍스트, 정신, 맥락

번역은 무엇으로 이루어지는가?

정의의
어려움

번역이 일상생활에서 중요한 역할을 한다는 것은 대부분 알고 있다. 예를 들어 스웨덴어 범죄소설을 영어로 읽으려면 번역이 끼어들어야 한다. 우리는 이 소설이 번역되었다는 사실에 관심을 갖지 않기도 하지만 가끔은 뭔가가 눈에 띈다. 예를 들어 스웨덴의 어떤 도시에서 등장인물들이 영어로 말을 하고, 이 모순 때문에 우리는 지금 읽고 있는 것을 표지에 나온 저자가 아닌 다른 사람이 썼다는 것을 의식하게 된다.

번역에 대한 사전의 정의는 보통 아주 좁은 의미만 전달한다. 번역은 (단어나 텍스트의) 의미를 다른 언어로 표현하는 것이다(*Concise Oxford English Dictionary* 2008:1532). 그러나 다른 언어가 관련되지 않으면서도 스웨덴어 범죄소설을 영어로 옮기는 일과 공통점이 있는 것처럼 보이는 다른 사례들 또한 생각해볼

---

* 이 책은 번역학 자료의 특성을 고려하여 예문이나 예로 사용된 자료 및 그와 관련된 대목은 반드시 필요한 경우가 아닐 때는 우리말로 옮기지 않았다.(옮긴이)

수 있다. 누군가 한 말을 새로운 청자가 알아들어야 하는데, 암호, 위상, 문체라는 장애가 있는 경우 다음 예를 생각해보자.

(1.1) The woman in the station Enquiries Office said:
"There's been a big……"
She gave an apologetic shrug and a half-smile.

여기에 번역이 개입했는가?

안내소의 여자는 자신이 생각하는 것을 전하려고 몸짓과 표정을 사용하지만, 그것을 말로 표현할 수 없거나 하고 싶지 않다. 그렇다면 이 여자는 생각을 몸짓으로 번역한 것인가? 만일 이것을 번역이라고 부른다면, 모든 말이나 글은 생각을 단어로 옮긴 번역이라고 간주해야 할 것이다. 실제로 어떤 번역학자들은 그렇게 생각한다(예를 들어 Barnstone 1993:20을 보라). 그러나 이렇게 하면 번역의 정의가 너무 넓어져 정의를 하는 의미가 없어질 것이라며 받아들이지 않을 수도 있다. 하지만 이 여자의 몸짓이 생각이 아니라 입 밖으로 내지 않은 말, 구체적으로 구문상 "big"이라는 말에 뒤따를 수밖에 없는 명사 또는 명사구를 번역한 것이라고 생각해보자. 아마 "accident" 또는 "derailment at Stowmarket" 또는 심지어 "cock-up" 같은 말들이 왔을 것이다. 단순히 모호한 생각 대신 이런 말을 몸짓으로 표현한 것이라면 번역에 더 가까워지는 것일까?

만일 그렇지 않다고 확신한다면—단지 생각과 언어가 아니라 두 언어가 관련되어야만 번역이라고 보기 때문에—그림에 관한 시는 어떨까? 예를 들어 "에드워즈 워즈워스의 그림을 보고" 쓴 제임스 커컵의 시 "Marine Still Life"(Kirkup 2002:27)는 어떨까? 이것은 번역인가? *Where the Wild Things Are*(Sendak 1963)에 나오는 "Things"를 보여주는 삽화는 어떤가? 양쪽의 경우 모두 비언어적 표현과 언어적 표현 사이에 내용 이동이 있었던 것으로 보인다. 1958년 야콥슨(2004:139)은 원래의 내용이 언어로 정리되어 있었던 경우에는 그런 사례들을 "기호 간 번역"이라고 불렀다. 따라서 스웨덴어 범죄소설의 영역판을 영화로 바꾸는 것은 센닥의 "Things" 삽화와 마찬가지로 기호 간 번역이지만, 그림에 관한 시를 쓰는 것은 그렇지 않을 것이다. 언어가 의미를 암호화한 것이라는 언어관(2008:144)의 소유자인 야콥슨에게는 우선 암호 해독 과정이 있어야 하며, 이것은 언어적 표현인 원본이 있어야만 가능하다. 야콥슨은 번역의 세 가지 유형을 제시한다. 방금 말한 것 외에 나머지 둘은 예를 들어 요크셔 방언으로 쓴 시를 표준 영어로 번역하는 "언어 내 번역"(2004:139), 그리고 야콥슨만이 아니라 다른 거의 모든 사람이 "본래의 번역"이라고 부르는 "언어 간 번역"(같은 곳)이다. 위에서 처음 예로 든 것, 즉 스웨덴어 범죄소설의 영어판은 세번째 번역의 예다.

야콥슨의 범주—기호 간, 언어 내, 언어 간—는 확연하게 구분이 되는 것처럼 보이지만 이 가운데 어느 하나도 정확한 규정적 특징은 없다. 예를 들어 야콥슨이 (1.1)에 나오는 여자의 행동을 기호 간 번역으로 보지 않을 것은 분명하다고 말할 수 있다. 기호 간 번역은 기호와 관련되는 것인데, 여자의 생각은 언어로 암호화되어 있지 않을 뿐 아니라 기호도 전혀 아니기 때문이다. 따라서 생각을 몸짓으로 "번역"하는 것에는 하나의 기호 체계—몸짓—만 관련되며, 따라서 정의상 번역이 아니다. 그러나 스웨덴어 범죄소설을 영어 영화로 번역하는 것이 기호 간 번역이냐 하는 문제의 답은 그렇게 분명하지 않다. 야콥슨에 따르면 기호 간 번역에는 언어 경계를 가로지르는 것이 포함되지 않기 때문이다(2004:139). 어쩌면 영어 영화에는 번역의 두 가지 유형, 즉 언어 간 번역(스웨덴어 소설을 영어 소설로)과 기호 간 번역(소설을 영화로)이 관련된다고 말할 수도 있을 것이다. 사실 영어 번역판을 영어 영화로 번역하는 것에도 두 가지 번역 행위가 관련된다고 주장할 수 있다. 영어판 자체가 이미 "본래의" 번역, 즉 언어 간 번역이며, 따라서 그것이 원래 스웨덴어 소설이었다는 흔적(예를 들어 스웨덴 인명과 지명)이 영어 텍스트의 한 부분으로 남아 있을 것이기 때문이다.

이 논의가 더 복잡해지기 전에 주요한 사항들을 정리해두는 것이 중요할 듯한데, 그것은 다음과 같다.

(i) 번역의 몇 가지 경우는 모든 사람이 번역이라고 생각할 것이다(스웨덴어 범죄소설의 영어 번역).

(ii) 생각을 말로 바꾸는 것 같은 경우는 일부 학자는 번역이라고 보지만 그렇게 보지 않는 사람들도 많을 것이다.

(iii) 소설을 영화로 만든다든가 그림으로 포착한 시 같은 기호 간 번역은 번역이라고 불러도 무리가 없을 것이다.

(iv) 번역은 언어와 매체 양쪽의 변화를 포함할 수도 있다

(예를 들어 스웨덴어 소설을 영어 영화로 만드는 경우).

(v) 이미 번역된 텍스트가 다시 번역이 될 경우(예를 들어 스웨덴어 소설의 영어판을 영어 영화로 만드는 경우), 일차 번역 행위가 이차 번역 행위에서도 어떤 역할을 한다고 가정할 수 있다.

따라서 위의 논의가 보여주는 것은 번역이 무엇으로 이루어지는지 사실은 분명치 않다는 것이며, 이 점은 번역에 관한 글을 쓴 많은 사람이 지적하고 있다(예를 들어 Munday 2009:5-9; Bassnett 1998).

번역과 번역이 아닌 것 사이의 경계선을 어디에 긋느냐 하는 것은 언어, 사고, 표현을 바라보는 관점에 따라 달라지며, 이것은 다시 역사적이고 개인적인 맥락의 영향을 받는다. 그러나 이것은 또 우리가 "언어"나 "방언"이나 "위상어" 같은 개념들을 어떻게 정의하느냐에 따라 달라질 수도 있다. 예를 들어 다음은 번역으로서 자격을 갖추었는가?

(1.2) The label on the iron says "The clothes with protrude fal-lals: avoid the fal-lals. This must mean that you shouldn't iron over the beading."

(1.3) Once the reaction is triggered—the switch is flipped—the serotonin is then free to go back and float around in the space between the neurons.

(Oakley 2007:72)

(1.4) 'B-b-la' said the baby. "He's saying 'butterfly'", said
his mother, smiling confidently.

(1.2)에서 두번째 문장은 표준 영어가 아닌 문장을 표준 영어
로 번역하고 있다. 우리가 이렇게 말할 수 있는 것은 "protrude"
가 영어에서 형용사가 아니며 "fal-lal"은 오늘날 대부분의 영
어 사용자들이 영어 단어로 인식하지 않을 것이기 때문이다—
물론 "fal-lal"은 하디가 1895년에 *Jude the Obscure*(1974:114)
에서 사용했으며, 2008년에는 빠졌지만 1976년 *Concise Oxford
Dictionary*에는 들어 있다. 그렇다면 이 레이블에 적혀 있는 언어
는 무엇이라고 부를까? 일종의 방언인가? 그렇다면 언어학적으
로 말해서 방언도 하나의 언어라고 주장할 수 있으니까 이것도
언어인가(Crystal 2003:25를 보라)? 아니면 개인 언어, 즉 이 레
이블을 쓴 개인(또는 기계)이 영어를 하는 방식인가? 개인 언어
를 표준 형태의 언어로 번역하는 것도 번역인가? 이 레이블 자
체가 혹시 중국어 사용자를 위한 원래의 중국어 지침(가상이든
현실이든)에서 번역을 한 것일까? 그런 경우라면, 기록된 원문
이 없으므로 있을 때에 비해 상대적으로 번역의 자격을 갖추지
못했다고 말할 수 있을까? 이것은 다시 생각을 번역으로 "쳐주
느냐" 쳐주지 않느냐의 문제가 된다.

예 (1.3)에서는 또 다른 의문들이 생긴다. 두 줄표 사이에 들
어가 있는 표현을 "Once the reaction is triggered"의 구어체 번
역으로 쳐줄 것인가? 하지만 이것은 첫 표현보다 약간만 더 구
어적일 뿐이다. 그렇다면 혹시 문자 그대로의 표현을 은유적 표

현으로 번역한 것일까? 그러나 "triggered" 또한 은유적으로 보인다. 위상어(位相語), 즉 서로 다른 맥락에서 사용되는 한 언어의 다양한 변종도 번역이라는 목적에 맞는 서로 다른 언어로 쳐준다는 설명은 여기에서는 별 도움이 안 된다. 두 표현 사이에 위상의 차이가 아주 적어 보이기 때문이다. 은유(metaphor, 원래의 그리스어에서는 "옮긴다"는 뜻인데 "번역(translation)"이라는 말도 원래 라틴어에서는 같은 뜻이다)가 번역의 한 유형이라고 지적한 학자들은 많다(Barnstone 1993:16을 보라). 하지만 여기서 우리가 지금 단순히 하나의 비유를 다른 비유로 번역하고 있는 것이라면(trigger를 switch로), (1.3)에 번역이 포함되어 있다고 말하는 것은 어떤 말을 단어를 바꾸어 다르게 표현하는 것이면 모두 번역이라고 말하는 셈이 될 듯하다.

(1.4)의 경우 원래의 언어(아기의 옹알이)를 이해하는 사람이 아기의 언어를 하지 못하는 사람들을 위해 그것을 표준 영어로 번역해주고 있다. 우리가 이것을 번역으로 부를 것이냐 하는 것은 아이의 언어 획득의 다양한 단계를 각각 그 나름의 언어로 간주할 것이냐에 대한 판단에 달려 있는지도 모른다.

따라서 번역에 서로 다른 언어들이 관련되어야 하는 것인지, 또는 생각을 언어로 쳐주는 것인지가 불분명할 뿐 아니라, 이제 두 페이지 전에 나열한 몇 가지에 한 가지를 더 보태야만 할 것 같다.

(vi) 개인어, 위상어, 개인적 문체, 심지어 다양한 언어 획득 단계 같은 한 언어의 다양한 변종을 번역이라는 목적에 맞는 서로 다른 "언어들"로 생각해야 할지도 모른다.

이것은 순수하게 이론적인 문제가 아니다. 예를 들어 방언을 번역이라는 목적에 맞는 언어로 쳐주느냐 아니냐 하는 문제는 권력과 권위의 문제에 영향을 줄 수 있다. 방언은 표준적 형태의 언어에 비해 권위가 덜하다고 인식될 수도 있기 때문이다. 이런 문제, 그리고 이런 문제가 기술(記述)이나 지시와 맺는 관계는 사회언어학에서 고려하고 있다(예를 들어 Milroy and Milroy 1991을 보라).

언어의 변종이나 거기에 부여되는 권력에 관한 문제는 탈식민주의 이론 같은 문학 비평 영역, 탈식민주의 번역 같은 번역 영역에서 매우 중요하기도 하다(예를 들어 Bassnett and Trivedi 1999, Tymoczko 2007을 보라). 번역 연구에서 이런 점은 늘 번역의 윤리 문제와 연결되며, 이 문제는 5장에서 검토하게 될 것이다.

(i)에서 (vi)에 이르기까지 번역이 정의하기 어렵다는 것을 분명하게 보여주는 사항들을 다루는 한 가지 방법은 번역의 자료와 최종 생산물을 정의하려 하는 대신 번역을 하나의 과정으로 정의하는 것이다. 즉, 언어의 한 대목을 다른 대목, 같은 것을 다른 말로 이야기하는 대목으로 옮기는 과정을 모두 번역 과정이라고 말할 수 있을지도 모른다. 이렇게 되면 모든 재정리가 곧 번역이 될 가능성에 문을 열어놓게 된다. 실제로 이것은 많은 사람이 느끼는 바와 일치하는데, 다음에 나오는 대화의 한 조각(실제 사례를 약간 다듬은 것)이 그 예가 될 것이다.

(1.5) A: I don't quite, well, maybe, you know……

B: Let me translate: no.

B는 재미있어하는 말투나 아이러니가 섞인 말투로 이야기 했을지도 모르며, 이것은 여기서 "translate"가 핵심적인 의미나 뻔한 의미로 사용되고 있지 않다는 것을 보여준다. 그럼에도 "translate"가 그런 사례들까지 포함할 만큼 쉽게 확장될 수 있다는 사실은 많은 사람에게 이런 재정리 과정이 번역 행위로 느껴진다는 것을 보여준다. 따라서 번역은 원천 텍스트(스웨덴어 소설, 아기의 옹알이, 발화자의 더듬거리는 말)와 목표 텍스트(영어 영화, 어머니의 해석, 다른 사람의 정리)가 있는 과정이라고 묘사할 수 있을 듯하다. 만일 원천 텍스트와 목표 텍스트가 분명히 다른 언어라면 그것은 명백한 번역이다. 만일 그 둘이 다른 언어인지 같은 언어인지 자신할 수 없다면 그렇게 명백한 번역은 아니지만, 그래도 넓은 의미에서는 번역이다. 그러나 만일 언어가 아니라 다른 종류의 표현이라면(예를 들어 그림에서 시로), 명백한 번역이라고 말하기가 더 어려워진다.

그러나 번역이 하나의 자료를 목표 텍스트로 옮기는 것과 관련된 유형의 과정을 통칭한다고 보는 것이 최선이라는 이야기를 받아들인다 해도, 여전히 또 다른 질문을 할 수밖에 없다. 번역에서 옮기는 것이 무엇인가? 이 질문은 이런 식으로 물어볼 수도 있다(이 질문의 번역인 셈이다). 원천 텍스트에서 우리가 보존하는 것은 어떤 부분인가?

지금까지 든 모든 예에서 보존되는 것은 내용 또는 의미라고 말할 수도 있을 것이다. 직관적으로, 이 이야기는 맞는 것처럼 보인다. 그러나 다음 예를 보자.

(1.6) "Il pleure" means "he is crying"

"he is crying"은 사실 이 프랑스어의 의미가 아니라 영어 번역
이다. 우리는 흔히 "~을 의미한다"를 "~을 외국어로 옮긴 것
이다"는 뜻으로 쓴다. 직관적으로 영어(다시 말해서 각자의 자
국어)가 어떤 식으로든 의미를 직접적으로 표현한다고 생각하기
때문이다. 영어 단어들이 바로 의미라고 생각하는 것이다. 그러
나 이 문제는 제쳐둔다 해도, "he is crying"이 "Il pleure"의 영어
번역이냐 하는 점 또한 분명치가 않다. "il pleure"라는 표현의 맥
락이 다음과 같다고 생각해보라.

(1.7) Il pleure dans mon coeur / Comme il pleut sur la
ville(Verlaine 2001:25)

만일 "il pleure"가 "he is crying"을 의미하거나, 그렇게 번역된
다고 한다면, (1.7)은 다음과 같이 번역할 수도 있을 것이다.

(1.8) He is crying in my heart / just as it is raining in the
town

그러나 "il pleure"는 또 비를 암시할 수도 있다. 지시 대상 없
는 비인칭 "il"("it")로 보이는 것이 있기 때문이다. 따라서 이렇
게 번역할 수도 있다.

(1.9) It is raining in my heart / as it is raining in the town

그러나 (1.6)이 어떤 의미에서든 옳다면, 원래의 프랑스어 표현은 우는 것을 말할 수도 있다. 따라서 이 구절의 더 근접한 번역은 다음과 같을 것이다.

(1.10) There is crying in my heart, as the rain falls on the town

그러나 이것은 좋은 번역이 아니다. 프랑스어에서는 "il pleure"와 "il pleut"가 거의 반복되듯이 사용되고 있는데, 번역에서는 다른 동사를 이용해 이 두 표현을 번역했기 때문이다. 또 이 번역은 비인칭인 "il V dans"과 "il V sur"(V는 동사를 나타낸다)의 반복을 무시하고 있는데, 이런 반복은 사람의 마음을 도시와 유사하게 보아, 마음이 통제를 벗어난 일들이 그냥 제멋대로 일어나는 곳임을 암시한다. 소렐의 "Falling tears in my heart, / Falling rain on the town"(Sorrell 1999:69) 같은 번역은 그런 문제를 피해 가고 있다. 또 결정적인 것으로, (1.10)은 "pleurer"(to cry)와 "pleuvoir"(to rain)가 비록 어원상으로는 연결되지 않지만, 3인칭 현재형의 소리가 비슷하여, 프랑스어 사용자의 마음에서는 우는 것과 비가 오는 것이 영어 사용자의 경우보다 더 밀접하게 연결될 수도 있다는 사실을 무시하고 있다. 이 점은 '언어의 상대성'이라는 개념과 연결이 되는데, 이 개념은 곧 만나게 될 것이다.

이것은 모두 문체, 즉 말하는 내용과 대립되는, 어떤 것을 말하는 방법의 측면들이다. 위의 논의가 보여주는 것은 번역에서 문체가 내용만큼, 어쩌면 내용보다 중요하다는 것이다. 이것은 우리가 이 책에서 여러 번 다시 논의하게 될 문제다.

그러나 (1.6)이 주장하는 대로 "he is crying"이 어쨌든 "il pleure"의 의미나 내용이며, 문체는 훨씬 복잡한 어떤 것이라고 이야기한다면 말이 될까? 어느 정도는 분명히 말이 되며, 여기에서부터 문체에 대한 한 가지 가능한 정의에 이르게 된다.

(1.11) 문체는 일군의 약한 함의다

이것은 스페르베르와 윌슨(1995:193-202)에 기초한 정의이며, 문체를 이해하고 번역을 이해하는 유용한 방식이다. 스페르베르와 윌슨의 소통 이론인 '관련도 이론'에서 관련이란 소통이 이루어진 발언의 속성으로, 청자나 독자가 끌어낼 수 있는 인지적 이득의 양에 적합한 수준 이상의 처리 과정은 포함하지 않는 것으로 정의된다. 이러한 인지적 이득, 즉 인지적 효과는 지식이 증가되거나 사고방식이 바뀌는 것일 수도 있다. 이 이론에서 표의(表意)는 발언에 직접적으로 암호화된 의미 부분이며(1995:182), 함의는 화자가 의도했지만 명백하게 드러나지는 않은 내포다(1995:182). 따라서 약한 함의란 텍스트에서 화자가 상당히 열려 있는 채로 남겨둔 의미의 모든 측면이다. 이런 함의는 정도의 차이는 있지만 여러 곳에서 나타난다. 많은 사람이 주목했듯이(예를 들어 Pilkington 2000:75-83) 문학 텍스트는 보통 아주 약한 함의를 무수히 포함하고 있다. 따라서 "il pleure"가 통제 불가능한 자연 현상을 표현한다는 암시도 (1.7)의 함의의 일부다. 이런 연결 고리는 (1.10)에도 여전히 들어 있지만, (1.7)의 경우보다 훨씬 약하다. 흥미로운 점은, 문학적 텍스트의 문체가 수많은 약한 함의들로 이루어져 있는 것이라면, (1.10)에 훨씬 약한 함의가 담겨 있기 때문에 이것이 (1.7)보다 훨씬 문학적이라고 주장하고 싶을지도 모른다는 것이다. 이 주장은, 독자는 더 열심히 노력해야 하며, 그러면 더 큰 인지적 효과를 얻게 될 것이라는 식으로 뻗어나갈 수도 있다. 이것이 문학적 텍스트는 너무 뻔해서도 안 되고 독자를 을러대지도 말아야 한다는 생각 뒤에 깔린 주장이며, 이런 점에서 문체를 바라보는 관점은 역사에 따라 달라진다. 이런 가능성에도 불구하고 번역을 원문의 문체를 포착하는 과정이라고 생각할 때 "pleut"라는 말 자체에 존재하는 소리의 연결만이 아니라 "il V PP"(PP는 전치사구)의 반복으로 암시한 것까지 무시하고 있는 (1.10)과 같은 번역은 (1.7)이 말하는 것 가운데 상당히 적은 부분만을 번역하고 있다고 말할 수 있다.

프랑스 단어 "pleure"와 "pleut"의 유사성(이것은 말장난이라고 볼 수도 있는데, 가끔 유사음 말장난이라는 이름으로도 부른다. 예를 들어 Wales 2001:287을 보라)이 한 문장 내의 반복을 통해 강조되고 있는 이 문체의 중요성은 (1.7)이 나오는 텍스트를 읽는 독자라면 어느 정도 인식하고 있을 것이다. 이 텍스트에는 문학적 텍스트임을 표시해주는 다른 특징들—예를 들어 행을 나누어 써 내려갔다든가—도 있기 때문이다. 반면 다음과 같은 텍스트의 경우에는 "s"로 시작하는 단어가 둘이고 "p"로 시작하는 단어가 둘이지만 별 의미는 없다고 여길 것이다.

(1.12) You will need a strong sense of responsibility and proven project management skills.

(1.12)를 다른 언어로 번역할 때는 "strong sense"와 "proven project"의 두운을 보존하려고 노력할 가능성이 거의 없다. 실제로, 두운—단어 첫머리에 나오는 소리(보통 자음 또는 연속자음)의 반복—이 문학적 텍스트에 나타나는 현상이라고 가정한다면 이것을 두운의 예로 볼 수 있을지도 의심스럽다. 그러나 두운은 사실 문학적인 현상에 국한되는 것은 아니며, 예를 들어

(1.13) "Why money messes with your mind"(*New Scientist* 2009년 3월 21일)

을 번역하는 사람은 아마 어떤 식으로든 두운을 반영하고 싶어 할 것이다.

따라서 우리는 지금 문학 번역은 내용과 문체를 둘 다 옮기는 반면, 비문학 번역은 내용에만 관심을 가진다고 말하고 있는 것일까? 만일 그렇다면, (1.13)에 나온 *New Scientist*에 실린 글의 제목은 문학적인 반면 (1.12)의 구인광고는 그렇지 않다고 말하고 있는 것일까?

이런 질문을 비롯한 다른 질문에 대해 내놓을 수 있는 답들은

이 책 전체에 걸쳐 중요한 흐름을 이룰 것이다. 하지만 앞으로 할 말이 훨씬 많을 것이라는 전제하에 지금 임시로 답을 해볼 수도 있다. 첫번째 질문에 가능한 하나의 답으로, 그렇다, 문체는 일반적으로 문학 번역에서 중요하며 비문학 번역에서는 중요하지 않다고 말할 수 있다. 문학 텍스트와 비문학 텍스트의 주요한 차이는 문체의 역할의 차이이기 때문이다. 로스는 이런 차이를 "문학 텍스트는 단지 뭔가에 관한 것일 뿐 아니라 그 뭔가를 한다"는 말로 표현한다(Ross 1982:687; Iser 2006:58도 보라). 이 말은 문학 텍스트가 순수하게 자의적인 방식이 아니라, 도상성(圖像性), 즉 사용되는 언어가 자신이 표현하는 것을 물리적으로 닮는 문체적 현상을 통하여 의미를 표현한다는 뜻으로 받아들일 수도 있다. 자의성이 형식—여기서 형식이란 일반적으로 언어 안의 관계를 뜻하는데, 이런 견해는 소쉬르(1966:67-70)까지 거슬러 올라가며, 언어학에서는 일반적으로 받아들여지고 있다(예를 들어 Pinker 1999:2-4를 보라)—의 기초라면 도상성은 이런 관계를 훼손하거나 뒤집는다고 주장할 수 있을 것이다(예를 들어 Lee 2001:77을 보라). 다음이 도상성의 예다.

(1.14) twitter, bark, ring

(1.15) flash, flutter, fling

(1.16) We must not use no double negatives

(1.17) Out of the corpse-warm antechamber of the heavens
　　　 steps the sun

(1.14)의 예는 자신이 표현하는 소리와 같은 소리가 나는 단어들이다. 이것을 의성어라고 부른다. (1.15)의 예는 이보다 약한 도상성 유형으로, 일반적으로 소리 상징이라고 부른다. "fl"이라는 연속 자음은 빠른 동작을 암시하는 듯하지만, 그렇다고 동작이나 속도의 직접적 표현은 아니다. 그러나 "fl"이 그 자체로는 아무런 의미가 없고, 따라서 이 연속은 분명히 어형(語形)—의미 있는 요소들과 관련된 단어 구조—또는 어원(그 유래)의 결과가 아니기 때문에, 많은 저자가 (1.15)의 단어들이 도상성의 예라고 주장했다(예를 들어 Anderson 1998). (1.16)의 예는 구문의 도상성을 보여준다. 문장의 구문 구조—단어들이 조직되는 방식과 단어들 사이의 관계—가 문장이 말하는 것을 흉내 내기 때문이다. (1.17)의 예 또한 구문 도상성의 예를 보여주는데, 여기에서는 행의 길이, "heavens steps" 발음의 어려움, 행끝에 놓인 명사가 모두 해의 움직임을 반영한다.

(1.17)은 잉게보르크 바흐만(Boland 2004:94에서. 더 자세한 논의는 Boase-Beier 2010a를 보라)의 시의 한 행을 내가 번역한 것이다. 로스의 말대로 시가 자신이 말하는 것을 한다면 (1.17)이 그 예다. 사실 이것을 이런 식으로 번역한 것은 바흐만의 독일어 시 또한 해의 움직임을 비슷하게 반영하고 있기 때문이다. 그러나 로스의 발언은 시가 독자들에게 뭔가를 한다는 뜻으로 받아들일 수도 있다. 사실 언어가 뭔가를 한다는 생각은 흔한 것이며, 이것이 '화행론(話行論, 예를 들어 Austin 1962)'의 핵심이기도 하다. 여기에는 예를 들어 "내가 너에게 크리스토퍼라는 세례명을 준다"고 말함으로써 실제로 그렇게 한다는 개념

도 포함된다. 이 예는 (1.13), (1.14), (1.15), (1.16)의 예와 마찬가지로 문학적 텍스트와 비문학적 텍스트의 경계가 분명치 않다는 것을 보여준다. 이 모든 예는 비문학적 언어에서 온 것이거나 그런 언어 속에 갖다 놓아도 무방해 보이지만, 동시에 텍스트가 독자에게 뭔가를 한다는 개념은 '독자 수용론'(예를 들어 Iser 1979) 같은 문학 이론, 나아가서 문학의 정의와 관련된 더 일반적 논의(예를 들어 Attridge 2004, Chapter 6을 보라)의 기초를 이루기도 하기 때문이다. 예를 들어 이저(1979)는 문학 텍스트는 독자가 채워야 할 틈을 남긴다고 주장한다. 따라서 예를 들어 예 (1.1)의 텍스트가 소설 첫머리에 나온다면 독자는 빈 곳에 어떤 명사가 들어갈까 하는 것뿐 아니라, 이 이야기에서 무슨 일이 일어났던 것일까, 결과는 어떻게 될까 하는 것도 상상할 수밖에 없을 것이다. 이저(1979)는 틈과 독자의 개입을 이야기함으로써 앞서 언급했던 필킹턴(2000)의 작업—독자가 가능한 약한 함의들을 파악해 나간다고 본다—같은 것을 예고했다.

문체에 관한 이 간략한 논의로 문학 텍스트는 문체 덕분에 그 내용을 넘어서서, 그저 뭔가를 말하는 것이 아니라 그 뭔가를 한다는 것을 알게 되었다. 텍스트가 이렇게 하는 것은 그 형식으로 특정한 의미를 흉내 내는 것일 수도 있고, 독자에게 의미를 채우게 하는 것일 수도 있다(또는 이 책이 앞으로 살펴보게 될 다른 일을 하는 것일 수도 있다). 만일 그런 텍스트의 번역이 내용을 넘어서지 않는다면, 번역된 텍스트는 뭔가를 말할 뿐 아무것도 "하지" 않게 되며, 따라서 전혀 문학적인 텍스트라고 생각할 수 없을 것이다. 하지만 우리의 두번째 질문—(1.13)이 어떤 의미에서든 (1.12)보다 문학적인가―으로 돌아왔을 때 우리는 텍스트가 독자에게 "뭔가를 한다"는 개념 또한 문체의 더 일반적인 개념과 마찬가지로 문학 텍스트에만 한정되지 않는다는 것을 떠올리게 될 수도 있다. 그럼에도, 예 (1.12)가 보여주듯이 문체는 중요하지 않고, 번역은 단지 내용에만 초점을 맞추면 되는 텍스트가 있다. 그런 텍스트는 거의 언제나 비문학적이다. 따라서 문학 번역에서는 문체가 늘 중요하지만, 역으로 비문학적 번역에서도 늘 무시될 수 있는 것은 아니라고 말할 수 있다. 나아가서 문체가 어떤 텍스트에서 핵심적 요소인 한, 우리는 심지어 문체가 내용이나 의미의 일부를 이룬다고, 따라서 내용과 문체의 구분(또는 말하는 내용과 말하는 방식의 구별)은 특히 문학적 텍스트에서는 기껏해야 이상화에 불과하다고 말하고 싶을지도 모른다.

이상의 논의에서 우리는 "문학 번역"이라고 말할 때 그것은 문학 텍스트의 번역을 의미한다는 암묵적 가정을 했고, 이때 방금 몇 페이지에 걸쳐 논의한 것이 문학 텍스트의 정의라고 다시 가정했다. 이것이 일반적으로 내가 이 책에서 문학 번역을 말할 때 사용하는 의미다. 그러나 "문학 번역"을 비문학적 텍스트의 문학적 번역, 즉 텍스트가 문학적 요소나 특징이나 효과를 가지는 방식을 고려하는 번역을 뜻하는 용어로 사용하는 것도 가능하다. 다음 장에서 이 점을 다시 이야기하게 될 것이다.

원문이 문학 텍스트인 소설이면 번역도 소설이 된다는 것, 또는 원문이 광고이면 번역도 광고가 된다는 것은 상식처럼 보인다. 그러나 이것이 늘 그렇지 않다는 것은 스웨덴어 소설로 영어 영화를 만든다거나 원문이 텍스트가 아닌 그림에 관한 시를 쓰는 앞의 예들이 보여주고 있다. 이런 점들을 고려하다 보면 텍스트가 무엇인가 하는 질문에 이를 수도 있다. 그림은 보통 텍스트로 여겨지지 않지만 영화는 그럴 가능성이 있다. 텍스트는 "반드시 완전할 필요는 없는, 관찰이나 분석의 대상이 되는 어떤 범위의 글이나 말"(Wales 2001:391)이라고 간단하게 정의할 수도 있다. 일반적으로 이 책에서 나는 "텍스트"라는 말을 그런 의미로 사용할 것이다. 이것은 표제나 어떤 범위의 대화를 포함할 수도 있고, 시, 광고, 책, 신문 기사 등을 포함할 수도 있다. 그러나 일반적으로 영화나 사진은 포함하지 않는다.

텍스트에 대한 이런 간단한 정의를 출발점으로 삼으면 번역이 의미, 문체, 텍스트 유형을 보존하는 과정이라고 말하는 것은 합리적으로 보인다. 그러나 우리는 이미 몇 가지 예외를 보았다. (1.9)의 예에서는 의미가 보존되지 않았고, (1.13)의 예에서는 위상이 보존되지 않았다. 방금 이야기한 텍스트의 상당히 좁은 정의에 기초한다 해도 번쇼의 *The Poem Itself* (1960)와 같은 책은 또 하나의 예외라고 말할 수도 있다. 이 책은 시의 산문 번역을 포함하고 있어, 텍스트 유형의 변화가 일어났다고 말할 수 있기 때문이다.

텍스트 유형, 그리고 그것이 보존되었는가 하는 문제는 번역에서 분명히 중요하다. 텍스트 유형 이론은 특히 독일과 네덜란드에서 텍스트 언어학과 병행하여 발전했으며, 텍스트 문법이나 담화 분석 같은 언어학 영역들과 겹친다. 텍스트 문법(예를 들어 van Dijk 1972)은 원래 촘스키(예를 들어 1965) 같은 언어학자의 작업에서 흔히 나타나는, 문장에 초점을 맞추는 태도에서 벗어나려는 시도였으며, 담화 분석은 사용되고 있는 언어의 분석이다(예를 들어 van Dijk 1977). 이런 연결 고리에 대한 간략한 논의는 웨일스(2001:392)에서 찾아볼 수 있다. 이런 발상들은 번역자에게 흥미로울 것이 틀림없다. 번역, 특히 문학 텍스트 번역은 늘 문장보다 높은 수준에서 이루어진다고 가정되어왔기 때문이다(Qvale 2003:7-17을 보라).

1984년 라이스와 페르메르가 내놓은 중요한 번역 연구의 기초를 이룬 것이 텍스트 이론이었다. 이들은 텍스트가 생산자와 수용자를 둔 하나의 행동이며, 달성해야 하는 특정한 목표가 있다고 주장한다(1984:18). 원본 텍스트와 번역 텍스트가 생산되고 수용되는 상황은 방대하게 포진한 언어적, 사회적, 문화적 영향을 받는다. 이 복잡하고, 세밀하고, 느슨하게 조직된 작업으로부터 스코포스(skopos), 즉 번역 목적(1984:29)이라는 용어가 출발지인 독일만이 아니라 전체 번역 이론의 어휘가 되었다(예를 들어 Agnorni 2002를 보라). 라이스와 페르메르는 번역의 스코포스에 원천 텍스트의 텍스트 유형을 보존하거나 바꾸는 것이 포함된다고 지적한다. 텍스트 유형은 원천 텍스트와 목표 텍스트 사이에 필수적인 일관성의 일부로서 그대로 유지되는 경우가 많지만(1984:171-216), 이보다 훨씬 전에 이루어진 작업에서 라이스가 지적했듯이, 특히 문학 번역의 경우 목표 텍스트의 기능은 원천 텍스트와 달라질 수도 있다(Reiß 1971:104 이하). 실제로 앞에서도 그런 예들이 나왔다(논의를 위해 Nord 1997:9-10도 보라). 이런 "기능주의적"—노르트(1997)의 표현이다—

접근 방법은 문학 번역에 특별히 관심을 갖지는 않지만, 노르트 자신(1997:80-103)은 문학 텍스트가 독자에게 미치는 특정한 "시적 효과"를 문학의 기능 가운데 하나로 논의하기도 한다. 이런 의미에서, 또 보통 문학 텍스트를 수많은 텍스트 유형들 가운데 하나로 보는—다른 유형은 저널리즘 텍스트, 사용 설명서 등이다—다른 독일 이론들을 따른다면, 특정 텍스트 유형의 특징을 아는 것이 번역자의 필수적 전제조건이라고 볼 수도 있을 것이다. 그것을 아는 것이, 예를 들어, 번역자가 원천 텍스트에서 벗어날 때 확보할 수 있는 자유의 수준을 결정하거나 거기에 영향을 준다. 이런 자유는 번역자가 원문을 해석할 필요만이 아니라(Nord 1997:85), 하나의 텍스트가 현실 세계의 상황을 어느 정도나 묘사하느냐 하는 문제와도 연결된다. 예를 들어 원래 1770년의 독일과 네덜란드 국경을 무대로 한 클라이스트의 *Der zerbrochne Krug*(1973)는 블레이크 모리슨의 번역본 *The Cracked Pot*(Morrison 1996)에서처럼 요크셔와 랭커셔의 경계를 무대로 한 영어 희곡으로 번역될 수도 있다. 원래 희곡에서 묘사하는 사건들이 허구적인 것으로 가정되고 있기 때문에, 영국 관객을 위해 영국을 무대로 삼을 수 있다. 그러나 과학 정기간행물에 실린, 독일-네덜란드 국경에서 이루어진 실험에 관한 보고서를 영어 번역에서 그 실험이 요크셔와 랭커셔의 경계에서 이루어진 일로 옮기는 것은 받아들일 수 없다고 생각할 것이다. 따라서 문학적 텍스트의 허구성은 그 내용을 바꿀 자유를 준다고 주장할 수도 있다. 그러나 문학 텍스트에서 "허구"는 분명하게 확정된 범주가 아니다. 문학적 전기, 또는 역사적 사건에 기초한 소설,

홀로코스트에 관한 시는 어떨까? 이런 것은 실제 사건에 기초한 반(牛) 허구적 이야기라고 할 수 있는데, 일반적으로 그 번역에 재량이 얼마나 주어져야 하는지는 분명치 않다. 텍스트의 허구성이 강할수록 문체도 중요해지고, 번역이 문체에 초점을 맞출 필요도 커지는 것처럼 보일 수도 있다. 그러나 허구성의 정도와 문체의 중요성이 항상 직접적 비례 관계에 있는 것은 아니다. 예를 들어 어떤 시에 높은 수준의 문체적 특성이 있지만, 번역자는 이 시를 낳은 내용이나 상황에 구속되는 느낌을 받을 수도 있다. 예를 들어 마이클 햄버거는 파울 첼란의 시를 번역하는 과정에서 첼란의 많은 시의 주제인 "생존 투쟁을 단순한 미학적 게임" (Hamburger 2007:421)으로 만들면 안 된다는 느낌을 받았다고 이야기한다. 첼란은 자신의 부모를 죽인 홀로코스트에 관한 시를 많이 썼고 그 자신도 결국 자살했다. 따라서 이 시를 번역하는 사람이 예를 들어 자장가를 번역하는 경우보다 내용에 관한 생각에 더 구속된다고 느낀 이유는 쉽게 알 수 있다. 문학적인 면은 허구성에 크게 의존한다고 가정할 수 있지만, 허구성에도 정도 차이가 있는 것이다.

문학 텍스트를 묘사하는 또 다른 방법은 노르트(1997:82)처럼 이런 텍스트에는 시적 효과가 있다고 특징을 부여하는 것이다. 필킹턴(2000:26)은 시적 효과가 텍스트가 독자에게 주는 인지적 효과로서 텍스트의 처리 과정에서 발생하는데, 여기에는 그 텍스트를 이해할 수 있는 맥락을 찾는다든가(2000:77,189), 함의를 풀어낸다든가, 태도를 해석하는 일 등이 포함된다고 정의했다. 이런 효과는 지식 구조의 재배치라든가 믿음의 고양 같은 일반적 인지적 효과일 수도 있으며, 또 필킹턴에 따르면 무엇보다도 시적 텍스트가 유발하는 감정적이고 정서적인 마음 상태(2000:190, 191)일 수도 있다.

애트리지의 이야기도 비슷하여, 문학 텍스트는 창조적 읽기, 즉 독자가 "습관을 중단하고 기꺼이 낡은 입장을 재고하는"(2004:80) 유형의 읽기로, 텍스트의 형식이 이런 유형의 읽기의 신호가 된다(2004:111).

따라서 이 두 견해에서는 시적 효과가 독자의 노력에서 나오며, 텍스트가 그런 노력을 이끈다(Pilkington 2000:190). 그러므로 이런 견해들은 어떤 면에서는 시적 텍스트가 독자에게 뭔가를 한다고 말한 로스(1982:682)의 작업, 또 텍스트에 독자가 참여할 수 있는 틈이 있다고 말하는 이저(1971; 1979)의 작업(예를 들어 1979:19)을 더 발전시킨 것이다. 이런 틈은 실제로 틈일 수도 있고(예를 들어 Boase-Beier 2004를 보라), 독자가 동시에 여러 가능성을 고려하게 하는 중의적 요소일 수도 있다. 이런 인지적 맥락을 처리하는 과정은 어떤 텍스트에서나 일어날 수 있다. 그러나 과학 실험 보고서에는 독자의 처리와 이해는 포함될 수 있지만, 작가의 태도의 해석 또는 두려움이나 환희나 공감의 경험은 포함될 가능성이 거의 없다. 반면 대중적인 과학 작품이라면 독자를 더 개입시키려고 문학적 문체의 요소를 사용할 것이다. 예 (1.3)의 출처이기도 한 대중 과학 서적 *Evil Genes*(Oakley 2007)는 사이코패스를 묘사할 때 감정을 자극할 가능성이 없는 유전 변이와 관련된 표현과 더불어 다음과 같은 표현도 사용했다.

(1.18) Psychopaths are so scary that roughly a quarter of psychology professionals who meet one wind up experiencing…… hair standing up on the back of the neck, crawling skin, the "creeps"……(Oakley 2007:52)

이 대목은 "wind up", "crawling skin" 같은 말들이 보여주듯이 구어적 문체로 썼을 뿐 아니라, 가장 구어적 표현인 "creeps"는 해당 심리학자들 가운데 한 사람이 실제로 한 말인 것처럼 기록하고 있다. 이 효과 때문에 독자는 자신이 아는 사람들 가운데 비슷한 효과를 일으키는 사람을 생각하고, 텍스트에 나열된 신체적 증후를 생각하게 되며, 오싹하는 음악, 어두컴컴한 집, 불가해한 현상 등 "creeps"의 다양한 연상물을 상상하게 된다.

따라서 이런 묘사는 덜 복잡하고 덜 열려 있기는 하지만 그래도 문학 텍스트가 일으킨다고 가정되는 시적 효과와 비슷해 보이는 다양한 유형의 인지적 효과를 일으킨다. 유전적 변이에 관하여 과학적인 정보만 전달하려면 (1.18)을 다음과 같이 말한 것처럼 번역할 수도 있다.

(1.19) ……psychology professionals who meet one experience a number of typical physical symptoms of fear

이런 번역은 독자에게 시적 효과는 주지 않고 지식 증가라는,

시적이지 않은 인지적 효과만 줄 위험이 있다.

이 책의 1부를 이루는 첫 다섯 장(章)을 넘어가게 되면 텍스트의 문체를 단지 텍스트의 형식적 실체로만, 또 단지 인지적 실체의 재현으로만 보는 것이 아니라, 그 자체로 인지적 실체로 보는 것이 무슨 뜻인지 생각해볼 것이고, 이런 관점이 번역에 주는 영향도 생각해볼 것이다. 말을 바꾸면 문체는 단지 말하는 방식일 뿐 아니라 그에 대응하는 사고방식도 가지고 있으며, 그 효과 때문에 독자는, 위에 인용한 애트리지(2004:80)가 말하듯이, 단지 문체를 감상하거나 감정을 경험할 뿐 아니라 더 근본적으로 생각을 하게 된다. 이것이 언어학과 문학 연구의 경계에 자리 잡은 인지 시학이라는 학문 분야—가끔 인지 문체론이라고도 부른다—의 배경을 이루는 관점이다. 스톡웰(2002:1-11)에 따르면 인지 시학은 문학 독법을 이야기하는 한 가지 방식으로, 문학 텍스트에서 언어가 작용하는 방식만이 아니라 정신이 작용하는 방법도 고려하여 특정한 독법들에 이르는 방식을 설명한다(2002:1-11). 스톡웰은 야콥슨의 1985년 발언(Jakobson 2008을 보라)을 따라 "시학"이라는 용어를 모든 유형의 문학 텍스트와 관련되는 것으로 사용하며, 나 또한 이 책에서 자주 그렇게 할 것이다. 번역의 입장에서 인지 시학이 특별히 흥미로운 것은 번역이 원천 텍스트의 표면적 특징들을 목표 텍스트로 옮기는 일에 관심을 가진다고 말할 뿐 아니라, 텍스트가 인지적 상태를 체현하고 독자의 인지 상태에 영향을 주듯이 그 텍스트의 번역도 같은 역할을 한다고 말하기 때문이다.

인지 시학의 또 한 가지 중요한 측면은 이것이 문학적 정신을 문학 텍스트를 읽을 때만 활동하는 어떤 것이 아니라 정신 자체로 본다는 것이다. 말을 바꾸면, 은유나 중의성 같은 문체의 요소들이 사고의 여러 방식일 뿐 아니라 우리의 인지 기능에 중심적인 사고방식이라는 것이다(Turner 1996:4-5). 우리가 문학을 검토할 때 문체의 이런 측면들을 특히 잘 살펴볼 수 있는 것은, 개념의 혼성(混成), 유추의 창조, 서사의 형성 등과 같은 정신의 여러 측면이 문학에서 특히 명료하게 드러나기 때문이다. 만일 문학적 정신이 그냥 정신이고 문학이 요구하는 사고방식이 그냥 우리가 생각하는 방식의 좋은 예라면, 문학 텍스트는 그냥 텍스트의 좋은 예가 된다. 이것은 곧 문학 텍스트만이 아니라 비문학 텍스트의 번역도 문체적 비유와 장치, 텍스트의 문체적 요소의 인지적 대응물, 시적 효과에 관심을 가져야 한다는 뜻이다. 모든 텍스트에는 은유가 담겨 있다. 은유는 우리가 생각하는 방식의 중심에 자리 잡고 있기 때문이다. 같은 이유로 (1.14), (1.15), (1.16), (1.17)에서 본 것처럼 여러 유형의 텍스트에 중의성이나 도상성처럼 우리가 문학적 비유로 생각하곤 하는 것들이 담겨 있다. 문학 텍스트와 비문학 텍스트, 그에 따라 문학 번역과 비문학 번역 사이에 차이가 있다면, 그것은 순수하게 언어적인 것일 수 없다. 그러므로 번역에 관해 알아내려면 그런 요소들이 가장 큰 역할을 하는 텍스트에 집중하는 것이 합당하다. 문학 번역은 번역의 특별히 좋은 예다. 문학 번역과 비문학 번역의 구분에 관해서는 2장에서 다시 이야기할 것이다.

지금까지 우리는 주로 번역에서 텍스트의 어떤 요소가 보존되느냐 하는 문제를 논의했다. 우리가 고려한 몇 가지 요소는 의미,

문체, 기능과 특징에 따른 텍스트 유형이다. 번역이 무엇을 옮기는 것인가 하는 문제 외에 우리가 추가로 물어보아야 하는 것은 번역이 무엇을 옮**길 수** 있느냐 하는 것이다. 위의 예 (1.7)에서 논의한 것을 돌이켜본다면, 프랑스어 단어 "pleure"와 "pleut"가 소리가 비슷하다는 것도 논점의 하나였다. 원천 언어가 할 수 있는 것과 목표 언어가 할 수 있는 것 사이에는 불일치가 있다.

번역 이론과 언어학 양쪽에서는 그런 불일치가 사고방식의 차이를 얼마나 보여주느냐 하는 문제를 놓고 많은 논쟁이 있었다. 이 문제에 관해서는 여러 견해가 나올 수 있다. 프랑스 사람과 영국 사람이 어떤 면들에서는 습관적으로 다르게 생각하며, 언어가 그런 차이를 기호화하고 있다고 보는 견해도 있다. '약한 언어 상대성'(이 논의에 관해서는 Gumperz and Levinson 1996을 보라)이라고 알려진 이것은 대체로 논란의 여지가 없는 관점이다. 이보다 강한 견해는 언어들이 서로 다른 일을 하기 때문에 영어로 생각하는 사람은 울음과 비 사이에 프랑스 사람과 똑같은 연결 고리를 만들 수 없다는 것이다. 이것이 '강한 언어 상대성'으로, 오늘날에는 언어학자나 번역 전문가 대부분이 받아들이지 않는다. 영어 사용자도 일단 설명을 들으면 "cry"와 "rain" 사이의 연결 고리를 이해할 수 있다는 것은 분명해 보인다. 사실 이 경우에는 울음과 비가 유사하고, 그 때문에 이미지와 은유에서 자주 결합되어왔기 때문에 심지어 설명을 듣기 전에도 이해할 수 있을 것이다. 이런 결합은 멀리 12세기의 힐데가르트 폰 빙엔 때에도 이루어졌다(Biedermann 1992:277). 생성 언어학은 "강한 언어 상대성"에 반대하는 과정에서 "약한 언어 상대성"

의 결과까지 무시하는 경향이 있다. 예를 들어 핑커는 "상대성"이 사실이 아니거나(강한 형태일 경우) 흥미가 없다(약한 형태일 경우)고 주장한다(Pinker 2007:124-151). 하지만 약한 형태의 "언어 상대성"은 번역에는 매우 흥미롭다. 만일 한 언어의 특정한 의미가 상습적으로 다른 언어로 표현되지 않는다면, 특히 문체가 중요한 역할을 하고, 따라서 관련된 설명을 붙이는 것이 부적절한 텍스트에서는 이 의미를 한 언어에서 다른 언어로 번역할 쉬운 방법이 없다. 그런 예가 독일어의 "wenn"이다. 이 말은 영어에서는 "if, and if so, when"과 가까운 의미다. 그러나 영어에는 이런 의미를 가진 접속사가 없다. 물론 그렇다고 해서 영어로 이 독일어 접속사의 의미를 표현할 수 없다거나 개념을 떠올릴 수 없다는 뜻은 아니다. 나 자신이 방금 영어로 그것이 의미하는 바를 표현했다. 그러나 이 말이 독일어 시에서 사용되면, 그 번역은 압축성이나 중의성을 잃을 위험이 있다(Boase-Beier 2006:119-120; 2010). "언어 상대성"과 그것이 번역에 영향을 주는 방식의 문제에 관해서는 2장에서 다시 이야기할 것이다.

따라서 번역이 이 언어에서 저 언어로 내용을 옮긴다는 소박한 번역 정의에는 무엇을 언어로 쳐주는가, "내용"이 실제로 무슨 뜻인가, 여기에 문체도 포함되는가 하는 문제들, 나아가서 특정한 텍스트 유형의 기능이 어느 정도나 보존되며, 언어가 그런 옮김을 얼마나 허용하느냐 하는 문제들까지 많은 문제들이 감추어져 있는 셈이다. 그러나 번역의 본질과 관련된 다른 문제들도 많이 있으며, 다음 절에서는 그 가운데 가장 근본적이라고 할 만한 문제를 생각해볼 것이다.

원천과
목표

우리가 조금 전까지 생각해왔던 논점들보다는 분명하지 않을지 모르지만, 원천과 목표의 맥락에서 번역된 텍스트의 자리와 관련된 일군의 논점이 있다. 이 논점들은 강조점이 저마다 다르다. 만일 여기에서 "맥락"을 언어적 맥락으로 받아들이고 번역이 늘 원천 언어와 목표 언어 사이의 눈금자 가운데 어느 지점엔가 자리 잡는다고 가정한다면, 이것을 다음과 같이 표현할 수도 있을 것이다.

(1.20) 원천 ── X ── X ── X ── 목표

언어   언어

맥락   맥락

번역은 원천과 목표 사이에 그어진 선 위의 X들 가운데 어느 곳에, 아니면 그 선 위의 다른 어떤 지점에도 있을 수 있다. 번역은 원천 텍스트의 언어에 더 가까울 수도 있고 목표 텍스트의 언어에 더 가까울 수도 있다. 몇 가지 예를 들어보겠다. 원천 텍스트는 (1.21)에 나오는 독일어 관용구이며, 가능한 번역은 (1.22), (1.23), (1.24)에 제시했다.

(1.21) Es ist gehüpft wie gesprungen
       it is jumped like sprung*

---

* 이 영어 행간 해석은 위에 나온 독일어 단어의 뜻을 순서대로 써놓은 것이다. 앞으로도 이같은 형식으로 의미를 전달하는 경우가 많다.(옮긴이)

(1.22) It's the same whether you jump or leap

(1.23) It's as broad as long

(1.24) It's all the same

직관적으로 (1.22)는 (1.20)의 눈금자저울에서 왼쪽, (1.24)는 오른쪽에 자리 잡을 것 같다. 물론 (1.22)는 맨 왼쪽에 자리 잡지는 않을 것이다. 그래도 (1.21)의 행간 해석보다는 영어 표현처럼 들리기 때문이다. (1.23)은 은유적으로 표현된 비교라는 관념을 유지하고 있으며, 따라서 눈금자의 중간에 자리 잡을 것이다. (1.24)는 그런 것을 전혀 유지하지 않는다.

1장 1절의 의미와 문체에 관한 논의는 만일 그 둘을 분리한다면—"무엇"과 "어떻게"를 분리한다면—위의 모든 번역에서 의미나 내용이 유지되고 있지만, 문체는 (1.22)와 (1.23)에서만 유지된다고 주장할 수 있다는 것을 보여주었다. 따라서 원천 텍스트와 언어적으로 가깝고자 한다면 의미보다 문체에 대한 관심이 중요하다고 주장할 수 있다. 그러나 1장 1절의 논의에서 이야기한 대로, 문체가 의미의 일부라고 주장할 수도 있다. 앞서 보았듯이 "관련도 이론"에서는 문체가 텍스트의 표의에 추가되는 일군의 약한 함의를 체현한다는 말로 이것을 설명할 수 있다. (1.21)의 함의는 균형을 이루는 두 가지 비슷한 행동이 있고, 각각의 행동 결과는 똑같을 가능성이 높으며, 독자는 표현하는 단어는 다르지만 실행에 옮길 때에는 아주 작은 차이만 있을 것 같은 이 두 가지 행동을 시각화해야 한다는 것이다. 즉 차이를 가늠하는 일을 해야 한다는 것이다. 실제로 가늠을 해보니 거의 차이가 없다는 것이 (1.21)의 관용어의 요점으로 보인다. 이런 의미에서 (1.23)은 그 핵심을 상당히 잘 포착하고 있다고 말할 수도 있다.

그러나 (1.20)의 그림이 보여주는 가까운 정도는 단지 언어적 등가로만 파악할 문제가 아닐 수도 있다. 실제로 1960년대에 이루어진 언어학 지향적 번역학(예를 들어 Catford 1965; Nida 1964)에 대한 주요한 비판 가운데 하나(예를 들어 Venuti 1998:21)가 그런 번역학이 텍스트의 언어적 세부에 지나치게 초점을 맞추면서, 문화적 배경, 청중의 예상, 번역자의 충성 방향, 번역 과정에 참여하는 다양한 사람의 인지적 맥락을 무시한다는 것이었다. 이런 논점을 무시했다는 말은 사실이 아니지만 (Tymoczko 2007:31을 보라), 그런 번역학이 당시의 언어학의 관심을 반영한 것은 사실이다. 텍스트의 분명한 언어적 구조를 넘어서서, 소통의 관점, 맥락의 관점, 정신의 관점을 포함하는 언어학 발전은 번역의 관점이 발전하는 방식에 강한 영향을 주었다.

이런 발전 가운데 하나가 화용론(話用論)에 대한 관심의 증가다. 메이(Mey 2001:4)에 따르면 언어의 구조보다 사용을 연구하는 화용론(예를 들어 Verschueren 1999:1-11을 보라)의 역사는 1970년대 초까지 거슬러 올라가며, 맥락에서 자유로운 구문 현상에 초점을 맞추는 당시의 생성 문법이 너무 많은 언어 현상을 설명하지 못했기 때문에 발전하게 되었다. 문체론에서는 이런 발전이 종종 맥락에 대한 관심 증가로 표현되었다(예를 들어 Verdonk 1993:1-6을 보라). 최근의 인지 언어학과 인지 시학의 성장도 마찬가지로 중요했다. 이 모든 발전이 우리가 번역을 보는 방식

에 깊은 영향을 주었다(Boase-Beier 2006:15-21을 보라). "맥락
화된 문체론"(Verdonk 1993:2), 그리고 앞서도 보았듯이 "인지
시학"(Stockwell 2002)이라고도 부르는 "인지 문체론"(Boase-
Beier 2006:19)은 모두 텍스트의 뒤, 저자나 독자나 번역자나 비
평가의 정신 속에 있는 것에 관심을 가지는데, 이것은 개인적 지
식, 믿음, 경험, 또 우리가 "문화"(예를 들어 Sperber 1996을 보
라)라고 부를 수 있는, 믿음들에 관한 공유된 지식의 영향을 받는
다. 문화적 대상, 사건, 믿음, 지식은 늘 번역자가 일을 하는 배경
의 일부를 이룬다. 이 배경에는 과거 또 현재의 정치 상황 같은 것
도 포함된다. 예를 들어 탈식민지적 텍스트의 번역 연구처럼 텍
스트 자체만을 보기보다는 이런 유형의 맥락에 초점을 맞추는 문
학 이론의 영향을 받는 번역의 관점에서는 그런 배경 요소들이
아주 중요해질 것이다. 배스닛과 트리베디(Bassnett and Trivedi
1999:2)는 번역이 가로지르는 언어적 경계만이 아니라 문화적
경계도 고려할 때, 사실상 번역이 "텍스트, 저자, 체제 들 사이의
평등 관계로 이루어지는 경우는 찾아보기 힘들다"고 지적한다.
우리는 지나가는 말이기는 했지만, 이미 언어, 문화, 텍스트 들 사
이의 권력 관계가 예를 들어 무엇이 언어를 구성하는가 하는 근본
적 쟁점에서도 어떤 역할을 한다는 점에 주목했다. 번역에서 언어
와 권력 개념은 번역자의 지위, 번역된 텍스트, 번역의 윤리에서
중심적인 자리를 차지한다. 번역의 윤리 문제는 사물을 바라보는
우리 자신의 좁은 방식에 정신적으로 모든 것을 맞추지 않는 것이
중요하다는 인식과 관련된다. 지금 당장은 복잡해지는 것을 막기
위해, 언어적 근접보다는 문화적 근접을 고려하는 것도 (1.20)의

눈금자에서 원천이나 목표로부터 얼마나 가깝고 먼가를 재는 하나의 방식일 수 있다는 말만 해두겠다. 독일의 한 자동차 광고에서 가져온 (1.25) 같은 예가 이 점을 잘 보여준다.

(1.25) Katzensprung   zur   Kiesgrube
        cat-jump   to-the   gravel-pit

이 구절은 한 가족이 파라솔, 공 등을 들고 차에 타는 모습을 보여주는 사진과 연결되어 이 차를 사게 되면 아이들과 함께 더운 날 근처 인공호수로 잠깐 수영을 하러 다녀오는 것이 아무런 문제가 되지 않는다는 것을 암시한다고 받아들일 수 있다. (1.25)에서는 다음과 같은 번역이 나올 수 있을 것이다.

(1.26) A stone's throw to the lake

(1.27) Be at the beach in the blink of an eye

(1.28) Have a picnic!

(1.26)은 독일어의 "Katzensprung"이라는 관용어를 영어에서 그와 등가인 말("stone's throw")로 바꾸었다는 점에서 원천 텍스트의 문화적 요소를 어느 정도 보존하고 있으며, 적어도 삽화만 넣어준다면 가족 외출이라는 개념도 원문만큼 분명할 것이다. 그러나 (1.26)은 영어의 맥락에서는 이상하며, 심지어 약간 부자연스럽기도 하다. (1.27)은 원문의 두운을 모방하려고 노력하여, "stone's throw"라는 표현의 유운(類韻)보다 효과가 두드러진다.

(1.28)은 완전히 다른 전략을 사용하여, 야외 식사와 쉽게 한 일이라는 피크닉의 이중 의미를 이용하고 있다.

독일의 관습과 영국의 관습은 (1.25)의 번역에서 진짜 문제가 발생할 만큼 크다. 영국에는 시내에서 벗어나 물이 가득한 자갈 채취장에서 수영과 일광욕을 한다는 전형적인 정신적 표상("도식"이라고 부른다. Cook 1994:11을 보라)이 없다. 만일 이 구절을 이누이트 어나 하우사 어를 비롯하여 자갈 채취를 하지 않는 나라에서 일반적으로 사용하는 언어로 번역한다면 문화적 난관은 훨씬 커질 것이다.

그러나 가깝거나 먼 상태는 단지 텍스트의 언어나 문화적 요소로만 측정되는 것은 아닐 수도 있다. 언어와 문체를 인지적 관점에서 보면 텍스트에 체현되어 있음직한 생각과 느낌, 독자에게 줄 법한 영향, 독자가 해야 하는 노력이 핵심적으로 중요하다. 1장 1절에서 보았듯이 틈, 불확실성, 아주 약한 함의, 중의적 요소가 포함된 텍스트를 이해하려면 독자는 보통 더 열심히 노력해야 한다. R. S. 토머스의 다음 세 행을 생각해보라.

(1.29) The wrinkles will come upon her
         calm though her brow be
      under time's blowing.

(Thomas 2004:282)

처음 읽어보면 행이 끝에서 휴지 없이 다음 행으로 이어지는 (구 걸치기가 이루어지는) 구조가 느껴진다. 바다에 관해 이야기할 때 "waves will disturb the calm"이라고 말하는 것처럼 "the wrinkles will come upon her calm"이라고 말하고 있는 것이다. 문장의 나머지 부분을 읽어보아도 이런 독법이 구문론적으로는 불가능하지는 않다. "though her brow be under time's blowing"은 "though her brow is affected by the passage of time"이라는 뜻으로 이해할 수 있기 때문이다. 그러나 문장의 끝에 가면 의미론적으로 그렇게 이해될 가능성이 낮아진다. "though" 다음에는 반대되는 말이 와야 하는데, "she will get wrinkles even though subject to time passing"은 말이 되지 않기 때문이다. 따라서 독자는 "her calm"으로 읽는 것이 아니라 her를 목적어로 보는 것이 정확한 해석이라고 가정하게 된다. 그녀가 비록 지금은 평안해 보이지만 "the wrinkles will come upon her"라는 것이다.

이렇게 독자를 어떤 방향으로 끌고 가다가 갑자기 방향을 바꾸는 과정은 "정원길 가기"(Ferreira 등 2000 ; Pinker 1994 : 212 - 217)*라고 알려져 있으며, 이것이 다음과 같은 액어법(軛語法)**의 예에서 사람들이 느끼는 가벼운 충격 뒤에 자리 잡고 있다.

(1.30) On the first evening she found a bed and breakfast and total happiness.

여기에서는 충격(과 기쁨)이 (1.29)의 경우와는 달리 길을 따

---

*garden-pathing이라는 말은 보통 호도하거나 현혹한다는 뜻이다. (옮긴이)

**zeugma. 하나의 형용사나 동사로 서로 다른 두 개 이상의 명사를 수식 또는 지배하는 표현법. (옮긴이)

라왔더니 막다른 곳에 이르렀다는 느낌이라기보다는, 정원길이 예상했던 집의 뒷문이 아니라 예를 들어 공작의 새장에 이른다는 것을 알게 되었다는 느낌이다. 이런 효과가 생기는 것은 오로지 "a bed and breakfast"가 "to find"라는 동사의 하나의 의미를 암시하고, "happiness"는 또 다른 의미를 암시하기 때문이다.

따라서 (1.29)에서는 이런 효과가 가장 중요한 것이며, 다음 예에서처럼 번역이 그것을 잃으면 안 된다고 결론을 내릴 수도 있을 것이다.

(1.31) Die Falten werden über sie kommen
the wrinkles will upon her come

(Perryman 1998:18)

여기에서 "come upon"의 목적어는 명백히 "her"(sie)이며 "her calm"이 될 수는 없다. 정원길 가기 효과가 중요하다고 판단하지 않은 결과다.

(1.29)에 관한 위의 논의와 그 번역은 인지적 문체론의 시적 효과에 대한 최근의 관심을 반영하고 있지만, 번역에서 독자에게 주는 효과에 관한 논의는 오래전으로 거슬러 올라간다. 예를 들어 1654년에는 다블랑쿠르(Robinson 2002:158에서)가, 1855년 에는 G.H. 루이스(1855:27)가 효과를 유지하는 방식을 고려하는 것이 중요하다고 강조하고 있다.

번역에서 효과는 너무 미약하여 독자의 맥락에 따라 달라지기 때문에 측정하거나 논평할 수 없다고 여기는 경우도 많았다(예를 들어 Chesterman 1997:35). 이 대목에서 인지 시학이 특히 유용하다. 이에 의지하여 (1.29)의 효과가 여러 인지적 맥락과 상호작용하는 방식을 정확하게 묘사함으로써 그 번역의 여러 가능성을 더 분명하게 볼 수 있기 때문이다.

위의 예들은 원천 텍스트와 목표 텍스트 사이의 밀착—언어적, 문화적, 인지적인—을 얻을 수 있는 몇 가지 방식을 보여준다. 그러나 번역이 하는 일이 그런 밀착이나 등가를 이룩하는 것이라는 생각 자체는, 직관적으로는 합리적으로 보일지 몰라도, 그냥 당연하게 받아들일 수는 없다. 이 점은 2장에서 다시 이야기하게 될 것이다. 당장은 그런 등가에도 여러 등급이 있다고 말해두는 것으로 충분할 것이다. 이것이 (1.20)에 나온 눈금자만이 아니라, 다양한 전략들의 지도를 그리고 있는 먼데이(Munday 2009:8)가 제시하는 눈금자를 해석하는 일 뒤에 도사리고 있는 어려움이다.

그러나 등가(등급이나 유형이 어떠하든)를 당연하게 받아들인다 해도, 텍스트적 요인, 심지어 넓은 의미의 텍스트적 요인과도 다른 요인들이 원천-목표 관계에 분명히 영향을 준다. 우리는 또 번역자의 실천에 영향을 주는 윤리, 이념, 충성심 등을 생각할 수 있다. 베누티(2008:15)는 베르만(2004를 보라)에 관해 논의하면서, 번역자는 원천 텍스트의 이국성을 잃지 말아야 할 윤리적 의무가 있다고 주장한다. 원천 텍스트의 언어가 목표 텍스트보다 약한 권력을 체현하는 경우에는 특히 그렇다는 것이 탈식민주의 번역 이론의 한 신조이지만, 원천 텍스트의 이국적이고, 다르고, 차이가 나는 면의 보존은 모든 번역의 고려 사항이라고 주장할 수도 있으며, 실제로 이전의 많은 이론가, 특히 슐라이어마허(1992:152)가 이 점을 지적했다. 따라서 우리는 예를 들어 프랑스어는 우는 것과 비가 오는 것을 음성으로 연결시킨다는 것을 보여주어야 할 윤리적 의무가 있다고 생각할 수도 있다. 이것은 프랑스어에서 여름에 해당하는 단어*와 "être" 동사의 여러 시제에도 해당된다. 이 경우에 렉시콘, 즉 정신적 사전이나 프랑스어 화자는 음운론적 연결, 즉 소리의 연결을 보여주지만 의미론적 연결, 즉 뜻의 연결은 보여주지 않는다고 말할 수도 있다. 클로드 드 뷔린의 다음 예를 생각해보자(Sorrell 2001:76-77).

   (1.32) Mon été étincelant et tendre
          C'était toi

마르탱 소렐은 이 행들을 이렇게 번역한다.

   (1.33) My sparkling and tender summer
          Was you

그가 "역자 서문"에서 한 말에 따르면, (1.32)에서 소리의 반복은 "우연적"이기 때문이다(2001:12). 그러나 프랑스어에서 "여름"에 해당하는 단어와 "to be"의 과거 분사("I have been / I was"라는 뜻의 j'ai été의 경우처럼)가 같은 단어를 사용한다는 사

---

* 프랑스어에서 여름은 été이다.(옮긴이)

실은 의미가 있지 않을까? 이것이 이 시인에게 의미가 있다는 사실은 뷔렁이 그녀의 시에서 "été"라는 단어를 자주 사용하고, 그것이 시간의 이미지와 가까이 놓인다는 사실에서 암시된다(예를 들어 Sorrell 2001:24;34;56을 보라). 아폴리네르도 "Carte Postale"에서 이 의미들을 바탕으로 한 말장난을 이용하고 있다 (2003:306). 따라서 이것을 우연으로 취급하는 것은 프랑스 시인들이 활용한 프랑스어의 핵심 가운데 일부를 잃을 위험이 있는 것으로 보인다. 그러나 시인의 어법이 우연이라기보다는 선택이라고 가정하고 프랑스어의 메아리를 담아내려고 노력하는 것은 베누티의 "행동 개시 명령"(2008:265)을 해석하는 한 가지 방법일 뿐이며, 베누티 자신도 원천 텍스트를 실제로 흉내 내라고 말하는 것은 아니라고 조심스럽게 주의를 주고 있다(2008:252). 베누티가 2005년에 자신의 책에서 소개한 이후로 많이 사용되는 "이국화"(2008:97)라는 용어는 가끔 "외국(즉 원천) 텍스트를 흉내 낸다"는 뜻으로 받아들여지고, 실제로 베르만—1985년에 처음 이 말을 사용했으며 이것을 베누티가 영어로 번역했다 (Berman 2004로 찾을 것)—은 그런 의미로 그 말을 사용했다. 베누티 자신이 사용하는 "이국화"는 베르만보다 넓은 일군의 전략을 가리킨다. 목표 텍스트 자체를 이국적으로 만들자는 것이다(2008:263). 이렇게 되면 그의 이국화 개념은 "전경화(前景化)" 같은 용어들에 가까워지는데, 이 말은 가빈(1964)이 프라하 언어학파의 작업을 번역하면서 처음 사용했다. 그 후 문체론에서 점차 중요한 용어가 되어온(예를 들어 van Peer 1986, Leech 2008을 보라) 전경화는 텍스트의 어떤 것에 관심을 끈다는 뜻이다. 따라서 베누티의 이국화는 원천 텍스트에서 실제 사용된 언어적 요소에 관계없이 목표 텍스트의 이국적—프라하학파의 용어로 말하자면, 동시에 문학적—성격에 관심을 끈다는 뜻으로 볼 수 있다. 가장 넓은 의미의 이국화라는 관점에서 보자면, 예를 들어 (1.33)은 명사구 "My sparkling and tender summer"와 "Was you"의 일반적으로 예상되는 위치를 바꿈으로써 구문상 이 둘을 모두 전경화되고 있기 때문에 이국화 번역일 수도 있다. "What a piece of work is a man"(Shakespeare 1956:873)이 "A man is a piece of work"로는 불가능한 방식으로 비교의 두 요소 양쪽에 관심을 끄는 것과 마찬가지다. 그러나 이국화를 더 좁게, 더 모방적으로 해석하는 관점에서 보자면, (1.33)은 été–était의 연결을 흉내 내지 않았다고 지적할 수 있다.

우리는 번역의 윤리를 원천 텍스트를 공정하게 다룬다는 맥락에서 이해할 수 있으며, 그럴 경우 이 개념을 드라이든이 1680년에 이상적이라고 묘사한, 저자가 늘 보이게 유지하는 "풀어쓰기" 개념(1992:17), 나아가서 노르트의 "충성"(1997:125)과 연결시킬 수 있다. 베누티의 이국화 윤리(2008)는 분명히 원천 텍스트나 저자보다는 번역 행위에 대한 충성과 관련된 것인 반면, 노르트의 경우, 원천과 목표 양쪽에 대한 충성이 느껴지기는 하지만, 아무래도 과정 자체나 텍스트보다는 번역 과정에 관련된 사람들에 대한 충성이다. 예를 들어 (1.32)의 핵심은 프랑스 어휘의 문제보다는 브륀의 말장난으로 볼 수도 있으며, 그렇다면 번역자가 초점을 맞추는 대상도 존재와 여름의 연결보다는 말장난이 될 수 있다. 따라서 번역자는 브륀에 대한 충성이라는 관점에서 이것을 필립 윌슨(개인 원고)이 제안하는 대로 번역할 수도 있을 것이다.

(1.34) That sparkling tender summer
　　　You summed it up.

이것은 말장난이 시인의 의도라고 가정하고, 그것의 재현을 목표로 한 번역이다.* 만일 (1.34)의 번역자가 (1.32)를 의도적 말장난이라기보다는 프랑스어와 관련된 하나의 사실이 표현된 것에 불과하다고 보았다면 다음과 같이 번역했을지도 모른다.

(1.35) The world sparkled softly that summer.
　　　You were there.

윤리, 충성, 독자의 기대, 효과 같은 문제들은 추상적이며 동시에 언어학이나 문체론의 소관을 벗어난 것으로 보일지도 모른다. 그러나 사실은 실제적 영향을 준다. 이들 모두 번역의 근본 문제를 표현하기 때문인데, 그 근본 문제란 원천 텍스트가 번역에서 그 자체의 맥락대로 제시되어야 하느냐 아니면 목표 언어의 맥락에서 표현되어야 하느냐 하는 것이다. 뷔린의 독자가 번역된 시에서 프랑스어의 느낌을 얻고, 또 프랑스 독자라면 만들어낼 어휘와 의미의 연결을 얻고 싶어 하는가, 아니면 영어로 비슷한 연

---

*summer과 summed를 이용한 말장난이다.(옮긴이)

결을 경험하고 싶어 하는가?

이것은 많은 번역 이론의 배후에 자리 잡은 문제로, 1913년에 슐라이어마허가 분명하게 정리해놓았다(1992:42). 그는 번역이 원천 텍스트를 목표 독자에게 가져올 수도 있고(즉 목표 언어의 맥락에서 쉽게 읽을 수 있게 만들 수도 있고), 독자를 원천 텍스트 쪽으로 데려갈 수도 있다(즉 원천 텍스트가 그 자체의 맥락에서 이해되게 번역할 수도 있다)고 말했다. 이 문제는 베누티의 이국화에 대한 관심에도 내포되어 있으며(번역자의 가시성에 대한 관심에서는 덜하지만), 탈식민주의 번역 이론에도 내포되어 있다(예를 들어 Bassnett and Trivedi 1999를 보라).

텍스트를 그 자체의 맥락에서 만나는 일은 독자 쪽에서 더 큰 노력이 필요하며, 따라서 문학 텍스트가 작동하는 방식에 더 적합하다고 주장할 수도 있다. 따라서 이것은 번역자와 독자 양쪽에서 창조성이 하는 역할 같은 쟁점과 관련이 되는 문제이며, 이 점은 3장에서 다시 이야기하겠다. 이것은 또 번역의 기능에 관한 문제로, 원천 텍스트의 정확한 그림을 제공하는 것을 목표로 삼는 "기록적 번역"—예를 들어 (1.22)—과 기능 또는 텍스트 유형을 보존하려 하는 "도구적 번역"(Nord 1997:50–52를 보라)의 차이로 표현되기도 한다. 예를 들어 (1.28)은 원문이 하는 말을 우리에게 전하기보다는 독자적인 광고 구호로 작동하는 것을 목표로 삼는다거나, (1.33)은 독자가 참여할 필요가 있다는 의미에서 그 자체가 시의 한 행이라고 주장할 수도 있고, 이 둘 다 도구적 번역의 예들이라고 주장할 수도 있을 것이다. "도구적 번역"(문학적 기능을 포함한 기능을 보존하는 번역)을 "도구적 텍스트"(애트리지(2004:7)의 표현대로 "미리 결정된 목적"이 있는 텍스트)와 혼동하지 말아야 한다. 애트리지처럼(2004:6-10) 문학 텍스트의 기능은 기능을 갖지 않는 것이라고 주장할 수도 있다. 이런 의미에서 도구적 문학 번역은 다름 아닌 비도구적 텍스트를 낳는 것이라고 말할 수도 있다.

　기록적 번역 대 도구적 번역의 문제는 다른 문제를 낳는다. 기록적 번역은 원천 텍스트의 전달로 볼 수 있는 반면 도구적 번역은 훨씬 자율적인데, 여기에서 번역문의 목적과 텍스트 유형이 반드시 원천 텍스트의 목적이나 텍스트 유형과 어떤 관계를 가질 필요가 있느냐 하는 문제가 나온다. 유명한 문학 텍스트 번역, 예를 들어 슐레겔과 티크가 번역한 셰익스피어의 *Hamlet*(1916)의 예를 보자. 슐레겔-티크의 독일어 *Hamlet*은 분명히 희곡으로 의도된 것이다. 이것은 공연될 것이고 청중은 그것을 보러 갈 것이다. 이것은 원문과 텍스트 유형이 똑같다. 그러나 독일 어린이들이 수업 시간에 텍스트로 공부할 수 있게 *Hamlet*을 번역한다면, 예를 들어 서사보다는 대화를 중심으로 한다든가 하는 식으로 원래 희곡 텍스트의 특징 몇 가지를 그대로 유지한다 해도 번역의 텍스트 유형은 분명히 달라질 것이다.

　따라서 번역문은 분명히 원천 텍스트와는 다른 텍스트 유형이 될 수 있다. 그러나 번역문은 이미 그 자체로 번역되지 않은 텍스트와 텍스트 유형이 다르다고 주장하는 것도 가능하다. 만일 그렇다면 위에서 내가 제기한 "근본적 문제"—원천 텍스트가 번역에서 그 자체의 맥락대로 제시되어야 하느냐 아니면 목표 언어의 맥락에서 표현되어야 하느냐?—도 다시 정리할 필요가 있지는 않은지 생각해보아야 한다. 어쩌면 우리는 이렇게 물어야 할지도 모른다. 번역문을 원천이나 목표라는 관점이 아니라 그 나름으로 일군의 특징을 갖춘 하나의 텍스트로 보아야 하는 것일까? 이것은 많은 비문학 번역의 경우에는 별 의미가 없는 질문일 가능성이 높다. 카메라 설명서나 관광객을 위한 브로슈어는 번역된 텍스트가 목표 독자의 요구를 충족시키는 방식으로, 즉 카메라를 작동하거나 그 지역을 방문할 수 있도록 번역될 가능성이 높다(Gutt 2000:47-54 참조). 목표 독자가 읽는 텍스트가 번역이라는 사실은 중요하지 않을 가능성이 높으며, 심지어 독자가 그 사실을 알지 못할 가능성도 높다. 문학 번역도 때로는 이런 식으로 작동한다. 예를 들어 동화 *The Tiger Who Came to Tea*(Kerr 1968)의 독일어 번역본은 반드시 번역으로 읽힐 필요가 없다. 그러나 슐레겔-티크의 *Hamlet*이나 스웨덴 범죄소설 번역본은 잠재적으로 다를 수 있다. 이 경우에 독자는 텍스트가 번역이라는 것을 거의 확실하게 알고 있을 것이다. 비슷한 시기에 한 텍스트에 몇 가지 번역이 존재하는 경우에는 특히 그렇다. 릴케의 *Sonnets to Orpheus*가 그런 예인데, 이 시는 지난 20년 동안 예를 들어 키널과 리프만(Kinnel and Liebmann 1999), 패터슨(Paterson 2006), 아른트(Arndt 1989) 등이 번역했다. 따라서 독자는 한 번역을 다른 번역과 비교할 수 있다. 또 자신이 읽는 것이 릴케만큼이나 패터슨이나 아른트의 작품이기도 하다는 사실을 알고 있을 수도 있다. 예를 들어 테드 휴즈의 *Tales from Ovid*(Ted Hughes 1997) 같은 문학 번역의 경우는 특히 번역자의 중요성 때문에 자주 읽힌다.

이 모든 경우에 번역된 텍스트는 번역되지 않은 텍스트와 다른 종류의 읽기를 요구한다고 이야기할 만하다. 그리고 책 표지에 원저자의 이름과 함께 놓인 번역자의 이름, 번역자 서문, 주석, 특히 시의 경우에는 맞은편 페이지에 놓인 원문 등에서 이 점이 드러난다.

번역되지 않은 텍스트와 다르다는 점과 관련해 번역된 텍스트를 어떻게 볼 것이냐 하는 문제에 관해서는 많은 토론이 이루어져왔다. 예를 들어 나는 번역된 텍스트에서는 목소리, 함의를 비롯하여 원천 텍스트의 여러 시적 특질이 늘어난다고 이야기한 적이 있다(Boase-Beier 2006:146-148). 텍스트의 관념이나 내용이 이미 주어졌다거나(Hamburger in Honig 1985:175) 서로 다른 창조적 과정으로 이루어진다(Trask in Honig 1985:14)는 점에서 두 유형의 글쓰기가 다르다고 주장한 사람들도 있었다.

우리는 4장에서 이 문제를 다시 다루며, 사실 번역된 텍스트는 기존의 원천 텍스트와 목표 언어로 이루어진 번역되지 않은 상상의 텍스트의 혼성물로 읽힌다고 이야기할 것이다. 번역된 텍스트는 원천과 목표 언어 양쪽, 원천과 목표 문화 양쪽의 요소들을 결합하며, 독자에게 이 텍스트를 양쪽 맥락을 염두에 두고 두 저자의 작품으로 읽을 것을 요구한다.

번역의 가능성과 불가능성

번역과
언어 상대성

1장의 논의는 번역의 분명한 정의가 어렵다는 사실을 보여주었다. 어떤 것들은 분명히 번역이지만, 일부는 그렇지 않고, 다수는 그 중간 어딘가에 있다. 번역은 또 가능성의 제약을 받기 때문에, 이제 우리는 번역이 무엇을 할 수 있고 무엇을 할 수 없는가 하는 문제로 가볼 것이다.

번역의 가능성과 불가능성에 관해서는 이야기가 많이 나왔다 (예를 들어 Heidegger 1957:163; Barnstone 1993:18을 보라). 번역이 불가능하다고 여겨질 수 있는 주된 이유는 두 가지다.

(i) 문학 텍스트에서 의미와 형식은 밀접하게 연결되어 있다고 가정하며, 따라서 이들을 분리할 위험이 있는 행동은 실패할 운명으로 보인다.

(ii) 각각의 언어는 서로 양립할 수 없는 방식으로 세계를 재현할 수도 있다.

첫번째 사항은 특별히 문학 번역과 관련된 것으로, 이 책은 언어의 형식-의미 연결의 본질을 이해하는 것—문체가 작동하는 방식을 이해하는 것—이 번역, 특히 문학 텍스트 번역의 필수조건이라는 입장을 견지할 것이다.

지금 살펴보고 싶은 것은 두번째 문제다. 실제로 언어마다 세계를 서로 다르게 표현한다면, 두 언어 사이에 의미의 완전한 등가는 결코 존재할 수 없을 것으로 보인다. 만일 의미의 완전한 등가가 번역의 목표라면, (ii)는 그것이 불가능할 수도 있음을 보여준다.

이 딜레마에서 빠져나오는 한 가지 방법은 의미의 절대적 등가를 이루는 것이 번역의 목표가 아니라고 주장하는 것이다. 캣퍼드는 우리가 원천 언어의 의미를 목표 언어의 다른 의미, 그러나 주어진 상황에서는 같은 방식으로 기능하는 의미로 대체한다고 말했다(1965:20). 그간 수많은 번역 연구는 번역이 기능, 효과, 내포된 의미, 소통하려는 의도의 등가를 이루느냐 아니냐에 관심을 가져왔다(이 논의에 관해서는 Munday 2008:36-53을 보라). 언어학에 기초를 둔 과거의 연구가 등가 달성을 순진한 관점에서 바라보았다는 인식은 많은 사람이 공유하고 있으며, 특히 스넬-혼비가 이 점을 분명하게 표현했다(1988:22). 그러나 그 시대의 언어학적, 인류학적 작업들(예를 들어 Whorf 1956)이 보여주듯이, 그런 과거의 연구는 사실 언어들 사이의 등가 결여를 강하게 의식하고 있었다. 이것은 다양한 유형의 등가가 있다는 생각을 낳았다. 예를 들어 나이다(1964:159)는 목표 언어의 형식이 원천 언어의 형식과 비슷하다는 뜻으로 형식적 등가라는 용어를 사용하고, 기능이 비슷하다는 뜻으로 역동적 등가(1964:159), 나중에는 기능적 등가(de Waard and Nida 1986:vii)라는 말을 사용했다.

그러나 나이다의 후기 작업에서는 형식적 등가와 기능적 등가의 구분을 유지하는 것이 쉽지 않은 일임이 분명해진다. 나이다와 더 바르트(1986:13)는 여전히 대체로 "소통은 메시지의 암호화와 해독으로 이루어진다"(이 논의는 Sperber and Wilson 1995:1-64를 보라)고 보는 언어의 "기호 모델"이라고 알려진 틀 안에서 작업을 하면서도(1장에서 만났던 야콥슨과 마찬가지로), "형식 자체가 중요한 의미를 실어나르는 경우가 아주 흔하다"는 사실을 강조한다. 이 점에서 이들은 스페르베르나 윌슨과 마찬가지로 언어의 화용론적 이해를 보여주고 있다. 스페르베르와 윌슨은 기호 모델이 추론 모델로 보완—대체는 아닐지라도—되어야 한다고 주장하는데(1995:3), 이렇게 되면 우리는 전 장에서 이야기한 대로(1.11을 보라) 텍스트 내의 의도된 추론(함의)에 초점을 맞추면서 문체를 일군의 약한 함의로 볼 수 있다. 의미가 텍스트 내에 암호화된 것으로 보는 데에서 독자의 추론에 열려 있는 것으로 보는 쪽으로 이동한다는 것은 티모츠코(2007:7)가 지적하듯이 번역의 등가 개념, 그리고 우리가 등가를 묘사하는 방식에 잠재적으로 엄청난 영향을 주었다.

1986년에 처음 등장한 스페르베르와 윌슨(1995) 같은 언어와 소통의 화용론적 이론들은 번역학에 직간접적인 영향을 주었으며, 그 결과 등가 문제는 대체로 관심에서 사라지게 되었다. 홈즈(Holmes 1988)가 번역에서 기술(記述)적 연구와 이론적 연구 사이의 상호작용을 의제로 설정한 이후 번역 연구는 실제로 관찰되는 번역 유형들에 초점을 맞추어왔다. 투리(예를 들어 Toury 1980)는 이미 이 무렵부터 지금은 "기술적 번역학"이라고 부르는 작업을 주도하기 시작하여 "실제 존재하는 현실"(1995:1)에 초점을 맞추었다. 이런 폭넓은 기술적 기초 덕분에 등가는 사람들이 특정한 사례나 장르나 역사적 시기에 등가라고 간주하는 것에 의해 결정될 수밖에 없다고 말하는 것이 가능해졌다(Toury 1995:37,61; 또 Malmkjaer 2005:15를 보라). 핌(2010:64)에게 등가는 기능적이고 기술적인 이론들의 도래 이후 인기가 떨어졌지만, 그럼에도 필수적인 환상으로 남아 있는 유용한 관념이다 (2010:165).

　그러나 "정확히 똑같은 의미를 갖는 것"과는 다른 뜻으로 등가를 재규정하는 것은 (ii)의 문제를 해결하는 한 가지 방법일 뿐이다. 만일 언어들이 등가의 방식으로 세계를 재현하지 않는다면, 문제를 해결하는 다른 방법은 (ii)를 강한 형태와 약한 형태 두 가지로 나눈 다음, 강한 형태는 거부하고 약한 형태는 받아들이는 것이다. 약한 형태는 번역과 양립하기 때문이다. 이 두 관점은 번역에도 적용될 수 있다.

　(iia) 언어마다 세계를 다르게 재현하므로 다른 언어를 사용하는 사람들은 다르게 생각하고, 따라서 번역은 가능하지 않다.

　또는

(iib) 언어마다 세계를 다르게 재현하지만 우리는 원칙적으로
　　　무엇이든 생각할 수 있으며, 따라서 어떤 언어 사용자는
　　　다른 언어에서만 습관적으로 표현되는 의미를 파악할
　　　수도 있고 표현할 수도 있다.

(iia)는 '강한 언어 상대성'(강한 '결정론'을 포함한)의 번역자
판이라고 할 수 있고, (iib)는 "약한 언어 상대성"(강한 '결정론'
이 없는)의 번역자 판이라고 할 수 있다. '언어 결정론'—언어가
사고에 영향을 준다는 견해—은 굼퍼츠와 레비슨(Gumperz and
Levison 1996:23) 또 크리스털(Crystal 2003:15)도 지적하듯이
늘 '언어 상대성'의 전제를 이룬다는 점에 주목하라. 즉 서로 다
른 언어를 사용하는 사람들은 만일 언어가 차이의 원인이 된다면
('결정론') 아마 생각도 다를 것('상대성')이며, 그 원인은 언어가
만들어내는 차이('결정론')라는 이야기다. 그러나 (iia)와 (iib)가
보여주듯이 결정론 자체도 상대성과 마찬가지로 더 강하거나 더
약한 형태를 띠는 경향이 있다. (iia)의 강한 형태는 우리는 언어
가 우리에게 생각하게 하는 것으로부터 자유로울 수 없다고 주장
하는 반면, (iib)와 같은 약한 형태는 언어가 생각에 영향을 준다
는 것만 받아들일 뿐이다. 그러나 '언어 결정론'이 '언어 상대성'
의 강한 형태라는 잘못된 주장이 종종 나타나 혼란을 일으킨다.
핑커(2007)도 이렇게 생각하는 듯하다. 번역자의 관점에서 중요
한 것은 (iia)와 (iib)가 완전한 등가는 가능하지 않다는 견해의
강하고 약한 형태라는 점이다.

　'언어 결정론'이나 '언어 상대성'이라는 용어를 둘러싸고 논

란과 혼란이 많았는데, 이런 용어는 보통 미국 인디언들의 언어를 연구했던 인류학자와 언어학자 사피어와 워프(예를 들어 Whorf 1956을 보라)의 작업에서 유래한 것으로 여겨진다. 맘케어(Malmkjaer 2005:48-50)가 설명하듯이 사피어와 워프는 앵글로-아메리카 범주들을 다른 문화의 사고에 강요하고 싶지 않다는 욕망에서 출발했다. 이것은 물론 칭찬할 만한 목표이며, 문학 비평과 번역에서 최근 유행하는 많은 사고의 기반을 이루는 목표와 똑같다. 이는 종종 "타자성"이라는 용어로 표현된다. 머리에 바로 떠오르는 것만 예로 들어봐도, 베누티의 이국화, 크리스테바의 페미니스트 비평, 문학 텍스트의 특별한 성격을 강조하는 애트리지의 관점 등이 이런 생각을 배경으로 삼고 있다(Venuti 2009:97; Kristeva 1986:252; Attridge 2004:123을 보라). 사실 이것은 칭찬할 만한 목표일 뿐 아니라 상식적인 목표이기도 하다. 어떤 사람의 세계관이 본질적으로 다른 세계관보다 나은 경우는 있을 것 같지 않기 때문이다(Tymoczko 2007:15-53도 보라).

갈등은 '언어 상대성'과 '언어 결정론'이 어디까지 갈 수 있느냐, 또 이 두 가지가 어떻게 상호의존하고 있느냐 하는 문제 양쪽에서 생긴다. 굼퍼츠와 레빈슨(1996:24)이 지적하듯이 '언어 상대성'은 언어의 차이와 같은 것이 아니다. 언어의 차이는 당연하다고 받아들일 수 있다.

'언어 상대성'과 '결정론'을 둘러싼 갈등은 특히 언어학과 문학 이론에서 일어났으며, 대개 이념적인 이유 때문이었다. 촘스키(예를 들어 1957, 2000)의 작업에 기초를 둔 발생 언어학이나 위에 언급한 핑커(2007) 같은 경우는 여러 언어에서 다르게 실현되는 보편 언어 구조를 보여주는 데 관심이 있다. 반면 현대의 많은 문학 이론(예를 들어 탈구조주의)은 문화, 세계관, 언어의 차이에 초점을 맞추려 한다. 그러나 어느 분야든 대부분의 학자들은 언어가 우리의 사고방식을 결정한다(영향을 주기보다)는 강한 '언어 결정론'을 거부한다.

번역 이론가들에게 특히 이상해 보일 수 있는 것은 아주 많은 사람들이 상대성 진영 아니면 보편성 진영 둘 중 하나에 속해야 한다고 느끼는 것 같다는 점이다. 그러나 연구자마다 목표가 다르다는 점을 기억하면 도움이 될 듯하다. 심리학자라면 언어 결정론이나 상대성이 뇌에 관해 무엇을 말해주는지 알고 싶을 것이고, 화용론적 언어학자라면 맥락의 효과에 특히 관심이 많을 것이며, 번역학 연구자라면 번역의 과정과 수용에 영향을 주는 많은 추가 요인에 관심이 있을 것이다. 예를 들어 심리학자인 핑커는 '언어 결정론'이 틀렸고 '언어 상대성'은 옳지만 "따분하다"고 주장한다(2007:135). 사실 심리학자라면 언어 자체보다 언어가 사고에 미치는 영향에 더 흥미를 느낄 것이라는 점은 충분히 예상할 수 있는 일이다. 반면 번역학자에게 그런 상호작용은 전혀 따분하지 않다. 심지어 약한 언어 상대성(여기에서는 이론이라기보다는 관찰에 근거한 의견으로 제시하는 것이기 때문에 작은 따옴표를 붙이지 않았다)도 매우 흥미롭다. 한편으로는 그것이 어느 정도는 사실이라는 것이 거의 확실하기 때문이고(핑커도 인정하듯이), 또 한편으로는 소통, 나아가 번역은 경향들의 차이에, 그럴듯한 해석 방식에, 그럴듯한 내포에, 추론에, 또 문학 번역에서라면 시적 효과 같은 것에 관심을 가지기 때문이다.

또 언어학자의 관점에서는, 사실 안정성과 적응성 둘 다 필수적이라고 보는 이론은 틀림없이 모두 그렇겠지만(예를 들어 Spolsky 2002), 언어의 작동 방식에 대한 설명을 바로 보편적인 것과 언어에 특수한 것, 또는 문화에 특수한 것, 또는 맥락에 특수한 것 사이의 상호작용에서 찾는다. 굼퍼츠와 레빈슨(1996) 같은 상대주의적 언어학자들도 맘케어(2005:48)가 이야기하듯이, 심지어 그들 자신도 이야기하듯이(1996:3), 보편주의와 상대성 사이의 어떤 지점을 채택하기보다는 그냥 상호작용의 가능성을 받아들인다. 번역자와 번역 전문가에게는 바로 이런 보편-구체의 상호작용의 성격이 번역을 가능하게 하는 동시에 흥미롭게 하는 것이다(예를 들어 Tabakowska 1993:128을 보라).

구체적인 예를 들자면, 보로디츠키(Boroditsky 2004)는 어떤 사물을 표현하는 문법적 성은 해당 사물을 "남성적" 또는 "여성적"으로 보는 인지 방식과 강한 상관관계가 있다는 것을 보여준다. 그녀가 소개하는 실험에 따르면, 교량을 문법적인 남성으로 분류하는 스페인어 사용자들은 그것을 "크고, 위험하고, 길고, 강하고, 완강하고, 우뚝 솟은"것으로 묘사하는 반면, 여성으로 분류하는 독일어 사용자들은 그것을 보통 "아름답고, 우아하고, 연약하고, 평화롭고, 예쁘고, 늘씬하다"고 묘사한다(2004:920).

핑커라면 스페인어 사용자도 교량이 예쁘거나 늘씬하다고 볼 수 있기 때문에, '언어 결정론'은 말도 안 되고, '언어 상대성'에 관해서는 어차피 아무 할 말이 없는 것이기 때문에 더 할 말이 없다고 이야기할 것이다. 그러나 굼퍼츠와 레빈슨이 지적하듯이

(1996:7-8) 우리는 여전히 성의 차이가 단지 문화적 차이를 반영하는 것인지, 아니면 거기에 영향을 주는 것인지 물어볼 수 있다. 번역학자라면 그런 차이가 사고에 영향을 주는—영향을 준다면—환경에 관해 더 알고 싶을 것이다. 프랑스어 "la lune"(달, 여성)과 "le soleil"(해, 남성)을 문법적으로 달이 남성이고 해가 여성인 독일어로 번역하는 경우를 생각해보자. 이것이 어떤 차이와 어려움을 가져올 것인가? 어떻게 독일어의 성을 고전 시대 신들의 성에 맞출 것인가? 실제로 많은 고대 종교에서 달은 해의 부인으로 그려지지 않는가(Biedermann 1992:224를 보라)?

핑커 같은 심리학자가 그런 문제들을 흥미롭게 여기지 않는 이유는 사람들이 이론에 기대하는 것과 관계가 있다. 만일 이론(언어학적이든, 문학적이든, 번역에 관한 것이든)—세계에 대한 정신적인 그림—이 조정이 필요한지 판단하기 위해 진짜 예들에 비추어 가늠해보아야 할 경우 어떤 사건이나 상황이 그런 조정이 필요하다는 증거를 제공하지 못한다면 아무런 흥미가 없을 것이다. 그러나 이론과 그 이론이 묘사하는 것 사이의 관계를 이용해 다른 일도 할 수 있다. 스페인어와 독일어 사용자를 대상으로 한 실험은 기존의 정신 모델에 관해 근본적으로 새로운 것을 전혀 말해주지 못할지도 모른다. 그러나 번역자에게는 분명하게 말해주는 것이 있다. 말에 내포된 의미는 대부분의 언어 사용자에게 완전히 무의식적인 것일 수 있지만, 그럼에도 어떤 실체나 텍스트를 지각하는 방식에서 여전히 어떤 역할을 한다는 사실이다. 번역 이론가에게는 번역자가 그런 내포된 의미들을 무의식적으로 고려하느냐 마느냐를 아는 것이 매우 흥미로울 것이다. 말을 바꾸면 '언어 상대성' 같은 이론은 맥락 속의 언어 사용(Gumperz and Levinson 1996:8)에 관해, 따라서 실제 번역이라는 맥락 속의 언어 사용에 관해서도 뭔가 이야기해줄지 모른다.

그러나 특히 번역과 관련된 결과들을 도출할 때 '사피어-워프 가설'을 둘러싸고 혼란이 생겨나는 데에는 또 다른 이유가 있다. 맘케어(2005:46)는 할리데이(1978:185) 같은 이론가들이 언어의 위상이 서로 다를 때에는 같은 것을 말하는 것이 가능하지 않다는 이야기를 했다고 주장한다. 그러나 할리데이를 꼼꼼히 읽어보면 그가 실제로 한 말은 서로 다른 위상에서 "같은 것"을 말할 수는 있지만 뭔가 다른 것을 의미하게 된다는 뜻에 가깝다는 사실을 알 수 있다. 예를 들어 우리는 "snicket"이나 "passageway"라고 말하면서 둘이 같은 의미이지만 그저 표현만 다르다고 느낄 수도 있다. 내가 이해하는 바로는, 이런 경우 할리데이의 주장은 snicket은 아마 그 용어가 사용되는 지역에만 존재하는 특정한 종류의 passageway를 이야기하는 것일 터이고 passageway는 훨씬 일반적인 유형을 가리키는 만큼 둘의 의미는 다르고 보아야 한다는 것이다. 이런 견해가 단지 위상이 아니라 언어 수준에서도 적용된다면 번역에 특히 흥미로울 것이다. 등가로 보이는 것이 실제로는 같은 뜻이 아닐 수도 있다는 이야기가 되기 때문이다. 그렇다고 여성적 특질이 있는 스페인 교량을 상상하거나 그런 것에 관한 이야기를 하는 것이 불가능하다는 뜻은 아니다. 다만 독일어의 "Brücke"라는 단어와 스페인어의 "puente"라는 단어*가 각

---

* 둘 다 다리라는 뜻.(옮긴이)

언어를 사용하는 사람들에게 완전히 똑같은 의미는 아니라는 것이다. 이것은 야콥슨도 한 말이다(2004:139). 그러나 스페인어와 독일어로, 또는 영어와 독일어로 같은 것을 이야기한다 해도 서로 의미는 약간 다르다고 주장한다고 해서 양쪽 언어로 똑같은 것을 말할 수 없다는 논리적 결과가 나오는 것은 아니다. 말을 바꾸면, 1장에서 나온 예 "Es ist gehüpft wie gesprungen"(1.21)와 "It's as broad as long"(1.23)이 각 언어의 원어민에게 똑같은 내포된 의미를 갖지 않는다 해도, 영어 사용자가 뛰어내리고 뛰어오르는 이미지를 상상하고 이야기하는 것이 불가능하다거나 독일어 사용자가 넓이와 길이를 비교하여 상상할 수 없다고 말하는 것은 전혀 다른 이야기다. 언어의 차이에서는 강한 '언어 결정론'도 강한 '언어 상대성'도 번역의 불가능성도 나오지 않는다. 거기에서 나오는 것은 번역자의 과제가 간단하지 않다는 결론이다. 그런 잘못된 이해—두 언어에서는 "같은 것"도 다른 의미라는 전제에서 번역을 할 수 없다는 결론이 나오는 것—는 '사피어-워프 가설'을 둘러싼 몇 가지 혼란 가운데 최악의 것이다.

문학 번역과

비문학 번역

언어적이고 문화적인 차이의 존재는 어떤 사람들이 번역이 불가능하다고 생각할 수 있는 한 가지 이유가 된다. 이 장의 서두—p.52의 (i)—에서 제시한 다른 이유는 문학 번역에서 형식과 의미 사이의 긴밀한 연결이다. 번역 행위가 형식과 의미를 가르고 오직 의미만 보존한다면, 문학 번역(그리고 형식과 의미가 긴밀하게 연결된 다른 모든 유형의 텍스트 번역)은 불가능할 것이다.

여기에도 생각해보아야 할 많은 논점이 있다. 텍스트의 의미는 이 세계(또는 어떤 세계든)의 재현 속에서 발견되는 것인가, 아니면 형식적 특징들이 그 자체로 (비재현적) 의미를 실어나르는가? 문학적(따라서 허구적) 텍스트의 의미가 참이라는 말은 어떤 뜻인가?

잠깐 생각해보면 문학 텍스트는 이 세계를 재현하지 않는다는 것, 또는 재현만 하는 것은 아니라는 것을 알 수 있다. 문학 텍스트가 다양한 세계를 재현한다고 어느 정도는 말할 수 있지만, 우리가 아는 세계에 견주어 볼 때 이 세계들은 단순히 허구적이거나 심지어 실제로는 불가능할 수도 있다(Gavins 2007:12 참조). 이 세계에는 말하는 동물, 생각하는 식물, 시간 여행이 들어갈 수도 있다. 그러나 이런 텍스트가 재현하는 세계들이 단지 우리가 "현실" 세계라고 부르는 것으로서 인식될 수 없다는 말은 아니다. 새뮤얼 베켓 같은 작가는 다른 어떤 것을 재현하지 않는, 즉 텍스트가 가리키는 세계가 떠오르지 않는 글을 쓰느라고 열심히 노력했다. 다음 예들의 형식이 일반적인 의미에서 아무것도 재현하지 않는다면, 번역자는 이 형식이 무엇을 의미하느냐고 물어볼 필요가 있다. 번역을 하려면 어떤 것이 무엇을 의미하는지 어느 정도는 생각을 갖고 있는 것이 실제적인 의미에서 필수적으로 보이기 때문이다.

(2.1) Longing the so-said mind long lost to longing

(Beckett 1999:36)

(2.2) Kroklokwafzi? seměmemi!

Seiokronto-prafriplo.

(Morgenstern 1965:226)

(2.1)에서는 첫번째 "longing"의 문법적 주어가 무엇인지 분명치 않다. 물론 이것은 이때의 "longing"이 동사처럼 사용된 것이라고 가정할 경우인데, 사실 구문이 분명하지 않아 그 의미가 동사 "to long"과 형용사 "long"이라는 어휘적 의미로 환원되는 경향이 있기 때문이다. 이런 의미에서 (2.1)은 가능한 사건의 묘사가 아니라 단지 일련의 소리일 뿐이라고 주장할 수도 있다. 그러나 대부분의 경우 번역자가 다음과 같이 소리만 보전하는 것으로 충분하다고 생각할 가능성은 많지 않다.

(2.3) Locke den sosagten Geist lang gelockt in Locken.

(2.3)에는 (2.1)에는 없는 의미 요소—"entice"(locken)와 "curl"(Locke)—가 들어간 것처럼 보인다. 반대로 (2.1)에 있던 의미 요소—"long"이 암시하는 슬픔, 권태, 좌절이라는 내포된 의미라고나 할까—가 사라졌다. 예 (2.2)를 앤시어 벨(1992:미출간)은 다음과 같이 번역했다.

(2.4) Kroklokwoffzie? Seemimeemi!
     Siyokronto - prufliplo

벨은 모르겐슈테른 자신의 발언에 근거하여 그의 시가 "순수
한 소리"(1992:미출간)라고 말하지만, 이 경우에도 그녀의 번역
은 그 이상을 보여준다고 주장할 수 있다. 그녀가 보존하고 있는
첫 행의 문장 부호는 이것이 질문과 (어쩌면) 대답임을 보여준
다. 우리는 우리가 아는 단어들의 의미에 기초하여 우리가 아는
세계에서 이 소리들이 암시하는 대상을 떠올려볼 수밖에 없다.
첫 단어는 (나에게는) 구체적 대상처럼 들린다. 독일어로든 영어
로든 악어와 개의 잡종인 동물인지도 모른다. 반면 두번째 단어
는 그것이 겉모습과 흉내를 결합한 어떤 추상적인 것이라고 대답
하는 것처럼 보인다(독일어보다는 영어에서 이런 내포된 의미가
더 강하다).* 이런 이미지는 독자마다 다를 것이며, 따라서 이 시
를 시가 작동하는 방식을 표현한 시로 보는 것도 가능하다. 독자
들이 다양한 방식으로 맥락화하게 될 내포된 의미를 체현하고 있
다는 것이다.

이 예들이 암시하는 바는 소리, 구문 등 텍스트의 형식적 특징
들이 늘 텍스트 바깥의 현실 세계에 있는 뭔가를 참조하여 의미
의 일부를 끌어낸다는 것을 보여준다. 독자가 이 세계를 구축하
는 데 큰 자유를 누리고 있다 해도 마찬가지다.

따라서 번역자의 관점에서 볼 때 형식이 도상적인 방식으로

---

* 영어에서 crocodile은 악어, woof는 개가 짖는 소리, seem은 ~으로 보인다는 뜻, mimic
은 흉내 낸다는 뜻.(옮긴이)

"의미"를 갖지 않는 경우, 즉 (1.14)의 예에서처럼 직접적으로 소리를 재현하는 경우에도, 여전히 의미를 전달하기는 하는 것이다. 이것은 (2.3)처럼 (2.1)의 의미를 무시하는 번역은 소리를 무시하는 다음 번역과 마찬가지로 나쁜 번역임이라는 뜻이다.

(2.5) Sehnsucht der sogenannte Geist längst der Sehnsucht
　　 longing the　so-called　mind long to-the longing

verloren.
lost

(독일어를 모르는 독자는 독일어가 거의 쓴 대로 발음한다는 점을 생각하라.)

그러나 소리로만 의미를 전달하는 경우는 거의 없다는 것을 받아들인다 해도, 소리를 보존하는 일이 중요하다는 것은 추가의 문제를 제기한다. 번역은 (2.3)의 경우처럼 원문의 소리를 흉내 내야 하는가, 아니면 (2.6)의 경우처럼 목표 언어에서 똑같은 내포된 의미를 가진 소리를 이용해야 하는가?

(2.6) Verlangen der sogenannte Geist lang in Verlangen
verloren.

(2.1)의 소리를 어떻게 표현하는가 하는 문제에 대하여 (2.3), (2.5), (2.6)이 보여주는 다양한 답은 앞 절에서 언급한 번역의 중심 문제에 대하여 사람들이 제시하는 답을 정확하게 반영한다. 베켓의 번역자는 독자가 베켓을 베켓의 맥락에서 이해하기를 바

라는가, 아니면 독자 자신의 맥락에서 이해하기를 바라는가? 베켓이 사용하는 언어의 맥락에서 이해하기를 바라는가, 아니면 독자가 사용하는 언어의 맥락에서 이해하기를 바라는가? 이 질문에 어떤 답을 하는가는 번역자가 누구에게 충성해야 한다고 보느냐에 달려 있으며, 이 문제는 3장에서 다시 이야기할 것이다.

따라서 우리는 문학 텍스트에서 형식적 특징들이 실제로 의미를 전달하지만, 그런 텍스트에조차 재현적 요소가 늘 존재한다고 이야기할 수 있을 듯하다. 그렇다면 문학 텍스트는 세계를 어떻게 재현하는가? 이런 텍스트는 어떤 의미에서 참인가?

"참"이라는 말의 의미에 관해서는 아마도 의견이 거의 갈리지 않겠지만—참인 진술은 있는 것은 있다고 주장한다(O'Hear 1985:88을 보라)—의미와 재현의 문제에서 흥미로운 것은 무엇이 참인가를 결정하는 방식이다. 이 점에 관해서는 여러 가지 견해가 있는데, 진술을 세계에 대비해보거나(참-조건적 의미론이라고 알려진 것에서처럼), 일군의 믿음들의 일관성을 측정해보거나, 심지어 우리의 생각을 바꾸는 모든 것을 참으로 받아들이기도 한다(O'Hear 1985:88-97). 문학적 텍스트의 경우 우리는 이것이 현실 세계와 맺는 관계 속에서 참으로 입증되기를 기대하지 않는다. 사실 이런 식으로 참으로 입증되는 것이 미학에는 오히려 해가 된다고 여겨지는 경우도 많았지만(예를 들어 Attridge 2004:14를 보라) 그래도 텍스트가 설정한 허구적 세계(또는 일군의 하위 세계들, Semino 1997:71-77을 보라) 안에서는 일관성을 유지하기를 기대하게 된다.

스페르베르와 윌슨(1995:265)은 실제로 이야기되는 것의 참보다는 관련도에 관심이 있다. '관련도 이론'에서 사용되는 전문적 의미의 '관련도'란 어떤 것을 이해하는 데 투자된 노력이 독자에게 인지적 이득으로 보답을 받는 수준이다(1995:265). 지식의 증가(예를 들어 비문학 텍스트를 처리할 경우)나 "기존 지식의 재조직"(1995:266) 등이 인지적 이득이 될 수 있다.

문학적 텍스트에서 인지적 효과는 시적 효과라고 가정할 수 있다. 독자의 정신에서 특정 영역의 지식과 관련된 가정들을 작동시키거나(Pilkington 2000:134), 독자에게서 특정한 감정을 일으키거나(Pilkington 2000:164), 독자가 의미를 찾는 과정에서 쾌감을 느끼게 하거나(Boase-Beier 2006:88-89; Grandin 2005:96), 신체적 반응을 일으키거나(Richards 1970:28.31), 묘사된 상황이 부재한 상태에서 생각을 정리하여 그런 상황이 실제로 발생했을 때 대처할 수 있게 하는 것(Richards 1970:29) 등이 그런 효과다.

단순한 참이나 거짓보다는 시적 효과에 관심을 가질 경우—문학 텍스트의 세계에서 참이면서 동시에 현실 세계에서도 참으로 생각될 수도 있는 것이 허위로 입증 가능한 것보다는 그런 효과가 클 가능성이 높다고 주장할 수는 있지만(Sperber and Wilson 1995:264를 보라)—우리는 문학 텍스트의 번역에서 옮겨진 것이 그런 시적 효과와 관계가 있다고 생각하게 된다. 화자가 새벽에 정원을 내다보는 다음 예를 생각해보라.

(2.7) No moonshine mixed into the grey of morning,
......

And no more mine in this light than in dream

(Hamburger 2000:64)

"moonshine"이라는 말에는 여러 시적 효과가 있다. 여기에는 "moonlight", "foolish talk"(*Concise Oxford Dictionary* 2008:927 에 나오는 의미) 또는 "visionary talk or ideas"(더 앞선 판본인 1976:707에 나오는 의미) 등 적어도 세 가지 의미가 있다. 이 말은 "grey of morning", "dream"과 결합하여 현실 세계와 대조를 이루는 면을 암시하며, "no more mine"과 나란한 위치에 자리 잡고 비슷한 소리가 나기 때문에 현실과 박탈(꿈과 소유) 사이의 연결을 암시한다. 우리는 이런 다양한 의미(특히 "moonshine"의 옛날 의미와 좀더 최근의 구어적 의미를 의식하게 된다면)를 처리하면서 "this light"가 시에서 화자에게 주는 혼란의 일부를 정신적으로 재연하는 동시에, 그 의미가 비록 잘 잡히지는 않지만, 그럼에도 분명할 수 밖에 없다고 느끼게 된다. 화자가 아침에 정원을 내다보면서 그렇다고 느끼고 있는 것과 마찬가지다. 화자는 다가오는 아침 빛 속에서도 꿈이계속 이어지고 있다고 말하고 있다.

물론 필킹턴(2000)이나 터너(1996) 등 많은 학자가 지적했듯이 이런 효과는 문학 텍스트에 한정되지 않는다. 예를 들어 다음 같은 표제도 우리에게 혼란을 줄 수 있다.

(2.8) Dead veterans happy to rock again for Obama (Reuters, July 2 2008)

사실 불확실성을 만들어내 독자가 계속 읽어나가도록 유도하는 것은 표제의 잘 알려진 특징이다. 이 경우에 독자는 "dead"가 형용사가 아니라 명사라는 사실을 알게 될 것이다. 이 말은 밴드 '그레이트풀 데드'의 생존한 멤버들이라는 뜻이다(추가의 예는 Boase-Beier 2006:86-7을 보라).

마이클 햄버거에서 나온 예 (2.7)을 프란츠 부름(Dove 2004: 104)은 다음과 같이 번역했다.

(2.9) Kein Mondlicht ins Morgengrauen gemischt
      no moonlight into morning-grey mixed

      Und mein in diesem Licht so wenig
      and mine in this   light so little

      Wie es im   Traum······ war
      as it in-the dream······ was

이 번역에서는 시적 효과의 일부가 사라졌다고 주장할 수도 있다. 여기에서는 "Mondlicht"(moonlight)의 의미에 관한 불확실성을 전혀 느낄 수 없으며, 소유의 불확실성을 암시하는 대비도 없다. 만일 (2.8)이 이와 비슷한 방식으로 다음과 같이 번역된다고 해보자.

(2.10) Veteranen des Dead freuen sich, wieder für Obama
       zu rocken

여기에서는 "Dead"가 명사라는 것이 아주 분명하기 때문에 원문의 효과가 사라질 것이다. 문학적인 예 (2.9)에서 번역의 손실은 만족이 덜한 읽기 경험을 낳으며, 그런 손실이 시집 전체에 걸쳐 일어난다면 번역된 책의 판매에도 영향을 줄지 모른다. 표제 (2.10)에서는 독자의 관심이 영향을 받을 수도 있다. 이것은 일반적인 의미의 "참"과는 아무런 관계가 없고 오직 독자의 정신이 영향을 받는 방식하고만 관계가 있는 텍스트에서 감지되는 효과일지도 모른다.

이상은 효과 상실의 상당히 단순한 예들이지만, 1장에서 논의 했듯이, 이런 효과가 핵심적이라고 여기는 이론도 많다. 특히 문학 텍스트의 경우에 시적 효과는 복잡하고 미묘하며, 번역자가 그것을 이해하는 것이 중요하다. 시적 효과 문제에 관해서는 2부에서 집중적으로 이야기할 것이다.

문학 텍스트에는 형식적 특징들이 분명히 중요하며, 이런 이유로 구트(2000:132-133)는 문학 텍스트와 관련되는 번역은 "직접 번역"이며, 원래의 발언의 내용만이 아니라 형식과도 닮아야 한다는 점에서 직접 인용과 비슷하다고 주장한다. 이 점을 표현하는 또 하나의 방법은 애트리지(2004:75)처럼 문학 텍스트의 형식적 특징들은 의미심장하게 두드러져서 번역에서 모방할 수 있으며, 따라서 문학은 정의상 번역 가능하다고 말하는 것이다. 이 말은 문학 텍스트는 번역 가능하며, 그 방법은 똑같은 참을 재현하는 것이 아니라 "형식적 특징들"과 "새로운 맥락에 열려 있는 면"(같은 곳) 두 가지를 모두 최대한 유지하는 것이라는 뜻이다.

구트는 또 일부 번역, 특히 비문학 텍스트의 번역은 형식과 효과의 맥락에서 원문이 하는 말을 우리에게 이야기해주지 않고 단지 다른 언어로 똑같은 상황을 기술할 뿐이기 때문에 사실상 전혀 번역이 아니라고 주장한다. 구트는 관광 브로슈어를 예로 든다. 이런 브로슈어는 같은 장소를 기술하기만 하면, 원래의 브로슈어의 형식을 유지한다는 점에서 그것과 닮았다는 것은, 아니, 닮았느냐 닮지 않았느냐 하는 것 자체가 별로 중요하지 않다. 애트리지의 표현을 빌리자면, 이런 텍스트에는 그것을 문학적이라고 표시해주는 동시에 엄밀한 의미의 번역의 기초를 이루는 "특이성"(2004:25)이 없다.

이런 다양한 발언들을 한데 묶으면 문학 번역과 비문학 번역 사이에 잠재적으로 아주 큰 차이가 있음을 알 수 있는데, 이것은 이 장의 서두에서 제시했던 (i)항과 관련하여 다음과 같이 표현할 수 있을 것이다.

  (ia) 비문학 번역은 목표 텍스트와 원천 텍스트에서 똑같은 상황을 기술하려 하지만, 둘 사이의 형식적 유사성은 중요하지 않다.

  (ib) 문학 번역은 특정한 형식적 특징과 문체상의 효과를 재창조하는 것을 포함하여 원천 텍스트에서 이야기한 것을 우리에게 말해주려 한다.

그러나 차이는 각각에 어울리는 번역 유형의 차이에서 그치는 것이 아니다. 텍스트 자체에도 차이가 있으며, 이것이 위의 (ib)의 앞부분에 반영되어 있다. 문학 번역은 원천 텍스트와 맺는 관계 속에서 파악되는 경향이 있지만, 그뿐만 아니라 문체와 시적 효과의 번역이기도 하다. 따라서 차이는 1장에서 논의한 대로 ((1.11)과 그 뒤에 이어진 논의를 보라) 문체를 일군의 약한 함의로서 이해하는 것과 관련되어 있는데, 이런 함의는 독자가 노력을 하게 해서 효과를 달성한다. 차이는 또한 1장에서 소개한 기능 개념과도 연결되어 있다. 광고의 기능이 독자에게 제품을 구매하게 하는 것이라면, 번역의 성공은 번역된 텍스트가 같은 기능을 이행하는 수준으로 측정될 수 있다. 문학의 기능은 시적 효과를 내는 것으로 이해될 수 있다. 예를 들어 불확실성을 만들어내거나, 독자가 뭔가를 다시 생각하게 하거나, 공포를 느끼게 하는 것이다. 문학에 관한 기능적 관점에 따르면 문학의 구체적 목표는 독자가 몰입하여 시적 효과를 느끼게 하는 것이며, 그렇다면 등가는 언어적 근접성의 맥락에서 측정할 수 없고(이미 그렇다는 것을 보았다) 또 의미와 함의를 보존한다는 맥락에서 측정할 수도 없다. 여기에는 두 가지 이유가 있다. 구트(2000:18)가 주장하듯이 독자의 인지적 맥락이 늘 가장 중요하지만, 우리는 그 맥락이 무엇인지 알 수 없으며 거기에 관한 가정만 할 수 있을 뿐이다. 구트는 성경 번역자로서 원천 텍스트에 담긴 인지적 상태의 불확실성보다는 독자의 인지적 상태의 불확실성에 초점을 맞추고 있다. 그러나 원천 텍스트의 불확실성도 존재하며, 문학 텍스트에서는 이 점이 중요하다. 많은 문학 비평 연구, 특히 최근의 연구(예를 들어 Iser 1971, 1974, 2006을 보라)는 우리가 저자의 의도나 텍스트의 메시지를 알 수 없다고 분명히 밝힌다. 그러나 번역자로서 우리에게는 전달할 어떤 의미가 있어야 한다. 나는 2006년에 낸 책에서 이것을 "번역의 허세"라고 불렀다. 이것은 번역자가 번역에서 저자의 의도를 전달하기 위한 출발점을 확보하려고 그 의도를 아는 척 "허세"를 부린다는 뜻이다. 문학 텍스트가 전달하는 의미에 관하여 어떤 느낌을 가져야 한다는 점에서 번역자는 원천 텍스트를 읽는 여느 독자와 다를 것이 없다. 독자는 의미를 창조하며, 경험 많은 문학 독자라면 대개 그 의미가 열려 있다고 볼 것이다(Attridge 2004:75 참조). 개념적 은유 이론에 따르면 우리 모두 **사건은 행위**(Lakoff and Turner 1989:36-37, Kövecses 2002:49-50)라는 은유에 따라 우리의 세계를 구축하기 때문에 저자도 재구축하기 마련이다. 문학적 읽기를 실제 그대로 창조적 모험으로 만들고(Carey 2005: Chapter 7도 참조) 문학 번역 자체를 창조적 활동으로 만드는 것은 바로 약한 함의로 이루어지는 문학 텍스트 문체의 이런 개방성이다. 다음 예, 즉 (2.11)의 첼란의 시의 마지막 연과 가능한 두 가지 번역을 생각해보라.

(2.11) Schweigewütiges
silent-angry

sternt
stars

(2.12) and a body that rages for silence

stars

(2.13) the silent-angry

will star

(2.12)는 (2.11)의 한 가지 특정한 의미를 제공하지만 원시의 많은 함의는 보존하지 못했다. 사실 이 마지막 행에서 첼란이 "to star"라는 뜻으로 만들어낸 동사를 포함하여 시의 각 연의 동사들은 시의 첫 구절인 "Erst wenn"(not until)에 의존하고 있다. 그래서 동사들은 현재 시제라기보다는 미래를 나타낸다고 할 수 있다. (2.13)은 모두 미래 시제임을 보여주기 위해 각 연의 동사구를 병렬로 사용하고 있는 반면 (2.12)의 출처인 햄버거의 번역(2007:381)은 첫 연 이후에는 현재로 바뀐다. 더욱이 이 시는 죽음 이후의 시간에 관한 것으로 보인다. 이 시에는 그런 상태를 암시하는 "Schatten"(shade or shadow), "droben"(on the other side), "Engel"(angels) 같은 단어들이 많다. 그래서 형용사 출신의 명사 "Schweigewütiges"를 햄버거는 "a body that······"으로 번역했으며, 이 주어를 따르기 위해 동사 "rages"를 추가했다. (2.13)은 다른 전략을 따르는 번역 대안을 제시한다. 이 번역은 첼란이 의도한 바를 풀어내려 하기보다는 그냥 열린 채로 놓아두고 있다.

이저, 애트리지 등을 따라 문학 텍스트에는 독자가 채워야 할 틈이 있다고 받아들인다면, 분명한 주어가 없을 뿐 아니라 "schweige"(silent)와 "wütig"(angry)의 관계도 불분명하다고 말할 수 있는 (2.11) 같은 텍스트에는 잠재적으로 그 수가 무한한 약한 함의가 있다. 함의가 약할수록 독자는 의미를 구축하기 위해 더 많은 노력을 기울여야 한다. "Schweigewütiges" 같은 복합어에서 두 단어의 관계를 생략하는 것은 독자가 끼어들 틈을 남기는 한 방법이다. 여기에서 가능한 의미들을 번역으로 제시한다면

(2.14) that which is angry about silence

(2.15) that which is raging to achieve silence

(2.16) that which is angry that silence cannot be achieved

등이다. 이 각각은 텍스트의 앞쪽 어딘가에 또는 첼란의 삶에 또는 그의 다른 시에 함축되어 있다고 말할 수 있다. 햄버거는 한편으로는 첼란의 삶을 연구하는 것이 필요하다고 하면서도 다른 한편으로는 그럴 경우 비생산적 "뒤얽힘"(2007:410)을 낳을 수도 있다고 말하여, 원작의 중의성을 제거하는 일에 양가적 태도를 드러낸다.

따라서 우리는 문학 번역이 목표로 삼는 등가를 의미와 함의의 보존에서 찾는 것이 아니라, 또 단지 함의를 보존하는 데서만 찾는 것이 아니라, 결말이 열려 있는 상태의 보존, 독자 참여 가능성, 종종 텍스트의 형식적 요소들에 의해 촉발되는 효과들의 재창조에서 찾아야 할 것이다.

지금까지 나는 마치 의미가 분명한 것처럼 "문학 번역"과 "비문학 번역"이라는 말을 사용해왔다. 그러나 앞장에서 말한 것처럼 그 의미는 모호하다. 사실 우리는 "문학 번역"의 의미를 네 가지로 구분할 수 있다.

(i) 문학 텍스트의 번역 행위

(ii) 어떤 텍스트든 문학적인 방법으로 번역하는 행위

(iii) (i)의 결과

(iv) (ii)의 결과

(i)의 예는 얼마든지 생각할 수 있을 것이다. 기록이냐 도구냐, 성공했느냐 성공하지 못했느냐, 직접적이냐 간접적이냐에 관계없이 단순히, 예를 들어 입센의 *Hedda Gabler*(1962) 같은 문학 텍스트를 영어 같은 외국어로 번역하는 행위를 뜻하기 때문이다.

(ii)의 예로서, 결과로 나온 번역이 실제로 제품 판매에 도움이 되느냐 하는 문제는 상관하지 않고 문체적 특징을 유지하면서 광고를 번역하는 과정을 생각해볼 수도 있다. 다음을 생각해보자.

(2.17) Goodyear OptiGrip

  20% better braking in wet conditions

  100% better prepared for other people's off days

브레이크 효과의 20퍼센트 개선이라는 측정된 사실—위의 광고에서는 자세하고 정확한 내용이 담긴 각주로 뒷받침되고 있다—과 더불어 이 타이어를 사용하면 다른 사람들의 실수에 대비하게 해준다는 생각을 모두 전달하고자 한 독일어 번역은 (2.17)을 다음과 같이 번역할 수도 있다.

(2.18) Goodyear Optigrip

  20% besseres Bremsen

  Und 100% besser auf schlechte Tage anderer gefasst

이 번역은 원문과 마찬가지로 이 타이어에서 브레이크 효과가 개선되었다는 중요하고 입증 가능한 사실을 유지하는 동시에 다른 어떤 타이어도 이런 안정감을 줄 수 없다는 입증 불가능한 사실도 암시하고 있다. 그러나 (ii)의 의미를 따르는 이 텍스트의 문학 번역은 다음처럼 될지도 모른다.

(2.19) Goodyear Optigrip

20% besseres Bremsen

100% bessere Vorbereitung auf die Fehler anderer

이것을 (ii)의 예로 보는 이유는 여기에서 "besseres Bremsen-bessere Vorbereitung"의 대비가 더 분명하다는 것이다.* 그 이유는 배치 때문이기도 하고, 구문 자체가 대구를 이루기 때문이기도 하다. 원문에서는 "better braking-better prepared"이라는 점, 즉 구문 구조가 서로 다르다는 점은 중요하지 않다고 여길 수도 있다. 문학 번역은 원문을 그대로 흉내 내기보다는 대구를 하나의 문학적 현상으로 보고 거기에 초점을 맞추고 싶을 수도 있기 때문이다. 그러나 (2.19)는 (2.18)보다 타이어를 잘 팔지 못할지도 모른다. (2.17)에 대한 등가가 기능적이기보다는 문체적이기 때문이다.

(iii)에 관해서 보자면 이런 의미에서 문학 번역은 *Hedda Gabler*의 영어 번역판이다(예를 들어 Arup 1981). (iv)에서는, (2.19)도 자격이 있을 것이다. 문학 텍스트는 아니지만, 기능적 등가보다는 문체적 등가라는 전략의 결과로 나온 것이기 때문에 문학적

---

* 비슷한 의미이지만 (2.18)은 대비한다는 뜻의 gefasst가 형용사 형태로 맨 뒤에 있고, (2.19)는 vorbereitung이 명사 형태로 앞에 나와 있다.(옮긴이)

방식으로 번역되었다고 볼 수 있는 것이다.

이런 구분은 대단히 중요하다. 번역을 어떻게 (그리고 어디에서) 가르치는가, 사업체나 다른 기관에서 어떤 종류의 번역자를 어떤 일에 고용하는가 등의 문제에 영향을 주기 때문이다.

일반적으로 문학적 원천 텍스트는 텍스트의 문학적 본질을 고려하고 그 자체로 문학적 텍스트인 어떤 것을 생산하는 번역 관행을 요구한다고 가정할 수 있다. 따라서 과정에 관해 이야기할 때는 (i)과 (ii)의 의미가 합쳐지는 경우가 많으며, 생산물에 관해 이야기할 때는 (iii)과 (iv)의 의미가 합쳐지는 경우가 많다.

이 책 전체에 걸쳐 나는 일반적으로 문학 번역이라고 할 때 (i)과 (ii)의 의미 양쪽을 포괄하고, 가끔 "문학 번역문"의 경우처럼 (iii)과 (iv)를 포괄하겠지만, 이 점은 문맥상 분명하게 드러날 것이다. 이 책의 나머지 부분에서 내가 할 이야기의 많은 부분은 비문학 번역과 대립되는 문학 번역에 초점을 맞출 것이며, 그 이유는 1장에 나와 있다. 1장에서 우리는 터너(1996)나 레이코프와 존슨(1980) 같은 인지 이론가들, 그리고 개념적 은유에 관한 다른 저자들의 관점을 따를 경우 우리가 때때로 문학적 과정으로 여기는 것이 우리가 생각하는 방식에서 근본적인 자리를 차지한다는 사실을 확인했다. 문학적 사고가 모든 사고의 밑바닥에 깔려 있다면, 즉 우리가 은유와 우화 같은 과정을 이용하여 언어에서 새로운 의미를 창조한다면, 모든 텍스트가 어떤 의미에서는 문학 텍스트라고 주장하고 싶어질 수도 있다. 그러나 (2.17)과 (2.7), 또는 진화에 관한 논문과 진화에 관한 시에는 분명히 차이가 있는 것처럼 보인다.

이것은 모든 사고의 뿌리에는 문학적 사고가 있을지 모르지만, 문학 텍스트는 혁신적 은유, 도상성, 중의성 등과 같은 문체적 장치를 더 자주 사용한다는 점에서 실제로 비문학 텍스트와 다르기 때문이다. 그 모든 장치가 우리 사고 밑에 깔려 있을지 모르지만, 그것이 텍스트로 표현되는 방식은 텍스트 유형마다 다르다. 다음 텍스트들을 생각해보라.

(2.20) Half a league, half a league,

Half a league onward,

All in the valley of Death

Rode the six hundred

(Tennyson 1894:222)

(2.21) At 11.00 our Light Cavalry Brigade rushed to the front······ They swept proudly past, glittering in the morning sun······

(*Times*, 14 Nov 1854)

번역자의 관점에서 보자면 (2.20)과 테니슨의 시의 자료로 알려진 *Times*의 보도(Tennyson 1897:381 참조)인 (2.21)은 대구에 부여하는 중요성에서 차이가 난다는 것을 쉽게 알 수 있다. 그러나 *Times* 보도에도 반복이 들어 있다. 또 "proudly past"의 두운은 확실히 중요하다. 차이가 있다면 *Times* 보도의 두운은 텍스트를 더 매혹적으로, 더 눈에 두드러지게 보이게 하는 데 기여하고, 곧 파괴와 패배의 장면이 될 장면의 아름다움을 강조하는 데 기여하는 반면, 테니슨의 반복은 말(horse)의 움직임, 상황의 절망감, 무의미한 명령, 맹목적 복종을 도상적으로 표현하는 데 기여한다고 주장할 수도 있다. 보도는 사건을 전하고, 시는 독자를 질문으로 이끈다.

그러나 다른 차이도 있다. 문학 텍스트가 창조하는 세계는 허구적이며, 나아가서 현실 세계에서는 가능하지 않은 요소들을 포함하면서 그 세계와 매우 달라질 수도 있다(Semino 1997:4-9를 보라). 번역자에게 이것은 문학 텍스트의 경우, 관광 브로슈어나 광고와 관련하여 우리가 위에서 언급했던 다시 쓰기의 가능성은 없다는 뜻이 된다. 문학 텍스트는 단지 현실을 재현하는 것이 아니며, 따라서 (2.20)을 다른 언어로 다시 쓰는 것—구트(2000:61)는 이것을 언어 간 비번역적 소통 행위라고 부른다—은 등가의(어떤 의미에서든) 문학 텍스트를 낳지 못할 것이다. 또 문학 텍스트는 위에서 논의했듯이 독자에게 요구 또는 허용하는 참여의 수준이 다르며, 따라서 번역본 또한 그 자체로 문학 텍스트로서 요구 조건을 충족시키려면 새로운 독자에게 비슷한 참여를 허용해야 한다. 문학 텍스트는 약한 함의, 틈, 중의성 등 의미 탐색을 요구하는 여러 요소들의 존재 때문에 번역이 되었을 때도 비슷하게 창조적 읽기가 가능해야 한다.

내가 2006년 책(75-82)에서 논의했던 또 하나의 차이는 문학 텍스트는 비문학 텍스트보다 정신 상태를 훨씬 많이 표현한다고 볼 수 있다는 것이다. (2.20)의 출전인 시 "The Charge of the Light Brigade"는 관찰자의 정신 상태(병사들의 용기에 대한 경이감)를 전달할 뿐 아니라, 대부분의 연에서 반복되며 전투의 공포와 절망을 암시하는 대목을 통해 병사들 자신의 정신 상태도 전달한다. (2.20)의 문학적 번역은 그런 정신 상태를 고려할 필요가 있다.

따라서 문학 번역은 일반적으로 문학 텍스트의 문학적 본질을 고려하면서 목표 텍스트로 문학 텍스트를 창조하는 번역으로 볼 수 있으며, 이 목표 텍스트는 원천 텍스트와 맺는 관계에서 기록적이기도 하다. 문학 번역은 일반적으로 텍스트의 다음과 같은 면을 중요하게 다룬다.

(i) 도상성이나 은유 같은 문체적 비유
(ii) 텍스트가 창조하는 허구적 세계
(iii) 독자가 텍스트에 참여할 기회
(iv) 텍스트에 체현된 인지적 상태

이런 점들을 얼마나 고려했느냐가 번역이 얼마나 성공했느냐를 결정할 가능성이 높다. 일반적으로 (i)부터 (iv)까지는 비문학 텍스트에서는 보존될 이유가 거의 없는 것으로 보인다. 비문학 텍스트에서는 기능이 더 중요할 것이기 때문이다. 지금까지 보았듯이 그런 번역은 원천 텍스트와 기록적 관계를 거의 가지지 않는 경우가 많다. 일반적으로 원천 텍스트와 기록적 관계를 갖지 않는 비문학 번역에 관하여 말하는 것은 재미가 훨씬 덜하다. 그것은 엄격한 의미에서 번역이 아니기 때문이다. 이런 이유로 비문학 번역은 이 책에서 논의의 주요한 초점이 되지 않을 것이다.

충성과 창조성

번역자의
충성

2장에서 우리는 '언어 상대성'의 맥락에서, 또 문학 및 비문학 번역과 관련된 형식과 의미 개념의 다양성의 맥락에서 번역이 어느 정도나 가능한지 생각해보았다.

무엇이 가능한가, 우리가 텍스트 바깥의 세계와 어떻게 관계를 맺는가 하는 문제, 특히 텍스트가 독자에게 미치는 영향의 문제는 번역이 무엇으로 이루어진다고 생각하느냐 하는 문제와 밀접하게 연결되어 있다. 2장에서 보았듯이 번역이 원천 텍스트와 등가의 목표 텍스트를 창조한다는 일반적 생각이 존재하기는 하지만, 우리는 늘 등가를 구성하는 것에 관한 다양한 관점들을 의식할 수밖에 없다. 이런 다양성에 접근하는 또 한 가지 방법은 이렇게 묻는 것이다. 누구의 맥락에 따른 등가인가? 자주 지적되어 왔듯이 번역 행위에는 많은 참가자들(인간이든 인간이 아니든)이 관여하고 있으며, 그들에게는 서로 다른 기대와 요구와 영향력이 있다(Nord 1997:140 참조). 존스(Jones 2009:303-305)는 이런 상황을 포착하여, 기록된 텍스트 같은 대상, 시간 압박 같은 조건, 전자우편이나 편지 같은 소통 방식, 시나 연극 같은 텍스트 유형, 나아가서 후원자, 독자, 출판업자 등과 같은 다양한 사람들을 포함하는 "네트워크"와 관련하여 번역을 이야기한다. 이런 요소들 몇 가지를 살펴보기 위해 독일의 시사 잡지 *Focus*(2004년 6월:137)에 나오는 다음과 같은 제목의 번역을 생각해보자.

(3.1) Umschlungen von Engelszungen
      surrounded   by angel-tongues

이것은 미국 가수 노라 존스에 관한 기사 제목이며, "melodies as gentle as children's songs"(같은 곳 : 나의 번역)와 관련되어 있다. 이 제목은 다음과 같이 번역할 수 있다.

(3.2) Surrounded with heavenly sound
(3.3) Surrounded by the voice of an angel
(3.4) Sung by an angel's tongue

첫번째 번역은 제목의 내적인 압운을 어느 정도 재현하고 있다. 두번째 번역은 소리의 반복을 재연하지는 않으며, 천사라는 폭넓은 이미지를 유지하지만, 독일어에서는 설득력을 암시하는 천사의 혀라는 이미지를 재연하지는 않는다. 이것을 보면 루터가 번역한 성경 고린도전서 13장 1절이 떠오른다. 흠정 영역 성경에는 "eloquence of angels"라고 나오는 부분인데, 이것은 그런 웅

변도 사랑이 없으면 공허하다고 말하는 구절 가운데 나온다. 따라서 "Engelszungen"의 함의는 의미가 없이 현혹하기만 하는 소리라고 말할 수도 있다. 세번째 번역 (3.4)는 "umschlungen"이라는 말에 내포된 의미를 잃어버렸다. 이 말은 둘러싼다는 뜻의 "umschlingen"이라는 동사에서 나온 것으로 연인의 포옹이나 덩굴식물, 또는 심지어 뱀의 치명적인 효과 등을 가리키며, 이런 내포는 "혀"라는 말의 사용으로 약간 강조되어, 기만을 암시하게 된다. 1장에서 보았듯이 원문과 언어나 문화적으로 가까운 상태를 종종 "충실성"이라고 묘사한다. 그러나 이 말은 충성과 유사한 어떤 것을 암시하기도 한다. 즉 단순히 언어나 문화에서 근접한 상태보다 넓은 어떤 것을 암시한다(Tymoczko 2007도 보라). (3.1)의 번역에 참가가 가능했던 후보들을 고려하면, 번역자가 충성심을 느꼈을지도 모르는 대상을 다음과 같이 떠올리게 된다.

(i) 구문, 의미, 소리를 포함한 텍스트 자체

(ii) 원문을 쓴 사람(스펜 F. 괴르겐스로 제시되어 있다)

(iii) 독일어 원문의 독자

(iv) 글의 주인공인 가수 노라 존스

(v) 이 글이 실리게 될 영국 간행물의 출판사

(vi) 영어로 번역된 글의 독자

텍스트 자체에 대한 충성이라는 맥락에서 번역자는 과거분사(예를 들어 umschlungen), 전치사(예를 들어 von), 복합명사(예를 들어 Engelszungen)가 있는 구절을 유지하고, 나아가 의미를 너무 심하게 바꾸지 않으면서 압운도 맞추어야 한다고 주장할 수도 있다. 그렇게 되면 (3.2)는 텍스트 자체에 부분적으로만 충실할 뿐일 것이다. 이런 맥락에서 측정하자면 모든 번역은 타협으로 간주할 수도 있다. 구문, 음운, 의미에 동시에 충실할 수는 없기 때문이다. 번역은 또 (i)에서 (vi)까지 각각이 서로 다른 충성을 뜻할 경우 이 모두가 동시에 가능하지는 않다는 점에서도 타협이다.

저자인 스펜 F. 괴르겐스에게 충성해야 한다는 견해도 나올 수 있다. 이 경우에는 예컨대 잘 알려진 저자가 쓴 소설이나 희곡만큼 이 점이 고려 대상이 되지는 않을지 모르지만, 그럼에도 어떤 텍스트든 저자에게는 특정한 목소리가 있다. 어떤 번역문에서 원저자의 목소리가 사라졌다고 말하는 것은 부정적 판단으로 간주될 수도 있다. 물론 헤르만스(Hermans 2007:53)가 주장하듯이 원저자가 일반적으로 매도되는 사람이라면 이야기가 다르다. 헤르만스가 제시하는 예는 히틀러의 번역으로, 이 경우에 번역자는 저자에게 아무런 충성심을 느끼지 않을 수도 있다. (iii)의 맥락에서 원문의 독자에게 충성심을 느끼는 번역자는 원문의 독자는 이러저러한 효과(예를 들어 음악의 공허했을 수도 있는 아름다움에 대한 경계심)를 느꼈으며, 따라서 번역문 가운데 어느 것도 이런 요구를 충족시키지 못했다고 주장할 수도 있다.

글의 주인공에 대한 충성이라는 (iv)의 맥락에서 볼 때 제목에 내포된 의미는 노라 존스의 선율이 특별히 아름다운 목소리, 심지어 그녀의 순수하고 파릇파릇하고 매혹적인 외모와 관계가 있다고도 주장할 수 있다. 따라서 (3.2)의 번역은 가수의 진정한 모습을 보여주지 못한다고 주장할 수도 있다.

(v)에 관해서 보자면 많은 번역에 청탁자가 있고, 이 청탁자가 목표 독자가 아닌 경우가 많다는 점에 주목할 수도 있다(예를 들어 Nord 1997:30을 보라). 따라서 (3.1)의 제목 아래 나오는 기사의 번역자는 영어판 잡지의 구체적인 정책을 고려해야 하는데, 이 정책에는 특별히 짧은 제목, 말장난이나 소리의 반복을 통한 암시 등이 포함될지도 모른다. 암시를 좋아한다면 "Wings of Song" 같은 제목을 사용할 수도 있을 것이며, 텍스트 속의 Beschwingtheit(elation, 독일어는 어원에서 Schwinge(wing)와 관계가 있다)라는 표현은 제목을 뒷받침하는 방식으로 번역할 수도 있을 것이다.

(vi)과 관련하여 번역자가 번역된 텍스트의 독자에게 가장 강한 충성심을 느낀다고 할 때 이 독자는 물론 일반적으로 가상의 존재이며, 피시(Fish 1980)나 이저(2006:57) 같은 문학평론가가 이야기한 내포 독자와 공통점이 많다. 노라 존스의 새 앨범에 관한 보도 영어판의 내포 독자는 이 기사가 음악 잡지에 실리느냐 아니면 원래의 독일 잡지 *Focus*처럼 일반 독자를 겨냥하느냐에 따라 달라질 수도 있다.

(i)부터 (vi)이 표현하는 충성과 관련하여 노르트(Nord 1997:125)는 텍스트 사이의 관계에서 나온다고 보는 "충실성"과 "**사람들** 사이의 사회적 관계"[노르트의 강조]로 규정한 "충성심"을 구분하고 있다. 여기에서 주요한 문제는 번역 과정에 개입하는 진짜 사람들, 상상된 사람들, 내포된 사람들, 비인격적 요소들 사이의 차이가 전혀 분명하지 않다는 것이다. 그 예로 토마스

베른하르트(Reidel 2006:20)의 제목이 없는 시 한 편의 번역을 보자. 다음은 원시의 다섯 행이다.

(3.5) (1) Wann Herr   wird   mein Fleisch
          when lord will-become my flesh

      (2) und dieser kalte Tod im Winter
          and this cold death in-the winter

      (3) Nacht und Mühsal
          night and   toil

      (4) steinig und erfroren
          stony and frozen

      (5) zu den Bluten reinen Winds
          (to) the flowers of-pure wind

이 다섯 행을 해석하는 방법은 적어도 두 가지가 있다. 그것은 대체로 다음과 같다.

(i) When will my flesh and this cold death in winter—night and toil, stony and frozen—become the flowers of pure wind

(ii) When will my flesh and this cold death in winter— night and toil—become, in a manner both stony and frozen, the flowers of pure wind

(i)은 이 시행들이 구원에 관한 것임을 암시한다. 지금은 차갑

고 단단하고 고통으로 가득하지만 언젠가 꽃처럼 될지도 모른다
는 것이다. 그러나 (ii)는 사뭇 다른 것을 암시한다. 구원 자체가
차갑게 얼어붙은 돌덩이 같다는 것이다. 제임스 라이델(2006)의
번역은 두번째 입장을 택하는데, 여기에는 몇 가지 이유가 있다.
하나는 이 시 후반부에 "starre Engel"이 언급되는데, 이것은 문자
그대로는 뻣뻣한 또는 얼어붙은 천사들이라는 것이다.

그러나 구원 자체가 차갑기 때문에 이 시의 구원에는 비꼬는
듯 거리를 두는 태도가 섞여 있다고 해석하는 라이델의 번역이
원저자에 대한 충성심에서 이런 입장을 취하는 것일까? 또 만일
번역자가 (3.5)의 행들을 (i)과 비슷한 의미를 부여하는 방식으
로 번역한다면—사실 구문으로 볼 때는 이것이 독일어 시에 더
가까운 듯하다—이 번역자는 자신이 인식한 텍스트에 충실한 것
뿐일까? 사실 어떤 해석을 기초로 번역을 할 것인지 결정하려
면 대부분의 번역자는 베른하르트, 그의 관심사, 다른 문학적 생
산물, 그에 대한 평가에 관하여 많은 것을 읽을 것이다. 라이델
이 이런 노력을 했다는 것은 "역자 서문"을 보면 알 수 있다. 그
는 베른하르트의 작품을 "오랜 기간"(2006:xv) 공부했다고 말
한다. 라이델은 가톨릭에 대한 베른하르트의 비꼬는 관점을 드
러내는 방식으로 번역하는 것을 목표로 삼고 있는 것이 분명하
다. 하지만 라이델이 토마스 베른하르트라는 개인, 심지어 시인
토마스 베른하르트가 아니라, 이 시와 그가 번역한 다른 시들 속
의 페르소나에게 충성하고 있다고 주장할 수도 있다. 이 페르소
나는 늘 독자가—따라서 번역자도— 재구축한다(Boase-Beier
2006:108-110을 보라).

따라서 충성심은 까다로운 개념이다. 원저자에 대한 충성심이라고 할 때도 늘 재구축된 인물에 대한 충성심이다. 현대 저자를 번역하는 사람들 가운데는 저자에게 의도를 물어봄으로써 충성심을 더 구체화하기도 하지만(예를 들어 Clancy 2006:6-12를 보라), 저자가 안다거나 말해줄 것이라는 보장은 여전히 없다. 마찬가지로 독자에 대한 충성심도 위에서 이야기되었듯이 늘 가설적 인물을 목표로 삼는다. 번역자 자신이 독자이며, 따라서 독자의 역할에 관해서는 권위 있게 말할 수 있다고 주장할 수도 있다. 그러나 문학 텍스트가 그 성격상 다양한 독자의 다양한 독법에 열려 있고, 또 독자의 인지적 맥락에 따라 다양한 효과에도 열려 있다면, 독자는 저자와 마찬가지로 늘 가능한 또는 상상된 독자에 불과하다.

따라서 번역에 관련된 사람들과의 관계로서 충성심이라는 개념은 텍스트와의 관계만큼이나 번역자의 상상과 해석에 달려 있다. 이런 이유로 사람과 사물, 또는 저자와 텍스트, 또는 독자와 효과의 구별은 인위적인 것으로 보인다. 따라서 충성을 위에서 논의한 존스의 모델(Jones 2009를 보라)에서처럼, 또 "관계자 네트워크"(Pym 2010:154-156)를 사용하는 다른 이론들에서처럼, 번역에 관련된 모든 결정자와 맺을 수 있는 관계로 보는 것도 일리가 있다.

충성 문제에서 핵심은 우리가 1장과 2장에서 충실 대 자유, 기록적 번역 대 도구적 번역, 이국화 번역 대 자국화 번역에 관해 논의할 때, 또 상대성에 관해 논의할 때도 만났던 쟁점이다. 즉 원천 텍스트가 그 나름의 맥락에서 목표 독자에게 전달되느냐, 아니면 목표 언어와 문화의 맥락에서 전달되느냐 하는 것이다. 말을 바꾸면 (3.1)의 천사의 혀라는 말이 독일 사람들이 그렇게 말을 하므로 영어 번역에서도 보존될 필요가 있느냐, 아니면 (3.2)와 (3.3)에서처럼 영어 사용자들이 할 만한 말로 대체해야 하느냐 하는 것이다. 이 문제를 생각하는 또 하나의 방법은 맥락이라는 조건이다. 언어학과 문체론, 나아가 문학의 최근 연구들은 일반적으로 텍스트를 둘러싼 문화, 그리고 텍스트가 발생하고, 읽히고, 전달되는 실제 상황과 관련하여 맥락을 고려한다. 예를 들어 발로우(Barlow 2009:ix)는 1999년 이후 영문학 교육에서, 특히 학교에서 맥락을 "새롭게 강조"해왔다고 지적한다. 또 벡스, 버크, 스톡웰(Bex, Burke and Stockwell, 2000)은 텍스트에서 "언어적 특징들을 순수하게 형식적으로만 묘사하는 것을 거부하는 태도"가 이제는 "문학 문체론의 최첨단"에서 전형적이라고 지적한다(2000:ii, iv). 언어학자, 비평가, 그리고 누구보다도 번역자에게 맥락은 하나의 표현, 하나의 구절, 하나의 텍스트를 둘러싼 모든 것이다. 이것은 문장일 수도 있고(직접적인 언어적 맥락), 책일 수도 있고(하나의 구절이 나타나는 물리적 맥락), 하나의 텍스트가 씌어지고, 읽히고, 이해되고, 번역되고, 구매되는 역사적이고 문화적인 배경일 수도 있다. 맥락, 역사, 문화는 또 사람들이 지지하는 이론의 유형도 결정한다.

맥락은 비문학 텍스트에서 특히 중요하다. 이탈리아어 자동차 광고를 영어로 번역한다면 해당 자동차를 어떻게 볼 것인가, 따라서 광고를 어떻게 번역할 것인가를 결정하는 것은 이탈리아 자동차들의 맥락이 아니라 영국 시장의 맥락이 될 가능성이 높다.

자연 보호에 관한 스웨덴어 텍스트를 영어로 번역할 경우 그것을 스웨덴이라는 맥락에서 보고 싶어 할 수도 있지만(예를 들어 스웨덴이 자연 보호 문제에 어떻게 접근하는지 보기 위해), 번역은 그것을 영국 맥락에 맞게 바꾸어놓을 가능성이 높다. 나이다(Nida 1964)나 구트(Gutt 2005)의 많은 예가 보여주듯이 성경 번역에서 나사렛 예수와 제자들의 생활 방식에 관해 뭔가 알아보기 위해 우화를 원래의 맥락에서 보고 싶어 할 수도 있지만, 독자의 삶에 적용할 가능성이 더 분명하게 나타나도록 우리 자신의 맥락에서 보고 싶어 할 수도 있다. 이 사례들 각각에서 번역된 텍스트가 사물을 원래의 맥락에서 본다면 독자는 그것을 자신의 맥락에 적용하는 방향으로 더 노력을 해야 한다. 만일 번역이 그 작업을 이미 어느 정도 해놓았다면 그런 노력은 줄어들 것이다. 문학 텍스트의 경우에는 많은 비평가가 말했듯이(예를 들어 Vogler 2007:ix; Heaney 1955:4) 늘 구체적인 것과 보편적인 것 사이의 상호작용이 있다. 이때는 텍스트를 독자의 맥락에 적응시킬 필요가 없다. 문학적 읽기에는 일반적인 상황과 관련하여 또 원천 문화와 목표 문화의 구체적 차이와 관련하여 원문의 맥락을 이해하는 것도 포함되기 때문이다. 아프리카 소년의 마을 생활을 읽는 영국의 어린이, 미국 군인의 죄책감을 읽는 독일 남자, 이탈리아 교사의 재판 이야기를 읽는 영국인 교사는 모두 그것이 자신의 상황과 관련을 맺는 방식을 평가할 수 있고 동시에 자신의 상황과 텍스트의 상황의 차이를 이해하기에 충분한 경험을 공유하고 있을 것이다. 맥락, 상대성, 차이에 초점을 맞추는 탈구조주의 문학 이론만이 아니라 우리 자신의 문화를 다른 모든 사람의 문화를 보는 척도나 기준점으로 삼지 않는 탈식민주의 이론의 영향을 받은 베르만(Berman, 2004)이나 베누티(Venuti, 2008) 같은 번역 비평가들은 텍스트를 그 자체의 맥락에서 번역하는 관점만 받아들이려 한다.

따라서 이런 논의에서 떠오르는 것은 비문학 번역과 문학 번역의 또 하나의 구분—우리는 이미 1장과 2장에서 몇 가지 구분을 보았다—이다. 충성의 맥락에서 보면 비문학 번역은 목표 맥락에 충성할 가능성이 높고 문학 번역은 원천 맥락에 충성할 가능성이 높다. 그 결과 문학 번역은 목표 맥락에 적용하는 노력을 독자에게 맡기는 경향이 있다.

번역과
창조성

입센의 희곡이나 톨스토이의 소설 번역은 적어도 부분적으로는 우리에게 원문이 말한 것을 이야기해주는 텍스트다. 반면 구트가 주장하듯이 어떤 텍스트도 다른 텍스트를 단순히, 또는 심지어 어느 정도 수준에서라도 중립적으로만 전해줄 수는 없다. 여기에는 늘 해석의 요소가 관련되기 때문이다. 이런 이유 때문에 구트(2000:127-129)는 번역을 "언어 사이의 해석적 사용"이라고 부른다. 그가 말하고자 하는 바는 번역자가 원천 텍스트를 이해하는 방식에 관해 결정을 내려야 하며, 모든 번역은 원문이 해석된 방식에 대하여 종종 암묵적인 논평을 담고 있다는 것이다. 가끔 이런 논평이 노골적으로 드러나기도 한다

(Hermans 2007:52-85를 보라). 모든 번역, 특히 문학 번역이 번역자의 해석을 포함하듯이, 모든 번역, 특히 문학 번역은 번역자의 창조성을 포함한다. 해석 자체가 창조적인 행동이기 때문이다. 이 점은 정신의 본성에 관한 많은 논의에서 확인할 수 있는데, 이런 논의는 정신 과정을 단순히 중립적이기보다는 창조적으로 묘사한다. 기억이 좋은 예다. 우리의 요구에 맞추어 창조적으로 바꾸지는 않고 단지 기억만 하는 것은 무엇보다도 비효율적이기 때문에 가능하지도 않다(McCrone 1990:90-91을 보라).

터너(1996)와 포코니에(Fauconnier 1994)도 보여주었듯이 창조성과 상상력은 우리가 생각하고 결정을 내리는 방식에서 핵심적이기 때문에, 창조적 개입 없이 단지 복제나 재현만 하는 번역 또는 다른 어떤 글쓰기는 생각도 할 수 없다. 창조적 번역과 기록적(또는 전달하는) 번역이 상호 배타적이라고 생각할지 모르지만 사실은 그 반대다. 문학 번역은 비문학 번역보다 창조적인 동시에 의미를 다시 쓰는 면은 약화되고 원천 텍스트를 기록하는 면은 강해진다. 여기에 역설이 있는 것처럼 보인다. 기록적 번역이 원천 텍스트를 기록하고 도구적 번역이 텍스트의 목적을 완수하기 위해 내용을 그냥 다시 쓰는 것이라면, 그래서 번역일 필요가 없는 것이라면, 번역자에게 자유를 더 부여하는 것, 따라서 창조성이 더 많이 개입하는 것은 도구적 번역—보통 비문학적 번역—이라고 말하는 것처럼 보이기 때문이다.

이 역설을 다루는 한 가지 방법은 창조성을 정의하는 방식을 생각해보는 것이다. 포프(Pope 2005)와 카터(Carter 2004)는 이 문제만 다루는 책을 썼다. 두 사람 모두 지적하듯이 촘스키(예를 들어 1972:100)에 따르면, 언어적 창조성은 언어의 "무한한 생산성", 즉 유한한 언어 자원이 창조적 정신 과정을 수행하는 인간의 능력에 의해 무한해진다는 사실의 자연스러운 결과라고 말할 수 있다. 이런 의미에서는 세탁기 안내서를 다시 쓰는 것이나 시를 번역하는 것은 둘 다 창조적이다. 또 다시 쓰기는 엄격한 의미의 언어적 복제물을 제공하지 않기 때문에—보존되는 것은 텍스트의 도구적 기능이다—비문학 번역이 더 창조적이라고 주장할 수 있다.

그러나 번역의 창조성은 단지 언어적 창조성이 아니라 문학적 창조성의 문제이기도 하다. 애트리지는 비문학 텍스트는 문학 텍스트만큼 독창적이지만 일반적으로 문학 테스트에서 볼 수 있는 종류의 창조적 읽기가 발생하지 않기 때문에 "특이한"면이 떨어진다는 말로 이런 차이를 설명한다(2004:73). 애트리지에게 창조성이란 단지 문학적 글쓰기의 한 양상일 뿐 아니라 문학적 텍스트의 특징인 문학적 읽기의 양상이기도 하다(Attridge 2004:111). 번역이 원천 텍스트의 창조적 읽기(번역자의)와 관련되며 목표 텍스트의 창조적 읽기(독자의)를 허용한다고 한다면, 문학 번역의 생산물은 비문학 번역보다 열린 읽기를 훨씬 더 고려하는 것이 분명하다. 번역자의 창조성은 늘 번역 독자의 창조적 읽기 가능성과 연결되어 있다.

번역자와 독자의 이런 창조적 가능성을 단순히 제약의 부재로 보는 것은 잘못일 것이다. 마이클 홀먼과 내가 다른 곳에서 주장했듯이(Boase-Beier and Holman 1999:1-17) 사실 제약 자체는 원저자, 번역자, 독자의 창조성을 모두 높인다. 여기에는 많은 이유가 있다. 하나는, 해석과 정신에 관한 많은 연구가 주장하듯이(예를 들어 Spolsky 1993), 한계를 극복할 필요가 있을 때 정신에 창조적 사고의 동기가 부여된다. 전에 의미가 존재하지 않던 곳에서 새로운 의미가 창조되는(예를 들어 혼성에 의해) 것이 그런 경우다. 1장에서 나는 번역된 텍스트를 원천과 목표 언어나 맥락의 요소들의 혼성물로 볼 필요가 있다고 말했다. 4장에서는 이런 생각을 더 탐사해 볼 것이다. 혼성은 투입되는 두 가지의 의미를 넘어서는 의미를 갖는 최종 생산물을 만들어내기 마련이다. 번역된 텍스트가 원래의 언어 출신 단어들을 거의 목표 언어의 단어들처럼 사용하는 방식에서 이런 예를 보게 된다.

(3.6) First I was allowed to choose a cake in the Konditorei
opposite.

(Osers 2001:18)

목표 언어에 상응하는 단어가 없기 때문에 여기에서 독자의 이미지는 원래의 독일어 Konditorei와 영어의 비슷한 개념들(café, cake-shop, tea-shop)의 혼성물이다. 이런 혼성 과정은 언어 내에서도 일어나 우리가 보통 어휘 혼성(Bolinger 1968:102) 또는 "혼성어"라고 부르는 것을 낳는데, scarf-hood를 뜻하는 "snood"가 그런 예다. 혼성어는 또 독일어에서 영어 단어를 사용한다는 뜻인 "Denglish"라는 단어의 예에서 볼 수 있듯이 언어 경계를 가로지르는 산물을 낳기도 한다. "Denglish"는 영어 단어이지만, 독일어라는 뜻의 독일어 "Deutsch"의 첫 글자를 사용하고 있다.

그러나 (3.6)에서 중요한 점은 독일어 단어 "Konditorei"와 연관된 개념을 영어 문장 나머지의 문맥에서 볼 필요가 있다는 것이다. 이것은 번역된 텍스트에서 영어 문화의 café, cake-shop, tea-shop을 대신한다기보다는 사실상 독일 문화의 요소인 뭔가를 전달할 필요에서 직접적으로 생겨난 것이다. (3.6)과 같은 예는 번역의 제약에서 나온다. 즉 앞서 2장에서 논의한 대로 타자를 목표 문화의 맥락이 아니라 그 자체의 맥락에서 볼 필요에서 나오는 것이다. 이런 매우 복잡한 유형의 혼성 때문에 우리는 영어화된 베를린에서 독일어의 모든 함축이 담긴 "Konditorei"가 존재하는 모습을 상상해볼 수 있다.

제약이 창조성에 긍정적인 영향을 미치는 또 한 가지 이유는 제약이 번역보다는 문학 자체의 본질과 관련이 있을 때 분명해진다. 예를 들어 압운이나 범죄소설의 요소 같은 문학적 제약은 번역의 필요성과 결합되면 다양한 해결책을 낳아 불완전 압운을 만들기도 하고 영국, 노르웨이, 스웨덴, 프랑스 등을 배경으로 한 범죄소설에서 우리가 발견하는 범죄소설의 보편적 요소를 해당 지역에 특수하게 적용하기도 한다.

어떤 의미에서 문학적 제약은 이런저런 유형의 검열에서 만나게 되는 제약과 흡사한 기능을 한다(Boase-Beier and Holman 1999:1-17을 보라). 제약을 피하는 혁신적인 방법을 찾아내도록 자극하는 것이다. 투르니에르(Boase-Beier and Holman 1999:73)는 군사독재 시절에 그리스 시인 레아 갈라나키가 쓴 "비밀 시"를 번역할 때에는 원문의 생략과 "생략된 구문"(동사가 사라진 경우가 많다)을 유지해주어야 한다고 주장한다. "시의 창작이 시가 짊어지게 된 제약과 뗄 수 없이 연결되어 있기"(같은 곳) 때문이다.

번역 독자의 창조적 읽기를 가능하게 해주는 문제는 특히 텍스트의 틈과 침묵의 번역에서 살펴볼 수 있으며, 이 문제는 8장에서 다시 이야기할 것이다. 따라서 여기서는 간단한 예만 들어보겠다. 페터 후헬의 시(Hamburger 2004:196)에서 따온 다음 예를 생각해보라.

(3.7) Im   Namen dessen—
      in -the name of -him

      Bis ans   Ende der Tage
      until at -the end of -the days

독일어 텍스트의 독자는 텍스트의 틈을 채워야 하는데 이 경우에는 동사구를 덧붙이도록 구문상 제약을 받고 있으며, 이 동사는 능동태일 수도 있고 수동태일 수도 있다. 그러나 이 틈에서 상상할 수 있는 실제 동사는 그 의미에서 시가 제공하는 맥락의 제약을 받을 수밖에 없다. 즉 죽은 자, 자연, 기억과 관련된 것이다. 따라서 이것은 상당한 제약을 받고 있는 텍스트의 틈이 독자를 창조적으로 끌어들이는 좋은 예가 된다(또 Iser 1974: 275-277을 보라). 번역자들은 독자의 참여에 민감한 듯하다. 예를 들어 마이클 햄버거(2004:197)는 (3.7)을 이렇게 번역했다.

(3.8) In his name who—

　　　to the end of time

　사실 (3.7)의 독일어에는 "who"에 해당하는 말이 없지만, 이 문장의 불완전함을 암시하는 것은 "in dessen Namen"이 아닌 "Im Namen dessen"*이라는 어순이며, 햄버거는 "who"로 시작하는 관계사 절의 첫 부분을 끌어들여 불완전함을 암시하려 한다. 이렇게 하면 독자는 이 행이 완전하다고 보지 않고, 그다음에 무엇이 오게 될지 궁리하게 된다.

　특히 문학 텍스트는 단지 중의적 요소를 탐사하거나 (3.7)에서 보는 것처럼 틈을 메우는 것만이 아니라 의미—모든 문학 텍스트는 의미와 관련을 맺는다고 주장할 수도 있다(Attridge 2004:59-64를 보라)—를 찾는 일에서도 독자의 창조성을 요구하기 때문에, 2장에서 이야기했듯이 '관련도 이론'의 맥락에서 이런 요구를 생각해보는 것이 도움이 된다. 독자에게 관련이 있는 것—즉 보상 없는 노력을 요구하지 않고 맥락적 효과를 만들어내는 모든 것—은 읽기 과정의 창조성을 높일 것이다. 문학적 관련도는 스페르베르와 윌슨이 논의하는(1995:158) 관련도의 최적화보다는 최대화(Boase-Beier 2006:39-43; MacKenzie 2002:31; Trotter 1992:11을 보라)로 보는 것이 중요하다. 즉 문학적 텍스트에 창조적으로 개입하는 일은 의미에 도달한다고 해서 멈추지 않는다는 것이다. 문학적 읽기는 고정되지 않은 의미

---

* 앞의 말은 "그 이름으로" 정도의 의미지만, 뒤의 것은 dessen이라는 지시형용사 뒤에 이것이 꾸미는 말이 빠져 있다는 느낌을 준다.(옮긴이)

를 찾는 일과 관련되기 때문이다(MacKenzie 2002:45를 보라).
문학적 텍스트는 문체에 많은 약한 함의를 포함하기 때문에(1장
에서 보았듯이) 여기에서 끌어낼 수 있는 의미는 개인마다 다양
하고 결말도 열려 있다.

  문학적 텍스트를 쓰고 읽는 것과 관련된 창조성은 번역이 될
때 더 높아진다. 우리가 보았듯이, 창조성을 낳는 제약이 더 많
아지기 때문이기도 하지만, 문학 번역은 번역자의 목소리를 보
태 텍스트의 목소리를 늘리기 때문이기도 하다(Boase-Beier
2006:148을 보라). 예를 들어 (3.8)에서 햄버거는 원래의 시인
의 구어적인 목소리에 아주 정확하고 약간은 고풍스러운 영어로
이루어진 그만의 문체를 보탰다. 애트리지가 말하듯이 번역된 텍
스트는 우리가 원문과 번역 양쪽을 다 보기 때문에 더 복잡한 반
응을 일으킨다(Attridge 2004:73).

  문학 번역은 기록적이면서 동시에 도구적이기 때문에 그 기록
적 성격은 원문의 제약을 유지하는 데 기여할 것이며(Galanaki의
경우처럼), 도구적인 성격은 독자의 창조성을 허용할 것이다. 현
실에서 이것은 비문학 번역자가 여러 번역 대안들을 생각하기는
해도 어떤 지점에서는 최적의 번역에 이르렀다고 느끼는 반면,
문학 번역자는 그렇지 못할 수도 있다는 뜻이 된다. 예를 들어 로
제 아우스랜더(1977:73)의 시 몇 행(3.9)에 대한 다음과 같은
번역 대안들을 생각해보자.

  (3.9) Weltraum / überfüllt mit / Körpern und Katastrophen
  (3.10) Universe / chockfull of corpses and catastrophes

(3.11) Universe / crammed with corpses and catastrophes

(3.12) Universe / overfull of / corpses and catastrophes

이 번역은 모두 같은 공동 역자가 같은 시행을 번역해본 것이다. (3.10)은 먼저 발표된 것이고(Boase-Beier and Vivis 1995 : 48), (3.11)은 수정된 것이며(인쇄 중), (3.12)는 그보다 앞선 초고다. 더 수정이 이루어질지도 모르고, 나중에 수정하면서 다시 초고인 (3.12)의 표현으로 돌아갈 수도 있다. 이 번역들은 위상과 두운에서 서로 다른 해석과 우선순위를 보여주지만, 어느 것이 다른 것보다 낫거나 결정적이라고 말하기는 어렵다. 문학 번역을 평가하는 이런 어려움에는 여러 학자들이 주목했으며(예를 들어 Ricoeur 2006 : 22), 많은 번역자가 문학 번역, 특히 시 번역에서는 흔히 결정적 번역이라고 생각하는 것이 없을 가능성이 높다고 말했다(예를 들어 Bassnett 2002 : 18). 이것은 번역자들이 시 번역을 특별히 어렵다고 보거나 번역된 작업이 신비하게도 원문보다 쉽게 낡아버리기 때문이 아니라, 의미, 문체, 효과, 참여 기회를 옮기는 것이 애트리지의 표현(2004 : 74)을 빌리자면 "늘 불완전"하기 때문이다. 그렇다고 불완전이 곧 손실이라는 것은 아니다. 이것은 문학 텍스트를 비문학 텍스트와 구별해주는 (긍정적) 특징이다. 한 편의 시에 번역이 하나뿐이라면 그것은 시가 아니다(Boase-Beier 2010c : 32 ; Chesterman and Wagner 2002 : 8 참조).

따라서 충성과 창조성의 상호작용이라는 면에서 볼 때 번역을 하면서 이 장의 서두에서 (i)부터 (vi)까지 보여준 파트너들 가운데 어느 한 명에게 충성하는 것은 필요하지만 여러 파트너에게 느끼는 충성의 수준은 경우마다 다를 수도 있다고 말하는 것이 합리적으로 보인다. 이 파트너들에 대한 충성의 균형추 역할을 하는 것이 문학 번역에서는 번역자의 창조의 자유이며, 독자가 텍스트에 창조적으로 참여할 가능성에 대한 고려—위의 (vi)—가 중심적인 자리를 차지한다. 이것이 원문의 "정신"을 포착한다는 말의 의미라고 주장할 수도 있다(Boase-Beier 2006:6-12). 텍스트의 정신에 충실하다는 것은 목표 텍스트가 원문과의 관계를 유지하는 번역인 동시에 문학적—독자를 끌어들인다는 의미에서— 인 번역이 되도록 한다는 뜻이다.

독자에 초점을 맞추고, 번역자가 독자의 참여에 관심을 가지는 것은 번역된 텍스트의 텍스트 유형과 관련이 있으며, 다음 장에서는 이 점을 살펴보도록 하겠다.

4

번역된 텍스트

번역된 텍스트의
텍스트 유형

　　　　지금까지 번역은 무엇으로 이루어지는가, 어느 정도나 가능한가 하는 맥락에서, 또 번역자의 충성이라는 맥락에서 번역 과정을 살펴보았다. 그러나 지금까지 번역된 텍스트 자체의 성격에 관해서는 지나가면서 언급한 것 외에는 별로 말하지 않았다. 번역된 텍스트의 성격을 생각한다는 것은 텍스트에 대한 독자의 개입에 더 초점을 맞춘다는 뜻이다. 전 장의 논의는 문학 텍스트, 따라서 문학 번역에서 독자가 특별히 중요하다는 점을 보여주었지만, 사실 1장에서 보았듯이 독자는 늘 많든 적게든 텍스트에서 의미를 만들어내는 데 관여하며, 텍스트를 이해하는 데 많든 적든 노력을 할 수밖에 없다. 과학 보고서(그것이 의도한 독자에게 읽힌다면)는 독자에게 시보다는 노력을 덜 요구할 것이며, 광고는 그 중간 어디쯤일 것이다. 이런 생각은 특징이 서로 다른 다양한 텍스트 유형들이 존재한다는 개념에 의존하고 있으며, 이것은 번역 논의에서는 무시할 수 없는 점이다. 이 점은 라이스와 페르메르가 번역 이론에 관한 영향력 있는 책에서 지적했으며(1984), 이 책 1장에서도 잠깐 논의한 바 있다(Nord 1997:37-38도 보라). 뉴마크(1995)도 텍스트 유형의 역할이 중심적이라고 본다. 그는 문학 텍스트에서는 저자가 중심이며, 보고서처럼 정보를 제공하는 텍스트에서는 "참"(뉴마크는 여기에 따옴표를 붙인다)이 중심이고, 통지나 지침에서는 독자가 중심이라고 생각한다(1995:40). 여기에서는 이런 관점을 받아들이지는 않지만—예를 들어 나는 방금 문학 텍스트에서 독자가 중심이라고 주장했다—원천 텍스트의 기능과 유형에 기초하여 번역이 작동하는 방식을 결정하는 것은 흥미로운 시도다.

텍스트 유형 개념에 비추어 한 가지 당연하게 떠오르는 질문은 번역된 텍스트는 어디에 속하는가 하는 것이다. 우리는 특히 다음 두 가지 질문을 고려해볼 수 있다.

(i) 번역은 늘 원천 텍스트와 같은 유형인가?
(ii) "문학 텍스트"가 하나의 텍스트 유형이라면 "문학 번역문"은 다른 텍스트 유형인가?

첫번째 질문은 답하기가 아주 쉽다. 몇 가지 예만 들면 번역이 원문의 텍스트 유형을 바꿀 수 있다는 것을 쉽게 보여줄 수 있기 때문이다. 이것은 소설을 영화로 바꾸는 등의 기호 간 번역(1장과 Jakobson 2004:139를 보라)이라는 분명한 사례에서 나타나지만, 이보다 덜 분명한 사례에서도 나타난다. 예를 들어 2장에서 논의한 광고의 번역을 생각해보라. 예 (2.17)의 굿이어 옵티 그림 광고를 살펴보면서 우리는 다양한 유형의 대구법에 특별히 주목하여 이것을 "문학" 텍스트로 번역할 수도 있고, 아니면 뉴마크가 말하는 "정보적" 텍스트 유형으로 보고(1995:40) 거기에 담긴 정보에 집중할 수도 있다는 것을 알았다. 그러나 광고를 또 다른 방법으로 번역하는 것도 가능하다. 다음 예를 생각해보라.

(4.1) Have company and companionship when you want it or privacy and peace when you don't.

이것은 대규모 단지를 이루고 있는 은퇴자 아파트 광고의 일부다. (4.1)은 두운을 맞춘 문체와 대구라는 면에서 (2.17)의 예와 마찬가지로 문학 텍스트와 공통점이 많다. 여기서 반복은 문학적 반복, 즉 (1.7) 같은 예에서 문학적 문체를 살펴볼 때 보았던, 늘 의미와 밀접하게 결부되어 있는 반복과는 달리 단지 장식적인 것이라고 생각할 수도 있지만 사실은 그렇지 않다. 반복에는 여러 가지 기능이 있다고 생각할 필요가 있다. 반복은 텍스트를 눈에 띄게 하여 관심을 끄는 데 기여하며, 기억에 남기 쉬우며, 또 가장 중요하게는 매력적인 것으로 인식되는데, 우리는 아름답다고 인식하는 것을 더 믿는 경향이 있다는 증거가 있다(McCully 1998:23). 약간 투박하게 말하면, 우리는 (4.1)이 좋게 들리기 때문에 아파트도 좋을 것이며, 이 아파트가 제공하는 삶의 방식도 그럴 것이라고 생각한다. 비슷한 효과를 노린, 이 광고의 독일어 번역은 이렇게 될 수도 있다.

(4.2) Gesellig oder geruhsam, freundlich oder friedlich –
gestalten Sie Ihr Leben ganz wie Sie wollen.

형식은 독일 광고와 독일어에 더 어울리게 바뀌었지만, 대구
가 진실을 암시한다는 생각은 유지되었다. (4.2)는 (4.1)의 번역
일 뿐 아니라 그 자체로 광고다(또는 광고가 될 수 있다). 그러나
(4.1)이 매우 성공적인 영어 광고여서 관련 회사의 은퇴자 아파
트 판매가 나아졌다고 가정해보자. 그럴 경우 독일 회사는 영어
광고의 어떤 점이 그렇게 잘 먹혔는지 보려고 (4.1)의 번역을 요
청할 수도 있다. 이 번역은 (4.2)와 똑같을 수도 있지만, 그 자체
가 광고로 사용되지는 않을 수도 있다. 또 (4.2)는 지금처럼 학
술서의 한 예로 사용될 수도 있다.

이 두 가지 경우, 광고를 상당히 근접하게 번역했다 해도 그 자
체로는 광고가 아닌 것이 되었다. 따라서 (i)에 대한 답은 분명히
"아니다"이다. 번역이 기록적이지만 텍스트 유형을 보존하지 않
는 비슷한 예는 많이 생각해볼 수 있다. 도구적 번역은 노르트가
말하듯이(1997:50-52) 정의상 적어도 텍스트 유형의 기능적 측
면은 보존하지만, 기록적 번역이라고 해서 늘 유형을 바꾸는 것
은 아니라는 점을 잊지 말아야 하며, 이 점은 (4.2)가 광고 역할
을 할 수 있다는 사실에서도 알 수 있다. (기록적 번역과 도구적
번역의 논의는 1장을 보라.)

문학 텍스트와 구체적으로 관련이 있는 두번째 질문은 답이 훨
씬 어렵다. 그 한 가지 이유는 1장에서 언급했듯이 문학 텍스트
자체가 기능적인 의미에서 도구적이 아니라고 생각될 수도 있다

는 것이다. 즉 문학 텍스트는 정보를 제공한다든가, 지시한다든 가, 어떤 사람이 제품을 사게 만든다든가 하는 분명한 목적을 가지는 것이 아니라 "그런 사고에 **저항**"하는 것으로 정의될 수도 있다는 뜻이다(Attridge 2004:7). 기능이 문학 텍스트의 특징 가운데 하나가 아니라고 보면, 이런 텍스트를 특정 텍스트 유형으로 묘사하는 것은 더 어려워진다. 이것이 문학 텍스트의 특징을 기능보다는 언어에서 찾으려는 다양한 시도가 이루어진 한 가지 이유다. 특히 프라하 서클의 언어학자들은 "시적 언어"라는 개념으로 이런 시도를 했다(예를 들어 Mukařovský 1964). 그러나 파울러(1996)나 스톡웰(2002) 같은 여러 학자들이 주장하고 이 책의 앞 세 장에서도 논의했듯이, 언어가 그 자체로 문학 텍스트와 비문학 텍스트를 구별해주는 것은 아니다. (4.1)의 예가 그 점을 보여준다. 이런 이유 때문에 내가 이 책에서 "시적 언어"라고 말할 경우 그것은 1장의 논의에서 보여주었듯이, 일군의 약한 함의 —독자가 이것을 해석하여 시적 효과를 얻는다—로서의 문체가 특히 중요한 언어를 뜻한다. 그런 창조적인 참여와 그런 효과를 낳는 유형의 읽기는 대체로 텍스트의 형식적 측면에서 촉발된다.

3장, 특히 3장 2절에서 나는 사실 번역이 문학적 특징을 고양하기 때문에, 번역된 텍스트가 번역되지 않은 텍스트보다 더 창조적으로 바뀌고 더 창조적인 읽기를 요구한다고 말했다. 이 말은 문학 번역에서는 목표 텍스트와 원천 텍스트 사이에 다른 텍스트 유형의 번역에서는 볼 수 없는 차이가 존재한다는 뜻이다. 그렇다면 "문학 번역문"은 "문학 텍스트"와는 다른 별도의 텍스트 유형으로 보아야 하는 것일까?

이전 세 장의 논의(또 Boase-Beier 2006:56도 보라)의 결과 문학 번역은 늘 기록적 번역인 동시에 도구적 번역이라는 결론에 이르렀다. 독자를 위해 원천 텍스트를 기록해주는 번역인 동시에 문학이 작용하는 방식에서 핵심을 차지하는 특징과 효과를 독자에게 드러내는 문학 텍스트라는 것이다. 문학 번역문에는 늘 원문과는 다른 특징이 담겨 있다. 예를 들어 예 (3.8)의 논의에서 언급했듯이, 문학 번역은 원래 저자의 목소리에 번역자의 목소리를 보태기 마련이다. 이것은 베이커(2000:261)나 허먼스(1996:9) 등 번역에 관한 이전의 몇몇 글에서도 주목한 특징이다. 또 보즈 바이어(2006:148)도 보라. 그러나 번역자의 목소리가 보태진다는 것이 실제로 무슨 뜻인지 생각할 필요가 있다. (4.3)은 W.G. 제발트(1990:41)의 소설 가운데 짧은 구절이며 (4.4)는 마이클 헐스(1993:33)의 번역이다.

(4.3) Ich war damals, im Oktober 1980 ist es gewesen, von
I was at-that-time in-the October 1980 has it been from

England aus, wo
England out where

ich nun seit nahezu fünfundzwanzig Jahren in einer
I now since nearly five-and-twenty years in a

meist grau
mostly grey

überwölkten Grafschaft lebe, nach Wien gefahren……
overcast county live to Vienna travelled

(4.4) In October 1980 I travelled from England, where I
had then been living for nearly twenty-five years in a
county which was almost always under grey skies, to
Vienna……

비평가와 독자들은 헐스의 이 번역이 제발트의 목소리만을 체
현한 것으로 보았던 것 같다. 수전 손태그는 "제발트의 목소리,
그 엄숙함, 그 구불구불함, 그 정확함의 초자연적 권위"(2000)에
관해 말했으며, 로버트 매크럼(1999)은 제발트의 글이 "진노처
럼 당신의 상상력 둘레를 감싼다"고 묘사한다. 그러나 제발트와
헐스 두 작가의 글은 매우 다르다. 제발트의 목소리가 그렇게 독
특한 것은 "im Oktober 1980 ist es gewesen"("it was in October
1980")에서처럼 동일한 문장에 쉼표로만 나뉜 주절을 연속해서
사용하기 때문이다. 영어에서는 일반적으로 한 문장에서 "and"
나 "but" 같은 접속사로 등위로 결합되지 않는 한 종속절로 결
합되어야 하기 때문에 이것이 불가능하다. 제발트는 짧은 주절
을 잇달아 사용하여 문법적으로 크게 복잡해지는 일 없이 아주
긴 문장을 쓸 수 있었다. 이런 문체로 글을 쓴 결과 독자는 기억
의 곡예는 필요하지만, 복잡한 구문 처리는 할 필요가 없다. 나아
가서 쉼표는 구문 관계를 나타내기도 하지만, 동시에 독일어에서
나 영어에서 독자에게 쉴 기회를 준다(Crystal 2003:283; 그러나
Greenbaum 1996:507-509도 보라). 따라서 주절을 잇달아 사용
하면 비평가들이 "최면적"이라고 묘사하는 효과를 낳을 수 있으
며(McCrum 1999), 또 기억이 우리에게 수동성의 (거짓된) 감

각—마치 우리가 재구축 과정을 거칠 필요가 없는 것처럼—을 제공하는 방식을 상징적으로 보여준다고 말할 수도 있다. 그러나 헐스는 제발트의 주절 "im Oktober 1980 ist es gewesen"을 전치사구 "in October 1980"로 압축하고 있으며, 이것은 그다음에 나오는 동사절 "I travelled from England"를 수식한다. 또 제발트는 "war gefahren"이라는 복합 동사를 썼지만 헐스는 "travelled"라는 단순한 형태를 사용한다. 독일어에서는 복합적 형태를 사용하면 동사를 나눌 수 있어 "war"는 문장의 거의 맨 앞에 오는 반면 "gefahren"은 훨씬 뒤에 오며 그 사이에 다른 다양한 절이 들어간다. 주절의 연속적 사용과 더불어 독일어 문법의 이러한 특징 때문에 독일어 산문에는 독특한 박자가 생기며 이 또한 최면을 거는 듯한 느낌을 강화한다. 그러나 영어에서는 효과가 달라진다. 독일어의 두번째 주절이 전치사구가 되어 문두에 놓이면서 휴지(休止)의 수가 줄어들기 때문이다. 그럼에도 독일어 산문에는 전형적이고 현대 영어 산문에는 보기 드문 긴 문장은 헐스의 판본에도 나타난다. 이런 이유와 여기에서 자세히 검토하기에는 너무 많은 다른 이유들 때문에 헐스의 번역은 비록 영어의 자연스러움을 위한 압축과 더 긴밀한 어순으로 덮여 있음에도—영어에서는 이보다 나쁜 형태로는 문법적 기능을 쉽게 수행할 수 없다—독일어의 느낌을 약간 준다. 따라서 독자가 헐스의 번역에서 읽는 것은 제발트의 문체와 헐스의 문체가 결합된 것이며 텍스트의 목소리—말하는 "I"의 목소리—도 두 목소리가 결합된 것이다.

　그러나 이런 현상은 서로 다른 언어의 구조(이 경우에는 언어 형태가 문장 구조에 주는 영향) 차이에서 생긴 결과인 것만은 아니다. 이것은 또 어느 정도는 개인적인 글쓰기 스타일의 결과이기도 하다. 이런 이유로 특정 번역자의 작업을 알아보는 것이 종종 가능하기도 하다. 특히 같은 작가의 작품을 두 번역자가 번역한 결과물을 대조할 때 특징이 잘 드러난다. 다음 예들을 생각해 보자. 이것은 시인 횔덜린의 한 행과 마이클 햄버거의 번역이다 (1966:686-687).

(4.5) Das Leben ist aus Thaten und verwegen
     the life is of deeds and bold

(4.6) Life comes from deeds and is daring, bold

(4.6)의 번역은 햄버거 자신의 시의 전형적인 특징, 즉 등위접속사 없는 형용사, 동사, 명사의 반복을 보여준다.* 전통 수사학에서는 이것을 때때로 연결사 생략이라고 부르기도 한다(제발트의 연속적 주절에도 이런 이름을 붙일 수 있을 듯하다). 다음은 햄버거 자신의 시인 (4.7)과 (4.8), 그리고 첼란의 번역인 (4.9)에서 나온 예다.

(4.7) ⋯⋯when I say you've gone, moved out
                              (Hamburger 1995:250)

(4.8) Have never known the place, the day
                              (Hamburger 1995:111)

---

* 저자는 행 끝에 daring, bold가 연속되는 부분에 주목하고 있는 듯하다.(옮긴이)

(4.9) and beds itself

in fragrances, nestlings

(Hamburger 2007:311)

(4.9)에 해당하는 첼란의 시 원문도 이런 구조로 되어 있다. "……und betten sich / in Gerüche, Geräusche"(Hamburger 2007:310). 따라서 시인 햄버거의 목소리도(앞의 두 예에서 볼 수 있듯이) 첼란을 비롯하여 그가 번역하는 시인들로부터 영향을 받았을 가능성이 아주 높다. 햄버거의 글쓰기에 특징적으로 나타나는 이런 연결사 생략(어디에서 유래했든) 때문에 독자와 비평가들은 그의 첼란 번역을 페얼리 등 다른 번역자의 번역과 구별할 수 있다. 페얼리의 (4.9) 번역은 다음과 같다.

(4.10) and makes its bed amid

stench and stir.

(Fairley 2001:85)

페얼리는 등위접속사를 넣고 쉼표를 뺐으며, 그래서 이 행은 햄버거의 번역과는 느낌이 사뭇 다르다.

(4.6)에서 햄버거가 횔덜린을 번역하면서 두번째 형용사 "daring"을 추가한 것은 영어에서 음절을 더 추가할 필요, 또 "verwegen"의 의미를 더 완전하게 전달할 필요 등 몇 가지 이유 때문이다. 어쨌든 이것은 즉시 햄버거의 번역이라고 알아볼 수 있다.

여기에서는 힐스의 제발트 번역 (4.4)와 마찬가지로 번역된 텍스트에만 있는 어떤 점을 보게 된다. 원문과 비교할 때 텍스트에 존재하는 목소리가 늘어난다는 것이다(Munday 2008:13-19도 보라).

문학 비평에서 목소리라는 개념은 자주 논의되었다(예를 들어 Bennett and Royle 2004:68-76을 보라). 목소리는 가끔 언어학에서 "위상어"라고 부르는 것, 즉 "상황에 따라 규정되는 언어의 한 변형"을 뜻하는 쪽으로 사용되기도 한다. 이런 의미에서 우리는 예를 들어 작가 J. D. 샐린저(1987)의 "속을 털어놓는 듯한 구어체의 목소리"(Bennett and Royle 2004:18)를 이야기할 수 있으며, 이것은 구어적이고 친밀한 대화가 이루어지는 여러 상황에 공통되는 목소리를 뜻한다. "목소리"는 또 말하는 행위 자체를 뜻할 수도 있다. 베넷과 로일이 "허구적 발언자의 목소리"(2004:19)를 언급할 때 이들의 말뜻은 허구적 발언자가 말하는 방식보다는 누군가가 말하고 **있다는** 사실일 수도 있다. 후자의 의미에서 목소리는 피어스가 말하는 의미(Peirce 1960:160-165를 보라)의 인물의 표시다. 연기가 불의 표시인 것과 마찬가지다. 따라서 텍스트에서 목소리가 주는 느낌은 텍스트가 실제로 입에서 나오고 있는 말이라고 가정하게 하는 요소들 가운데 하나다. 왜냐하면 개념적 은유 이론에 따르면 우리는 늘 **사건은 행위**라고 상상하기 때문에(예를 들어 Lakoff and Turner 1989:37을 보라) 어떤 사건에 어떤 행위자를 집어넣는다. 우리가 죽음을 의인화하든(1989:15-17), 날씨에 인격이나 동기를 부여하여("날씨가 짓궂어졌다", "해가 나오려고 한다") 신이 있다고 상정하든, 저자를 상상하든 이것은 사실이다. 적어도 신비평이 "의도의 오류"(Wimsatt 1954b:3-18)—나중에 바르트는 "저자의 죽음" (Barthes 1977)이라고 표현하기도 했다—라고 알려지게 된 것을 정식화한 이래 최근의 비평은 다시 저자의 삶과 관련된 사실들로 부터 벗어나 텍스트 자체나 독자의 창조적 개입에 초점을 맞추는 경향이 있지만(Burke 2007:20-61 참조), 문학적 논의에서 저자 는 늘 존재한다(Burke 2007을 보라). 텍스트의 목소리 때문에 독 자가 말하는 사람을 구축하게 되고, 독자가 저자에 관해 실제로 알든 모르든 이 말하는 사람을 저자로 여길 가능성이 높다는 점 을 고려하면 이것은 놀랄 일이 아니다. (4.4), (4.6), (4.10)에서 독자는 번역자와 원저자 양쪽의 목소리를 상정한다.

독자가 텍스트의 목소리들을 처리할 필요가 생기는 것은 번역 된 텍스트가 독자에게 원문보다 복잡한 여러 가지 면 가운데 하 나일 뿐이다. 그러나 이것은 또 독자의 인지 맥락의 더 강한 활성 화를 요구하기도 한다. 이것은 비문학 번역에도 마찬가지다. 영 어로 번역된 드레스덴 관광 브로슈어를 이해하려면 원문을 읽는 독일 독자보다 많은 노력이 필요하다. 다음 예를 생각해보자.

(4.11) Surrounded by the sandstone cliffs of Saxony's Switzerland, the city on the Elbe is a good base for days out, and its Karl May Museum provides an escape to the Wild West.

영어 독자라면 영국에서 가끔 그러듯이 "Switzerland"가 비유적으로 사용되고 있으며 "the city on the Elbe"가 드레스덴이고, 카를 마이가 서부 소설을 썼을 것이라는 사실을 이해할 수 있을 (딱 그만큼만) 것이다. 그러나 사실 이런 참조 가운데 적어도 몇 가지는 어려움을 낳을 가능성이 높다. 반면 독일어 원문을 읽는 독자에게는 드레스덴을 알든 모르든 이런 문제가 생기지 않을 가 능성이 높다.

문학 텍스트에서는 독자의 더 많은 노력이 요구되기 마련이다. 햄버거가 번역한 첼란의 다른 시에서 나온 다음 예를 생각해보자.

(4.12) Oaken door, who lifted you off your hinges?
My gentle mother cannot return.

(Hamburger 2007:49)

이것은 자연 현상에 관한 진술과 질문을 나치에게 죽임을 당 한 화자의 어머니에 관한 진술과 병치하는 시의 마지막 두 행이 다. 이 번역된 시의 영어 독자는 이 행이 암시하는 혼돈 또는 전 도의 느낌을 완전히 실감하려면 (4.12)에서 독일어의 관용적 표 현 "die Tür aus den Angeln heben", 말 그대로는 "to lift the door off its hinges"를 볼 필요가 있다.* 물론 독자는 (4.12)를 은유로 서 처리하여 가능한 의미에 도달할 수 있을 것이다. 영어 독자는 또 나치가 괴상한 재맥락화 행위로서 독일의 과거와의 연결고리 로 부헨발트(너도밤나무 숲이라는 뜻이다)의 강제수용소에 그대 로 남겨놓은 괴테의 떡갈나무(Felstiner 1995:36을 보라)를 연결

---

* 완전히 뒤바꾸어 놓는다는 의미다.(옮긴이)

시켜볼 필요가 있다.

원문과 번역된 문학 텍스트 사이의 그런 효과의 차이는 가끔 번역 손실로 묘사된다(Bassnett 2002:36 참조). 그러나 그런 손실은 만일 독자 쪽에서 더 큰 참여가 이루어진다면 이득이라고 말할 수도 있다. 우리가 보았듯이 창조적 읽기는 문학의 전형적인 특징이기 때문이다.

위의 논의는 문학 번역문이 번역되지 않은 문학 텍스트와 실제로 다르다는 것을 암시한다. 실제로 다중체계 이론, 즉 번역된 문학을 포함하여 모든 문학이 하나의 복잡한 체계의 일부라는 이론이 주장해왔듯이(Even-Zohar 1978:117-127을 보라) 번역된 문학을 적어도 문학의 한 하위 유형으로 고려할 이유는 충분한 것 같다.

개념적 혼성으로서의
번역

앞 절에서는 번역된 문학 텍스트가 몇 가지 점에서 번역되지 않은 문학 텍스트와 다르다는 것을 알았다. 이런 차이는 번역된 문학 텍스트가 번역된 언어로 이루어진 도구적 문학 텍스트로서 존재하는 동시에 그것이 기록 관계를 맺고 있는 원천 텍스트가 존재한다는 점을 설명해주는데, 이런 차이를 이해하는 한 가지 방법은 번역된 텍스트를 개념적 혼성으로 보는 것이다. 인지 언어학과 인지 문체론에서 개념적 혼성이라는 관념은 정신적 공간이라는 관념에 기초하고 있다. 정신적 공간은 참-조건적 의미론(의미를 사람들이 생각하는 것이 아니라 세상에 비추어 가늠하는 것으로, 2장을 보라)의 "가능한 세계"에 대응하는 것이다. 따라서 정신적 공간은 우리가 사건이나 상태에 관해 생각하게 해주는 인지 참조 구조다(Croft and Cruse 2004:32–39; Fauconnier 1994를 보라). 개념적 혼성에서는 공통점이 있는 둘 이상의 정신 공간(투입 공간)이 창조적 정신 과정에서 결합된다. 이렇게 혼성됨으로써 모든 투입 공간의 일부 요소는 그대로 남지만 새로운 정신 공간(혼성물)에는 기본적 공간 어느 곳에도 없었던 요소들이 들어가게 된다(Stockwell 2002:96–98; Gavins 2007:148; Fauconnier and Turner 2002). 따라서 혼성물은 가능한 세계가 아니라 보통 불가능한 세계로, 여기에는 "환상적 측면들"이 있다(Fauconnier and Turner 2002:21). 이런 개념적 혼성의 전형적인 예가 유니콘의 표상으로, 우리가 이것을 생각하는 방식에는 상상된 진짜 말과 신화적 동물의 요소가 결합되어 있다. 그 결과로 나온 유니콘의 이미지는 그 자체가 신화적 짐승이지만, 여전히 말과 어느 정도 닮았으며, 신화적 동물의 특징(엄청난 힘과 마법)도 포함하고 있다. 혼성물이란 창조적 인지 구조이지 사물이 아니라는 것을 기억할 필요가 있다. 유니콘의 경우에는 분명히 그렇다는 것을 알 수 있지만, 다른 개념적 혼성물인 테디베어의 경우는 까다롭다. 진짜 테디베어가 있을 수도 있기 때문이다. 그러나 진짜 테디베어조차도(특히 진짜 테디베어는) 우리 마음속에서는 진짜에게는 없는 몇 가지 인간적 특징을 갖고 있다. 진짜로 그런지 시험하기 위해 다른 테디베어들과 함께 있는 한 테디베어의 눈을 찔러보는 사람이 있을 수도 있다.

　목표 텍스트를 만들어내는 번역자와 번역된 텍스트를 읽는 독자 양쪽에게 이 텍스트는 개념적 혼성물로 충분히 설명될 수 있다. 스웨덴의 범죄소설 작가 헤닝 만켈의 소설을 영어로 번역하는 경우를 상상해보면, 영어 번역본은 번역자나 독자의 머릿속에서 어떤 의미에서는 원래의 스웨덴어 책으로 표상된다. 사람들은 "세버버그의 최신 소설을 읽었다"고 말하지 않고, "만켈의 최신 소설을 읽었다"고 말한다(에바 세버버그는 번역자로, 예를 들어 Mankell(2002)을 보라). 그러면서도 독자는 설사 번역자의 이름은 모르더라도 번역본을 읽었다는 사실을 알고 있다. 따라서 이 책은 동시에 그들의 머릿속에서(아마 독자의 머릿속보다는 번역자의 머릿속에서 더 그럴 텐데) 영국 출판사가 펴내고 영국 화폐를 주고 산 영국 책으로 표상된다. 양쪽 투입 공간 어디에도 없는 요소들을 담고 있는 것이 혼성물의 특징이며, 앞서 보았듯이 번역은 번역된 작품에서 목소리들, 언어들, 문체들, 문화들이 결합한 결과—이것은 원작 자체에도 영어 번역자가 독창적으로 쓴 다른 글에도 존재하지 않을 것이다—로서 그것을 쓴 사람과 읽는 사람 양쪽의 정신에 영향을 줄 것이다. 혼성물에 투입된 공간들은 혼성물 자체와 마찬가지로 정신적 공간이며, 따라서 그 가운데 하나에 현실적인 대응물이 없다 해도 달라질 것이 없다는 점을 기억하는 것이 중요하다. 독자와 번역자의 정신에서 원천 텍스트는 물론 현실 세계에 대응물이 있으며—만켈이 쓴 진짜 스웨덴어 소설이다—혼성물(원래의 책과 영어 책의) 또한 세버버그의 책이라는 형태로 대응물이 있지만, 혼성에 투입되는 것 가운데 하나인 상상된 영어 책 자체는 현실에 존재하지 않는다. 그러나 안타깝게도, 존재하지도 않고 혼성되지도 않은 영어 책은 일부 독자, 특히 비평가와 출판업자의 정신에 혼성물 자체보다 강하게 표상된다. 그래서 그들은 앞 절의 제발트의 영어 비평가의 인용이 보여주듯이 번역본이 마치 그 존재하지 않는 영어 책인 것처럼 이야기할 수도 있다.

번역이 혼성물이라는 사실에서는 여러 가지 이야기가 나올 수 있으며, 그 가운데 일부는 다른 번역학자들이 번역을 혼종(Barnstone 1993:88)이라고 말할 때 부각되기도 한다. 혼종이라는 말은 원래 탈식민지 연구에서 전통 문화와 이전 식민지 건설자들의 문화 "사이"의(Mehrez 1992:121) 공간을 묘사할 때 쓰던 용어다(Bhabha 1994:224와 Bassnett and Trivedi 1999:1-18도 보라). 번역을 혼종으로서 연구하는 작업에는 그 다문화적 배경과 혼성된 언어학을 참조하는 것도 포함된다(Snell-Hornby 2006:95, 99-100도 보라). 번역을 혼성물로 보면 독자들이 번역에서 저자를 어떻게 언급하면 좋을지 불확실한 태도를 보이는 —그냥 원래 작가의 작품으로 보지("만켈의 최신 소설을 읽었다") 않을 경우에—이유도 설명이 된다. 인지 공간은 우리가 그 공간에 관하여 무엇을 아느냐에 따라 힘이 달라질 수 있다. 예를 들어 독자의 관점에서 햄버거의 횔덜린 번역(Hamburger 1966)에는 번역자의 저자로서의 지위라는 요소가 만켈의 소설 번역본보다 더 강하게 담겨 있을 수도 있다. 본서 뒤에 실린 이 두 책의 참고문헌 항목을 보아도 그것을 알 수 있을 것이다. 햄버거의 횔덜린을 독자들에게 팔려고 하는 영국 출판업자의 이 작품에 관한 정신적 표상은 햄버거의 다른 작품들과 아주 강한 유사성이 있을 것이다. 그러나 독일어 능력이 형편없는 횔덜린 전문가가 있다면 그는 햄버거의 휠덜린을 단순하게 휠덜린으로 볼지도 모른다.

번역은 혼성물이기 때문에 슈넬-혼비 같은 학자들이 지적하듯이(2006:99) 독자도 언어에서 완전히 일반적인 영어라고는 할 수 없는 느낌을 얻게 된다. 햄버거의 휠덜린의 경우 이것은 한편으로는 현실 세계에 번역되어 나온 휠덜린이 원래의 독일어와 햄버거의 영어를 어느 정도 결합하고 있기 때문이다. 햄버거가 독일에서 태어나지 않았을 경우보다 독일어가 영어에 많은 영향을 주고 있는 것이다. 그러나 이것은 또 한편으로는 우리가 독자로서 번역된 책을 혼성물로 생각하기 때문이기도 하다. 또 번역자의 이름이 독일어처럼 들리기 때문에(물론 실제로 독일 이름이기도 하고*) 우리는 그의 번역을 읽으면서 그의 영어에서 독일어 뉘앙스를 받아들이는 쪽으로 마음을 여는 것이다.

혼성은 일반적으로 어느 수준의 충돌을 포함한다. 2006년에 "칸트는 나와 의견이 다르다"(Fauconnier and Turner 2002:59)고 말한 철학자를 예로 들자면, 칸트는 독일어를 했기 때문에 상상의 토론(다른 철학자는 영어 사용자라고 가정하고)은 칸트가 영어를 하거나 "나"가 독일어를 해야 이루어진다(Fauconnier and Turner 2002:125). 아니면 각자 자신의 언어를 하지만 서로 이해해야 한다. 또 동시에 칸트가 2006년에 그 이야기를 한 철학자와 같은 시간에 살고 있어야 한다. 이런 불가능한 상황이 포함되는 혼성은 조건법적 서술(Fauconnier 1994:109-142를 보라)

---

* Michael Hamburger는 독일에서 태어났지만 영국 시인이기 때문에 여기서는 영국식으로 표기했다.(옮긴이)

이라고 알려져 있다. 여기에 포함되는 충돌은 일반적으로 우리 정신이 관리하는데, 혼성의 핵심이 바로 다른 시간, 상황, 심지어 다른 동물의 신체 부위들(키메라의 경우처럼)이 공존하며 부드럽게 상호작용하는 것이기 때문이다. 만켈의 소설 번역에서 이런 점은 예를 들어 등장인물들이 영어로 말을 하지만 갑자기 스웨덴어의 여러 측면을 언급할 때 드러난다. 이런 충돌은 물론 원천 텍스트에는 존재하지 않으며, 책의 세계를 표상하는 혼성된 정신 공간에도 존재하지 않는다. 우리는 그냥 말하는 동물과 만난 것처럼 불신을 중지한다. 번역을 읽을 때 우리는 어느 순간 갑자기 책이 번역이라는 것을 의식하지 않는 한 그런 충돌을 어려움 없이 관리한다. 그런 의식이 생기는 것은 아마 우리가 그것을 연구하거나, 리뷰하거나, 이야기보다는 예술 작품으로 읽을 때일 것이다. 그럴 때면 우리는 번역이라는 행위 전체와 그 문제들이 갑자기 중심에 부각되는 것을 보면서, 왜 스웨덴 사람들이 서로 영어로 이야기하는지 궁금해하게 될 가능성이 높다.

혼성은 또 "가짜 친구"*같은 관련이 어떻게 존재하게 되는지 설명해준다. 번역자(말을 하거나 글을 쓰는)는 한 언어의 어떤 단어의 정신적 표상을 다른 언어의 비슷하게 발음이 나는 정신적 표상 위에 그릇되게 사상(寫像)한다. 그러나 두 단어의 의미(정신 공간 의미론에서는 정신에서 차지하는 인지 공간으로 간주된다)는 세부에서는 같지 않다. 예를 들어 독일어 사용자가 영어를 하면서 결혼식에 가려고 새 pumps(독일어에서는 굽

---

* 두 언어에서 모양이나 소리는 비슷하지만 뜻은 매우 다른 두 단어나 어구.(옮긴이)

이 높은 구두를 가리킨다)를 샀다고 말할 수도 있고, 영어 사용자가 프랑스어를 하면서 "curate"*라는 뜻으로 curé라는 말을 사용할 수도 있는데, 사실 프랑스어에서 그 말은 교구 목사라는 뜻이다. 나는 심지어 독일어를 자주 하는 영어 사용자 몇 명이 Konservierungsmittel(방부제)의 정신적 표상을 방부제를 가리키는 영어 단어 preservative의 정신적 표상과 혼성하여 방부제를 가리킬 때 "conservatives"라는 말을 사용하는 것도 보았다. 물론 번역에서 생기는 예들은 이보다 미묘하다. 마이클 햄버거의 자서전에서 나온 다음 예를 생각해보자(1991:153).

(4.13) In any case, we fell in love

이 문장은 햄버거가 "어딘가"에서 한 피아니스트를 만나 "누군가"가 자리를 잡아준 연주회에 데리고 가는 일을 묘사한 뒤에 나온다. 그는 자세한 내용을 잊었지만, 어쨌든 그들은 사랑에 빠졌다. 그러나 (4.13)에서 in any case는 이상하게 들린다. 보통 이 말은 미래와 관련된 구조에서 쓰기 때문이다.

(4.14) I will go to town in any case

아니면 실제 상황에 모순되는 말을 할 때 쓴다.

(4.15) In any case I think you should have won the prize

---

* 영국 성공회의 부목사라는 뜻이다.(옮긴이)

이 표현은 보통 불확실한 과거의 사건을 언급하면서 실제 상황이 어쨌든 간에 이것이 그 결과였다고 할 때는 사용하지 않는다. 그런 경우에는 보통 "in any event"를 사용한다. (4.13)의 "in any case"는 독일어의 "jedenfalls" 또는 "auf jeden Fall"("be that as it may")과 "in jedem Fall"("come what may")이 영어의 "in any event"와 섞인 것이다. 이것은 아주 미묘한 예이기는 하지만 가짜 친구다. 독일어의 "Fall"이 종종 "case"로 번역되기는 하지만, "jedenfalls"나 "in jedem Fall"이나 "auf jeden Fall"은 "in any case"와 똑같은 의미는 아니다. (4.13)의 표현의 효과는 이 진술에 묘한 비현실성을 보태는 것이다. 이 표현이 (4.14)와 (4.15)의 경우처럼 비현재적인 시간이나 가상현실이라는 내포된 의미를 어느 정도 담고 있기 때문이다. 그렇다고 (4.13)이 불가능하다거나 아주 이상하다는 뜻이 아니라, 그저 관습적인 의미는 아니라는 뜻이다. (4.13)은 좁은 의미의 번역이 아니다. 햄버거는 영어로 자서전을 쓴 것이기 때문이다. 그러나 넓은 의미에서는 번역이다. 1장에서 중국 다리미의 레이블(1.2)이 중국어 사용자의 생각의 번역일 수도 있다고 말한 것과 마찬가지다. (4.13)의 예는 이런 넓은 의미의 언어 간 번역이라는 행위 자체가 독자의 인지 효과를 고양할 수 있음을 보여준다. 여기에서는 비현실과 비확실성이라는 효과다. 이 장과 전 장에서 논의한, 문학 번역이 중요한 의미에서 비문학 번역 텍스트보다 "문학적"이라는 생각의 배후에는 이런 효과의 증가가 있다. 번역된 텍스트라는 우리의 관념이 개념적 혼성물일 뿐 아니라 그것이 묘사하는 세계와 더불어 거기에 나오는 각각의 표현이 크든 작든 개념적 혼성물이며, 인지 효과를 낳을 수 있는 더 큰 잠재력이 있다. 무엇보다도 혼성물에는 새로 등장하는 구조 안에 원래의 투입물 각각에는 존재하지 않았던 요소가 있기 때문이다.

비문학 번역은 이런 의미의 혼성물이 아니다. 이것이 구트 (2000:57) 같은 학자들이 비문학 번역을 다시 쓰기로, 즉 원 텍스트와 필연적인 관계가 없는 것으로 묘사할 때 주목했던 점이다. 그러나 모든 글은 그 자체가 물리적인 책이나 페이지나 종이와 그것이 표상하는 것의 혼성물이며(Fauconnier and Turner 2002:211 참조), 우리가 비문학 번역을 세계에 관한 하나의 텍스트로 읽는 한에서는 이 또한 혼성물이다. 설사 해석적 텍스트라기보다는 기술적(記述的) 텍스트라 해도(Gutt 2000:56-68), 모든 기술은 재현이라는 의미에서 여전히 하나의 혼성물이다. 그러나 문학 텍스트는 이 혼성물에 투입 공간들을 더 집어넣는다. 이런 텍스트는 텍스트의 세계와 더불어 문체에 체현된 이른바 인지적 상태를 재현하기 때문이다. 인지적 상태란 텍스트의 세계에 대한 저자, 서술자, 등장인물의 태도, 관점, 견해일 수 있다. 비문학 텍스트에도 이런 요소가 포함될 수 있지만, 그 경우에는 전혀 중요한 자리를 차지하지 못한다. 일군의 사용 설명, 중국산 다리미에 붙은 레이블, 드레스덴에 관한 브로슈어를 쓴 사람의 인지적 상태는 텍스트에 대한 우리의 이해를 구성하는 경우가 거의 없다. "화자의 정신"이 표현적 텍스트에서는 핵심이지만 정보적 텍스트에서는 거의 아무런 역할을 하지 못한다고 말했을 때, 뉴마크(1988:39-40)는 이 사실에 주목한 것이다. 문학 번역은 또 한 가지의 투입 공간을 추가한다. 번역자의 세계, 문화, 믿음, 태도라는 공간이다. 이 면 또한 비문학 번역에서는 주변적이다. 번역 자체가, 뉴마크의 표현을 빌리면, 정보적이기 때문이다. 따라서 문학 작품의 번역문은 예외적으로 복잡한 개념적 혼성물로 볼 수 있다. 이것이 번역을 그림이나 연기(演技)로 보는 비유가 많이 등장한 이유다(Tan 2006:47). 책과 마찬가지로 예술의 모든 작품과 사례는 복잡한 개념적 혼성물이다. 이것이 또 번역자는 저자가 "우리 시대에 우리나라에 살았다면 썼을"(Dryden 1992:19) 것처럼 쓴다—위에서 언급했던, 칸트와 나누는 상상의 대화와 비슷하게 비현실적 상황이다—는 발언 같은, 반(反)사실적인 혼성된 상황들과 관련된 번역 논의가 생기는 이유다. 나아가서 이것이 또 번역을 기술할 때 "허세"(Boase-Beier 2006:108-110) 같은 표현을 사용하고, 등가를 묘사할 때 "사회적 착각"(Pym 2010:164) 같은 표현을 사용하는 이유다. 포코니에와 터너가 말했듯이(2002:233), 허세나 착각은 혼성물 속에서 사는 상황과 관련된다. 내가 지금까지 주장한 것은 번역자와 번역문 독자 모두 많은 허구가 존재하는 혼성물 속에서 살고 있으며, 원저자가 번역본을 썼다는 것이야말로 주요한 허구로 꼽을 만하다는 것이다.

번역을 혼성으로 기술하는 것은 이렇게 번역의 많은 특징을 설명해주지만, 그럼에도 그런 기술이 우리의 번역 방식에 영향을 줄 수 있느냐 하는 것은 여전히 분명치 않다. 그래서 다음 장에서는 이론적 선언과 실제 실천 사이의 관계를 살펴볼 것이다.

5

이론과 실천

이론이란
무엇인가?

우리는 앞의 네 장에서 번역의 본질, 번역과 텍스트 바깥 세계의 관계, 번역에 여러 유형이 존재하는가 하는 질문 등 많은 문제를 검토했다. 이런 질문 가운데 예를 들어 무엇이 언어를 구성하는가, 우리가 번역하는 내용이란 어떤 것인가 같은 문제들은 직접적으로 답할 수 없다. 이런 문제들은 각자의 이론에 따라 달리 답하게 되는 다른 문제와 연결된다. 예를 들어 1장 서두에서 이야기했듯이, 방언이 하나의 언어라는 이론을 지지한다면 요크셔 방언을 표준 영어로 번역하는 것은 언어 내 번역이 아니라 언어 간 번역이 될 것이다. 많은 질문들이 이런 식으로 열려 있으며, 특정한 답을 제시하려면 어떤 이론을 전제해야 한다. 이 이론은 그 문제와 관련된 영역(이 경우에는 언어 간 번역 대 언어 내 번역)의 이론이 아니라, 해당하는 이론에 영향을 주는 다른 영역(여기에서는 언어-방언 구분)의 이론인 경우가 많다.

이론이란 세계의 정적인 모델이 아니다. 이론은 한편으로는 그런 질문에 대한 답을 결정하지만, 동시에 답이 이론을 결정하기도 한다. 예를 들어 언어-방언 문제를 바탕으로 나는 야콥슨의 언어 내 번역, 언어 간 번역, 기호 간 번역이라는 세 가지 구분을 더 세분하자고 제안할 수도 있다(2004:139).

이론이 제공하는 답이 어떤 이유로든 불만족스러워 보이면 이론은 조정된다. 다른 이론이 기존 이론과 상호작용을 하여 기존 이론 또는 그 근거를 수정하거나 반박할 수도 있다. 또는 기존 이론이 그 자체로는 증거를 적절하게 설명하는 것처럼 보이지 않을 수도 있다. 예를 들어 만일 내가 한 사람의 번역자는 신약 실험에 관한 의학 보고서와 신약 실험에 관한 신문 기사, 신약 실험에 관한 소설을 똑같은 방법으로 번역한다는 이론을 지지한다면, 나는 이 이론을 곧바로 증거에 적용할 것이다. 만일 증거가 이론과 모순된다면, 나는 그 이론을 버리거나 조정할 것이다. 조정을 한다면, 다양한 텍스트 유형 자체가 어떤 특징들을 공유하는 것과 마찬가지로 개별 번역자의 어떤 특징은 텍스트 유형에 관계없이 지속되지만 어떤 특징은 지속되지 않는다는 정도로 정리할 수도 있다.

따라서 이론은 세계의 그림이며, 자신이 제기하는 문제에 대하여 현실 세계의 증거나 다른 이론이 제시하는 답들과 마주치면서 계속 재조정된다. 다른 이론 자체가 조정될 수도 있다. 번역의 유사성을 더 잘 설명하기 위해 텍스트 유형 이론을 다듬을 필요가 있다고 판단할 수도 있는 것이다. 아니면 나 자신의 이론이 조정될 수도 있다. 언어-방언 구분이 언어학적 관점에서 보면 똑같지만 번역자의 관점에서 보면 다르다는 식으로 내 이론을 조정할 수도 있다. 2.1절에서 언어 상대성과 결정론을 이야기할 때 이와 비슷한 예를 보았다. 슬로빈(1987:435) 같은 학자들은 그들의 입장에서 보자면 실제로 존재하지 않는 엄격한 결정론과 우리가 실제로 말하려고 할 때 작용하는 언어의 결정론적 요소에는 차이가 있다고 생각할 것이다. 다른 학자들(예를 들어 Pinker 2007:135)은 이런 종류의 "과잉 고용식" 이론을 조롱할 수도 있지만, 실제로 가장 흥미로운 설명이 생겨나는 곳은 이론들이 상호작용을 하는 지점이다. 만일 모든 것이 흑 또는 백이라면 이론화는 전혀 필요 없을지도 모른다.

이론이 한편에서는 증거와 다른 한편에서는 다른 이론과 상호작용을 한다고 말하니, 마치 증거는 세상에 있고 다른 이론은 정신에 있는 것처럼 들린다. 그러나 사실 그렇게 분명하게 나눌 수는 없다. 우선 다른 이론들 자체도 증거에 기초를 두고 있으며, 나 자신의 이론과 똑같이 세상에 늘 적응하고 있다. 그래서 우리는 어느 정도는 이론을 증거로 사용한다. 이 책의 앞 네 장에서 나는 많은 이론이 이런 식으로 증거에 기초를 두고 있다고 받아들였다. 슬로빈의 말하기 위한 생각하기 이론(1987), 야콥슨의 세 가지 번역 이론(2004), 포코니어와 터너의 혼성 이론(2002)은 그 가운데 세 가지 예일 뿐이지만 나는 이 모두가 잠재적으로 가치 있는 증거에 기초하고 있다고 가정하고 있다. 둘째로, 증거는 특정 이론과 관련하여 증거로 받아들여진다. 사실들이 무엇이고 그 가운데 어느 것이 중요한지 말해주는 것은 이론이다. 셋째로 다른 이론들은 그저 다른 사람들의 이론에 불과한 것이 아니다. 나 자신도 어떤 주어진 시점에 많은 이론을 갖고 있으며, 그 가운데 일부는 서로 대립한다. 예를 들어 나는 사람들이 사건을 행위로 보고, 텍스트에서 저자를 요구하듯이 세상에서 신을 요구한다는 이론을 받아들이기 때문에 신은 존재한다는 이론을 세울 수도 있다. 동시에 버트런드 러셀(1957)이 그랬던 것처럼 신이 있다는 증거를 찾을 수 없기 때문에 신은 없다는 이론을 지지할 수도 있다. 언어-방언 구분에서 보았듯이, 양쪽 이론을 동시에 유지하는 것도 얼마든지 가능한 것이다.

따라서 이렇게 볼 때 이론은 유동적인 정신적 구성물임이 분명해진 듯하다. 이론은 사람에 따라 달라지며, 같은 사람이라 해도 시간이 지나면 달라진다. 심지어 서로 대립하는 이론을 동시에 갖고 있는 것도 가능하다. 예를 들어 세상의 종말이 다가오고 있다는 이론을 갖고 있으면서도, 대부분의 시간에는 인생을 살아가기 위해 그것을 눌러야 하기 때문에 현실적인 의미에서는 그런 이론을 갖고 있지 않을 수도 있다.

가끔 사람들은 "이론"이라는 말과 "믿음"이라는 말을 서로 바꾸어 쓰곤 한다. 신이 존재한다는 견해는 이론으로 볼 수도 있고 믿음으로 볼 수도 있다. 그러나 이론은 증거에 비추어 검증 가능한 잠재력이 있는 것으로 보아, 그렇지 못한 믿음과 구별할 수도 있다. 그러나 사실 이론과 믿음은 모두 세상의 존재 방식에 대한 정신적 그림이다. 사람들이 세계에 관해 말하는 것을 평가하는 한 가지 방식은 그 뒤에 놓인 이론(또는 세계관 또는 이데올로기)을 아는 것이다. 파울러(1977:17)는 세계관이 개인이나 사회가 가지고 있는, 또는 텍스트에 체현된 "실재의 재현 양식"이라고 정의하며, 심슨은 이데올로기가 "우리가 말하고 생각하는 방

식이 사회와 상호작용하는 방식"이라고 정의한다(1993:5). 세계
관과 이데올로기는 이론과 믿음처럼 세계를 그린 그림이다.

우리가 하는 모든 일은 세계에 대한 우리의 그림과 관련되어
있으며, 우리가 하는 대부분의 행동은 반사작용이거나 의식 없이
일어나는 경우가 아니라면(Ratey 2001:110-111를 보라), 그 행
동을 수행하는 방식에 대한, 그리고 그 결과에 대한 이론이 선행
하거나 수반된다.

위의 논의는 이 책에서 번역을 검토하는 데 몇 가지 의미에서
중요하다. 첫째로 내가 지금과 같은 맥락에서 번역을 기술하는
이유를 독자가 이해하기 위해서는 내 이론을 알아야 한다. 내 이
론은 1장에서 4장에 이르는 과정에서 분명해졌을 것이며, 또 이
장 마지막에도 요약되어 있다.

둘째로『번역자의 비가시성(*The Translator's Invisibility*)』(Venuti
2008)이나『번역과 관련도(*Translatin and Relevance*)』(Gutt
2000) 같은 제목이 달린 책에서 우리가 읽게 되는 번역 이론 또
한 드러나 있든 드러나 있지 않든 특정한 학자의 이론을 배경으
로 번역학 분야의 기술이나 설명을 제시하고 있다는 것을 알 필
요가 있다. 예를 들어 이야기를 듣고 있는 청자의 "인지적 환경"
이 중요하다는 구트의 견해(2000:128)는 상식처럼 보일 수도 있
지만, 이것은 번역이 의사소통의 한 형식이며, 의사소통은 스페
르베르와 윌슨(1995; 또 이 책의 2장과 3장도 보라)이 제시한 관
련도 원리를 따른다는 그의 이론에 기초를 두고 있다. 나아가서
성경은 역사적 문서라기보다는 종교적 문서라는 구트의 견해는
성경 번역에 대한 그의 기술에서 중요하다. 구트는 자신의 이론

을 분명히 밝혀 독자를 편하게 해준다. 마찬가지로 디아즈-디오카레츠(Diaz-Diocaretz, 1985)는 읽기 이론들을 이용하여 한 페미니스트 시인의 번역을 탐사한다고 말한다. 그러나 이렇게 분명히 밝히지 않는 저자들도 있다. 베누티(2008)는 10여 년 전에 처음 출간된 자신의 연구가 "솔직하게 논쟁적"(2008:viii)이라고 묘사하면서 자신의 동기가 "영미 문화에서 번역의 주변적 지위에 의문을 제기하는 것"(같은 곳)이라고 말하지만, 그의 이론적 배경을 파악하는 일은 독자에게 맡긴다. 독자는 베누티의 작업을 읽는 과정에서 이 이론의 그림—그 특징은 탈구조주의와 탈식민주의의 전통에 입각하여 보편성보다 차이를 강조하는 이론이라고 말할 수 있다—에 도달하게 된다. 밑에 깔린 이론이 명시적이든 암시적이든, 글을 읽는 사람은 그것을 맥락으로 삼아 그 글에 나오는 모든 진술을 읽게 된다. 모든 이론의 역사적 상황을 인식하는 것 또한 중요하다. 예를 들어 1985년의 디아즈-디오카레츠는 훗날 스콧(Scott, 2000) 등에 의해 세련되게 다듬어지는 읽기 이론의 혜택을 받지 못했으며, 이보다 10년 전에 처음 발표된 구트의 이론(2000) 또한 그 뒤에 이루어진 필킹턴(Pilkington, 2000) 같은, 문학에 적용되는 관련도 이론 연구를 이용할 수 없었다.

셋째로, 이론은 어떤 일을 하는 방법에 관한 일군의 지침이 아니라 정신적인 그림이다. 예를 들어 구트(2000:107-111)는 스콧 몬크리프가 1929년의 스탕달 번역에서 왜 "tu"를 "thou"로 번역했는지, 또 비평가 애덤스(Adams, 1973:14)가 왜 이것을 못마땅해했는지 설명한다. 그는 또 독자들은 대부분 애덤스의 견해를 지지할 것이라고 말한다. 하지만 이런 경우에는 "tu"를 "thou"로 번역해야 한다거나, 그러면 안 된다거나 하는 이야기를 실제로 하지는 않는다.

넷째로, 이론은 실천이 묘사되는 방식에 영향을 준다. 구트가 보기에 애덤스가 스콧 몬크리프의 "tu" 번역을 거부한 것은 처리에 너무 많은 노력이 드는 것은 거부당한다는 그 자신의 견해(또 그의 생각에 따르면 애덤스도 이것을 직관적으로 느끼고 있었다)의 증거다. "그 회복에는 상당한 처리 노력이 수반된다"(Gutt 2000:111) 같은 기술은 투자한 노력에 대해 얻게 되는 효과를 측정하는 관련도 이론을 적용했기 때문에 나온 것이다.

다섯번째로, 실천은 이론을 검증하는 기준이 되는 증거를 제공하여 이론에 영향을 준다. 구트(2000:111-118)는 레비의 단어 의미 측면의 "기능적 위계" 이론이 좋은 설명이 되는지 확인하기 위하여 맥스 나이트(Max Knight, 1963)의 모르겐슈테른 시 실제 번역을 살펴보고, 사실에 비추어 검증한 결과 그 이론이 "의심스럽다"고 판단한다(2000:116).

여섯번째 결과는 위의 사항들을 모두 모아놓았을 때 이론이 우리가 실천을 기술하는 방식만이 아니라 우리가 실천을 해나가는 방식과 관련해서도 실천에 영향을 주는지 우리 자신에게 물어볼 필요가 있다는 점이다. 방금 나는 구트가 우리에게 우리가 해야 하는 일보다는 사람들이 실제로 하고 있는 일을 말해준다고 했지만, 그럼에도 이것이 이론이 어떤 환경에서 실천에 영향을 줄 가능성을 배제하는 것은 아니며, 우리는 그런 상황이 무엇이고 그 결과가 무엇인지 알 필요가 있다.

이와 관련하여 두 가지 의견이 가능하다. 하나는 이론이 규범적이라는 것이다. 이 견해를 따르게 되면 독자들은 예를 들어 구트가 특정한 번역 방식에 찬성하고 다른 방식은 거부했다고 상상하게 된다. 애덤스가 스콧 몬크리프를 거부했다는 그의 언급을 구트 자신의 거부로 볼 수도 있는 것이다. 스탕달 번역에서 영어의 "thou" 뒤에서 프랑스어의 "tu"를 파악하는 데 독자가 투입해야 하는 노력을 측정한 뒤 그가 직접 다르게 번역하는 것을 예상할 수도 있다. 반대편 극단에서는 이론이 실천을 기술하지만 직접 실천에 영향을 주지는 않는다고 말할 것이다. 이것이 "기술적 번역 연구"(예를 들어 Toury 1995:2를 보라)의 기본 가르침이라고 볼 수도 있다. 그러나 사실 투리는 조심스럽게 이론이 비규범적이라고 보면서도, 실천에 실제로 영향을 준다고 주장하며, 비평가와 교사들(실제 번역자들보다는)이 실천의 기술로부터 번역을 판단하거나 가르치는 최상의 방법에 관한 유용한 결론을 끌어낼 수도 있다는 점을 지적한다(1995:17-20). 이런 의미에서 이론은 실천에 영향을 준다. 이론은 세계를 기술하는 알려진, 또 종종 합의된 방식이고, 사람들은 그에 따라 행동하는 경향이 있기 때문이다. 우리는 종종 그런 결과와 마주친다. 만일 정부가 몇 가지 사례에서 추출한, 모든 성인은 잠재적 소아성애자라는 이론을 갖고 있다면, 정부는 모든 성인이 학교 연극을 촬영하는 것을 금지하는 법규를 만들지도 모른다. 마찬가지로, 번역이 보이지 않게 원문을 대체하는 사례를 들 수 있거나, 아니면 그런 사례를 든 베누티(2008)를 읽었기 때문에 그런 일이 일어나면 안 된다는 이론을 지지한다면, 우리는 출판사에 영향력을 행사할 수 있고,

출판사는 번역자들에게(그리고 간접적으로 비평가들에게 영향을 주어) 특정한 방식으로 행동하라는 지침을 내릴 수도 있다.

따라서 일반적인 의미에서 이론은 규정이나 일군의 규칙이 아니지만, 그렇다고 단순한 기술일 수도 없다. 번역이든 다른 경우든 실천의 기술은 사람들이 사물을 보는 방식에 영향을 주며, 이것은 또 실천에 영향을 주기 마련이다.

그러나 개별 번역자에게 발생하는 일과 관련된 또 하나의 문제가 있다. 만일 번역자가 이론은 사람들이 하는 일을 기술하는 것이지 지침이 아니라고 생각한다면, 이것은 이론이 이 번역자가 하는 일에 아무런 영향을 주지 않는다는 뜻일까? 일반적인 의미에서 이렇게 될 수는 없다. 집단 지식이 각각의 개별 번역자에게 영향을 줄 것이기 때문이다. 베누티나 구트를 읽지 않은 번역자들도 출판사, 편집자, 비평가, 학자, 독자를 통해 그런 저자들이 한 말에서 간접적인 영향을 받을 것이다.

집단 지식의 영향은 아주 분명해 보이지만, 이론-실천 고리에 관해서는 더 강한 견해가 있을 수 있다. 이 견해는 어떤 특정한 경우에 특정 번역자가 받아들이는 이론이 어느 정도는 그들의 행동 방식을 결정한다는 것이다. 베누티가 1995년에 쓰고 2008년에 다시 나온 책이나 그가 번역한 베르만의 글(2004)에서 이국화에 관한 그의 견해를 읽은 번역자는 소설에서 등장인물이 하는 말 가운데 "Es ist gehüpft wie gesprungen"(예 (1.21)을 보라)을 "It's the same whether you jump or leap"((1.22)를 보라)으로 번역하면서, 이것이 화자가 독일어를 한다는 것을 보여주거나, 독일인이 영어로 말하고 있다는 것을 보여주는 방법이라고 생각할 수도 있다. 도구적 번역과 기록적 번역에 관한 노르트의 견해(Nord 1997:47-52)를 읽은 사람도 똑같은 행동을 할 수도 있고, 아니면 문학 번역에서는 도구적 번역이 더 적합하다는 견해를 채택하여, 독일어 표현을 "it's all the same"((1.24)를 보라)으로 번역함으로써, 처음 표현에서 암시되었던 두 가지를 모두 잃을 수도 있다(소설의 허구적 세계에서, 또는 그 세계 안의 화자의 정신에서). 이런 예는 이저(2006:10)가 말한 대로 이론을 실천이나 방법으로 곧바로 전환하는 것이 얼마나 어려운지 보여준다. 같은 이론이 대립되는 실천이나 방법을 낳기도 쉽다. 투리는 번역자보다는 비평가나 교사가 이런 식으로 이론에 직접 영향을 받을 가능성이 더 많다고 주장한다(1995:17). 번역자는 반드시 훈련을 거치지는 않는 반면, 비평가나 교사는 **"응용된** 활동 자체에 빠지기"** 때문이다. 이 말도 어느 정도는 사실임이 분명하지만, 그런 견해는 우리가 위에서 본 대로 번역자들이 모두 이론을 갖고 있으며, 이런 이론은 번역자들이 의식적으로 훈련하고 싶어 하든 아니든 주위의 문화로부터 영향을 받을 수밖에 없다는 사실을 무시하는 것이다. 실제로 뉴마크(1993:15)는 어떤 선택을 하려면 무의식적인 이론이라도 따를 수밖에 없다고 주장한다. 이런 연결은 다음 절에서 검토한다.

이론과
전략

전략은 때때로 이론과 혼동되지만 둘은 완전히

다른 것이다. 이론은 세계의 그림이고 전략은 이 그림을 행동 계획으로 번역한 것이다. 이 계획에 따라 행동할 수도 있고, 계획을 그냥 정신적인 구축물로 남겨둘 수도 있다. 예를 들어 슐라이어마허가 1813년 어떤 이야기에서 처음 제시한 이론은 번역자가 "작가를 가능한 한 가만히 놓아두고 독자를 작가 쪽으로 움직이거나, 아니면 (……) 독자를 가능한 한 가만히 놓아두고 작가를 독자 쪽으로 움직인다"(1992:42)는 것이다. 여기에서 두 사람, 작가와 독자가 있고, 번역자는 어느 한쪽을 실제로 다른 방향으로 움직이는 그림이 나온다. 훗날의 비평가가 슐라이어마허의 두 가지 번역 방식에 대한 견해를 받아들여 다른 번역론에 따라 해석하는 것도 가능하다. 예를 들어 베누티(1998:17-20)는 번역이 폭력 행위라는 견해에 따라 슐라이어마허를 해석한다. 베누티의 결론은 폭력은 나쁜 것이고, 번역을 이국화함으로써 피할수 있다는 것이다(20). 분명하게 제시된 베누티의 견해에서는 한 방식의 번역(이국화)이 다른 방식(자국화)보다 나으며, 이런 평가는 논리적으로 "행동 개시 명령", 즉 목표 언어나 문화가 원천 언어나 문화를 전유하는 것에 대한 "문화적 저항"과 관련된 전략을 낳는다(1998: 7장). 베누티의 주장은 이론이 일단 평가와 관련되면 정도의 차이는 있지만 늘 규범으로 향하는 경향이 있다는 것을 보여주는 좋은 예다. 이것은 이론과 윤리 사이의 고리 때문이다. 3장에서 우리는 충성 개념을 보았는데, 여기에는 이미 도덕적 고려에 대한 암시가 담겨 있다. 존스(2009)를 따라 상정해본 번역 네트워크에 있는 한 관계자, 예를 들어 원저자나 우리의 출판업자에게 충성심을 느낀다면, 이런 충성심은 우리가 무엇을 번역 행동의 올바른 방향으로 여겨야 하는지 결정할 것이다. 윤리는 어려운 용어로, 생각하거나 행동하는 올바른 방향을 암시하며, 심지어 "생각에 대한 위협적 거부"를 암시하기도 한다(Badiou 2001:3). 번역의 윤리는 행동에 영향을 주는 일군의 원리(종종 도덕적 특질을 띤다)로 정의될 수 있다. 올바른 사고에 기초한, 번역의 올바른 방법이 있다는 것이다. 학자들은 번역의 윤리에 관해 말할 때(예를 들어, Hermans 2009), 보통 언어학적 또는 텍스트적 등가의 맥락에서 옳다고 말할 수 있는 것보다는 이런 넓은 의미에서 옳은 것을 이야기한다. 하나의 실천이 이런 식으로 옳다고 평가된다면, 그런 실천을 낳은 이론은 규범적이라고 간주될 수 있을 것이다. 그러나 규범적 이론이라고 해서 자동적으로 전략이 되는 것은 아니다. 전략은 그 이론이 더 발전한 상태다. 베누티의 경우 그 자신이 작업을 해나가는 과정에서 전략을 제시한다. "주변적 텍스트를 번역하는 쪽을 선택"(1995:267)하거나 표준어 대신 방언을 선택하거나 모방이라고 할 정도로 원문에 가까운 상태를 유지(1995:167-181)하는 등의 전략이다. 다른 번역자들은 다른 전략을 개발하여, 번역을 대역판으로 제시한다거나("Visible Poets" 시리즈처럼), "단어를 번역하지 않은 채 남겨두는"(Elsworth 2000:12) 등의 실천 방안을 채택할 수도 있다.

다시 이저의 견해를 약간 고쳐서 말하자면, 전략은 번역을 하는 특수한 방식들로, 이것은 번역이 무엇이고 어떻게 작용하는가 하는 문제를 바라보는 관점과 관계가 있다. 이론은 일반화하려고 하는(예를 들어 번역이 유창해지고 출처를 위장하려 하는 경향이 있다는 사실과 그 이유를 설명한다) 반면 방법은 개별적 사례에 적용되는 경향이 있다(예를 들어 엘스워스가 외국어 단어를 사용하는 것, 또 Iser 2006:10을 보라). 가령 자국화와 이국화라는 베누티의 이론은 이국화 효과, 즉 슐라이어마허가 독자를 데려다 외국의 저자를 보게 한다고 말할 때 기술하는 효과를 만들어내는 수많은 방법이나 전략으로 전환될 수 있다(1992:42).

어떤 이론은 오직 은유로만 이루어져 있다는 점에서 매우 단순하다. 세이어스 페덴(1989:13)에 따르면 번역은 하나의 창이며, 트라스크(Honig 1985:14)에 따르면 얼음 조각이며, 전 장 마지막에서 본 은유에 따르면 연극 공연이다(Wechsler 1998). 이런 이론의 경우 먼저 하나의 방법으로 전환되지 않는 한 번역에 적용이 될 수 없다는 것이 특히 분명해진다. 예를 들어 번역이 우리가 원문을 볼 수 있는 유리라는 이론은 직역이라는 방법을 낳을 수 있다. 이것은 원문의 분명한 어휘적, 구문적, 음성적 속성을 꼼꼼하게 따르는 것을 목표로 삼지만, 은유의 인지론적 영향, 특정 유형의 도상성이 독자의 감정이나 정신 상태에 주는 영향처럼 직접 보이지 않는 것을 표현하지는 않는다. 베누티도 비판하는(2008:1) 창문이나 유리 은유는 따라서 텍스트에 대한 특정한 관점, 즉 물리적 물체로서의 텍스트가 우리가 걱정할 필요가 있는 모든 것이라는 관점을 따를 때만 유효하다. 이 경우 태도, 감정, 효과 같은 것들은 원천 텍스트와 관련이 없고 목표 텍스트와 번역자에게도 관련이 없는 것으로 간주된다. 이런 식으로 단순한 은유-이론을 전략으로 옮기는 위험 가운데 몇 가지를 나는 「이론은 누구에게 필요한가」(Boase-Beier 2010a)에서 살펴본 적이 있다. 나는 그 글에서 텍스트 뒤에서, 전달되는 정신 상태에서, 그 정신 상태와 만나는 독자의 정신에서 벌어지는 일이 텍스트가 작동하는 방식에서 중심이라고 주장했다. 거기서 내가 옹호한 이론은 딱히 번역론이라기보다는 인지론적 문체 이론이다. 실제로 나는 거기에서 번역(또는 어떤 영역이든 연구의 대상을 이루는 것) 외부에서 온 이론들이 번역 이론 자체보다 유용하다고 주장했다. 이런 이론들은 대체로 번역과 독립적으로 검증되어왔으며, 단순한 은유의 환원성을 피하고 있기 때문이다. 그러나 인지론적 문체론처럼 외부에서 온 이론이 번역에 대한 관점과 결합되면, 그것은 사실상 번역 이론이 된다.

이 책의
이론

　　방금 언급한 2010년 글에서, 또 다른 글과 2006년에 낸 책에서, 내가 옹호하는 이론은 이 책에서와 마찬가지로, 번역을 본질적으로 창조적으로 보는 관점, 문학적 읽기를 본질적으로 창조적으로 보는 관점과 인지론적 시학을 결합한 것이다. 다른 많은 번역 이론과 마찬가지로—사실 대부분이 그러리라고 보는데—내가 방금 제안한 이 이론 또한 한정된 의미에서 번역 이론이라고 특정할 수는 없다. 오로지 번역을 관찰해서 나온 것이 아니기 때문이다. 이 이론은 우리가 지금까지 논의한 다른 이론들과 그런 특징을 공유하고 있다. 구트(2000)는 관련도 이론을 이용했고, 타바코프스카(1993)는 인지 언어학을 이용했다.

사실 구트는 소통 이론—관련도 이론—으로 충분하기 때문에 번역 이론이 따로 필요하지 않다고 주장하기까지 했다. 나는 이 주장을 받아들이지는 않는다. 앞 절의 마지막에 이야기했듯이, 관련도 이론이 일단 번역에 관한 관점과 상호작용하게 되면 그것은 번역 이론이 되기 때문이다.

지금까지 이 책의 앞 다섯 장에서 논의한 내용에서 끌어낼 수 있고, 또 남은 네 장에서 더 탐사해볼 번역 이론은 다음 몇 가지에 기초를 두고 있다.

(i) 번역은 원천 텍스트를 닮는 것(기록적 번역)을 목표로 삼을 수도 있고, 하나의 텍스트로서 특정한 기능을 이행하는 것(도구적 번역)을 목표로 삼을 수도 있다. 문학 번역은 보통 두 가지 역할을 다 하지만, 비문학 번역은 단지 도구적인 경우가 많다.

(ii) 어떤(보통 비문학) 번역은 사실 번역이 아니라 다시 쓰기다. 단지 원천 텍스트와 똑같은(보통은 비허구적) 세계를 재현하는 것만 목표로 삼을 뿐, 원천 텍스트와 어떤 다른 관계를 가질 필요가 없기 때문이다.

(iii) 번역은 내용을 옮기는 것 이상의 일이다. 문학 번역은 내용과 더불어, 특히, 한 언어(어떻게 이해되든) 또는 매체로부터 다른 언어나 매체로 문체를 옮기는 것이다.

(iv) 문체는 모든 번역에서 중심이다. 문체는 모든 유형의 텍스트에서 중요하지만, 특히 문학 번역은 대체로 문체의 번역이다.

(v)   문체는 단지 언어적 실체가 아니라 인지적 실체이기도 하다. 따라서 문체를 번역하는 것은 곧 시적 효과, 함의, 정신 상태, 태도 등을 번역하는 것이다.

(vi)   모든 텍스트는 독자가 노력을 하게 하지만, 문학 텍스트는 더 열심히 노력하게 한다. 번역은 이 특징을 옮기는 것을 목표로 삼으며, 독자들이 들이는 노력에서 나오는 시적 효과를 주는 것을 목표로 삼는다.

(vii)   번역된 문학 텍스트는 번역되지 않은 문학 텍스트보다 독자들이 더 노력을 하게 하여 인지적 효과도 더 높아진다.

(viii)   문학 번역은 문학 텍스트의 번역인 동시에 문학적 방식의 텍스트 번역(즉 텍스트를 허구적인 것으로 보고 문체에 더 중요성을 둔다는 점에서 문학적 텍스트로 다룬다)이다.

(ix)   번역된 문학 텍스트는 진짜 원천 텍스트와 목표 언어로 쓴(상상된) 원문의 혼성물로 여겨진다.

(x)   번역에는 창조성이 관련되며, 문학 번역의 경우에는 더욱 그러하다.

(xi)   번역자는 늘 원천 텍스트, 독자, 출판사, 또는 다른 관련 요소 가운데 어디에 더 충성할 것인지 결정해야 한다. 이것이 번역이 이루어지는 방식에 영향을 준다.

(xii)   이론은 번역이 작용하는 방식을 기술하는 동시에—직간접적으로—번역이 이루어지는 방식에도 영향을 준다

전에는 그렇지 않았다 해도, 이 요약에서는 분명해졌어야 할 것들 가운데 하나는 문학 번역이 비문학 번역보다 번역자와 독자 양쪽에서 더 복잡한 과정이나 행동과 관련된다는 점이다. 문학 번역이 원천 텍스트나 세계와 맺는 관계는 둘 다 비문학 번역의 경우보다 복잡하다.

터너(1996)가 지적하듯이, 문학적 정신은 실질적으로 비문학적 정신과 다르지 않다. 문학적 텍스트를 쓰거나 읽는 데서 만나게 되는 은유, 중의성, 허구 세계의 구축 같은 모든 정신적 과정은 비문학적 소통에서도 진행된다. 그러나 그 존재는 문학적 텍스트에서 더 뚜렷하며, 비문학 번역보다 문학 번역에서 큰 역할을 한다.

우리는 또 문학 번역은 늘 번역인 반면 비문학 번역은 종종 다시 쓰기에 불과한 경우를 자주 보았다.

이런 세 가지 이유로 번역에 관해 말할 수 있는 것 대부분은 문학 번역에서 가장 잘 예증될 수 있으며, 이에 따라 이 책 2부에서는 모든 텍스트 유형에서 나온 예를 계속 논의하기는 하겠지만, 문학 번역에 초점을 맞출 것이다.

2부

번역의 시학

6

정신 번역으로서의 문학 번역

문학적 정신과
번역자의 역할

이 책의 1부에서는 번역과 관련된 기본적인 질문들을 생각해보았다. 그 정의와 소관, 진리나 충성, 목소리, 문체 같은 까다로운 쟁점들과 번역의 관계, 번역의 이론과 실천의 상호작용 방식 등이 그런 질문이었다. 그 답과 부분적인 답은 모두 번역 그 자체를 생각하는, 동시에 문학 번역과 비문학 번역의 관계를 바라보는 새로운 방식을 제시하는 경향이 있었다. 이런 답들은 텍스트 안에서, 또 텍스트 너머에서 정신의 중요성을 강조한다. 이 장에서, 그리고 2부 전체에 걸쳐, 우리는 문학 번역을 본질적으로 정신의 번역으로 본다는 것이 무슨 의미인지 더 생각해볼 것이다. 시학(제목에서 말하는)은 단순히 시의 연구가 아니다. 물론 가끔 그런 식으로 이해되기도 하며, 예를 들어 추어(Tsur 2002:281)는 그런 식으로 이 말을 사용한다. 스톡웰(2002)은 1장에서 보았듯이 인지 시학을 "직관적 해석이 표현 가능한 독법으로 형성되는 과정"(2002:8)을 기술하는 학문으로 묘사하며, "시학"이라는 말을 내가 여기에서 사용하는 것처럼 "이론이나 체계"와 문학적 텍스트 일반과 관련된 "실천적 창조성" 양쪽의 넓은 의미로 사용한다(2002:7-8).

우리가 3장에서 처음 만난 "문학적 정신은 정신의 근본"(Turner 1996:v)이라는 관념은 인지 시학과 번역학 양쪽에 심오한 영향을 주었다. 정신이 본성상 문학적이라면, 문학이 작동하는 방식을 이해하기 위해서는, 나아가 문학 번역이 무엇으로 이루어지는지 이해하기 위해서는 정신이 작동하는 방식을 고려해야만 한다. 그러나 역 또한 성립할 수밖에 없다. 우리는 문학을 연구함으로써 정신이 작동하는 방식을 가장 잘 파악할 수 있으며, 문학 번역을 연구함으로써 번역이 무엇인지 가장 잘 파악할 수 있다. 이 책은 따라서 터너가 제시한 관점, 또 스톡웰(2002)이나 존슨(1987)이 제시한 관점과 같은 인지적 관점에서 보는 쪽을 택한다. 우리가 텍스트를 읽을 때 우리가 읽고 있는 것은 단지 재현이라는 의미에서 단어와 그 뜻이 아니라, 텍스트에 체현된 특정한 정신적 상태이기도 하다는 것이다(Turner and Fauconnier 1999:409를 보라). 독자가 경험하는 것 또한 단지 텍스트적 효과가 아니라 시적 효과이며, 이것은 인지적이다. 즉 정신과 상상에, 나아가 심지어, 이 장에서 보여주겠지만, 몸에 미치는 효과이다.

말을 바꾸면 문체는 늘 정신의 문제다. 파울러(Fowler 1977)는 정신의 문체를 "독특한 정신적 자아의 독특한 언어적 제시" (1977:103)라고 말하며, 이것은 텍스트에서 특히 반복되는 패턴으로 표현된다. 파울러는 인지 시학의 발달 이전에 그런 이야기를 했지만, 이제 텍스트의 인지적 측면에 관한 연구가 더 이루어졌기 때문에, 파울러의 관점을 이전 여러 장에서 논의한 의미, 문체, 시적 효과의 관점과 함께 보고, 모든 문체가 텍스트 배후의 정신을 재현한다고 보아도 좋을 것이다. 이 정신은 파울러가 암시하듯이 독특한 개성적인 정신일 수도 있고, 많은 유형의 비문학적 텍스트 배후에 있는 것으로서 파울러가 "세계관"(1977:17)이라고 부르는 관습적인 집단적 정신일 수도 있다. 이것은 언어의 위상에 영향을 주는 정신이다. 법률 텍스트나 스포츠 논평, 또는 *Sun*의 기사의 위상은 우리 모두가 인식하는 정신이나 세계관의 특정한 태도나 상태를 체현한다고 말할 수 있다. 그런 정신 상태는 문학 텍스트에서 위상어의 사용에 내포되어 있을 수 있다. 우리는 포크너의 *The Sound and the Fury*(1993)에 나오는 벤지의 순수한 관점이나 하디의 *The Ruined Maid*(1977:195)의 양가적 태도를 그 위상어에서 인식하며, 이 인물들에게 어떤 정신 상태나 태도를 부여할 것인가 하는 문제는 번역자들에게 중요한 쟁점이 될 수 있다. 예를 들어 *The Sound and the Fury*의 프랑스어 번역에서 프랑스인 벤지를 원하는가 아니면 미국인 벤지를 원하는가? 그러나 문체와 텍스트에 대한 인지적 접근은 단지 원천 텍스트의 정신과 태도를 재창조하는 것 이상을 포함한다. 이것은 심지어 미시 텍스트적 문체, 예를 들어 어휘 같은 간단한 쟁점에도 영향을 준다.

　의미에 인지적으로 접근하는 것이 어휘 수준에서 어떤 영향을 주는지 보기 위해 다의성과 동음이의 같은 어휘 의미론적 특징을 생각해보자. 다음은 그 예이다.

(6.1) The child gave a little skip of pleasure

(6.2) Don't skip classes

(6.3) We hired a skip as we were clearing out the shed

영어 사용자라면 대부분 (6.1)과 (6.2)가 같은 단어의 두 의미이며, (6.2)와 (6.3)은 언어사의 우연에 의해 공교롭게도 똑같아진 다른 두 단어라는 사실을 파악하는 데 어려움이 없을 것이다. 언어학 용어를 사용하자면, 첫번째 관계는 다의성의 관계이고 두번째는 동음이의의 관계이다. 인지학적으로는 다의성과 동음이의 사이에 중요한 차이가 있다. 존슨이 지적하듯이, 다의성은 "한 단어의 중심 의미를 다른 의미들로 확장"(1987:xii)한다는 점에서 상상력이 관련된다. 그러나 동음이의는 그렇지 않다. 의미의 확장이 없기 때문이다. "container"의 의미로 사용되는 "skip"은 사전(*Concise Oxford* 1976:1070)에 따르면 "skep"(영어에서 고리버들세공 벌통에 사용되는 말이다)의 변형이며, 이것은 부피의 측량 단위나 그릇을 뜻하는 고대 스칸디나비아어 "skeppa"에서 왔다. 이 단어는 그 위의 다른 두 예에 나오는 "skip"과는 아무런 관계가 없다. 그러나 존슨이 근원적인 은유적 인지 과정(1987:107)의 한 예로 논의한 의미에서의 "의미 확장"은 오늘날의 언어 사용자들이 의식적으로 하는 일이라기보다는 역사적 과정이었을지도 모른다. 말을 바꾸면, 현대의 영어 사용자는 (6.1)과 (6.2)를 동음이의로 다룰지도 모르며, 이렇게 되면 의미 확장이라는 인지적 행동은 전혀 관련되지 않는다. 언어에는 말하는 사람이 의미 확장이 관련되어 있다고 느끼지 못하는 경우가 많다. 예를 들어, 종교적 상징으로 사용하는 "cross"와 "annoyed"라는 의미의 형용사 "cross"는 종종 동음이의로만 관련을 맺는 별도의 단어로 보는 경우가 많다. 이 두 단어가 원래는 모두 라틴어 "crux"에서 나왔다는 사실은 말하는 사람들에게는 대체로 중요하지 않다. 하지만 이 점은 개별적인 화자마다 다를 수도 있다는 점에 주목하는 것이 중요하다. 어떤 사람들은 "annoyed"라는 의미의 형용사 "cross"를 "to be at cross purposes with someone"이나 "to cross swords"나 "to cross someone"과 관련짓고, 따라서 상상의 도약을 통해 언어의 역사에서는 더 점진적으로 일어났던 일을 재창조할지도 모른다. 어떤 사람들에게는 이것이 상상력의 확장과 관련된 연결이라기보다는 어휘적 기발함일 것이다. 말을 바꾸면, 인지 과정을 포함하는 다의와 단순한 언어학적 우연으로서의 동음이의 사이의 차이는 개별 화자가 단어를 다루는 방식에 달려 있지, 사전이 그 단어를 범주화하는 방식이나 역사가 그 단어들을 설명하는 방식에 달려 있지 않다는 것이다.

위의 예들은 일차적으로 언어에 대한 언어학적 기술 뒤에는 인지 과정이 있다는 것을 설명하는 데 도움을 준다. 그러나 이런 종류의 구분이 번역에 영향을 주는지 생각할 필요가 있다. 추가로 예를 들어보자.

(6.4) Our quarry gave us the slip

(6.5) The wood was full of cowslips

만일 내가 이 예들을 일본어나 독일어나 스페인어로 번역하

고 싶다면, (6.4)의 경우에 "to give someone the slip"이라는 표현이 그 언어에 숙어로 존재하는가, (6.5)의 경우에는 영어로는 cowslip이라고 부르는 꽃을 그 언어에서는 뭐라고 부르는가 같은 문제들을 생각해야 할 것이다. (6.5)가 cowslip의 치료 효과에 관한 과학적 보고서에 나오는 것이라면, 나는 이것을 일본어로는 きばなのくりんざくら, 독일어로는 Schlüsseblume, 스페인어로는 primula라고 번역해야 할 것이다. 하지만 (6.4)와 (6.5)가 같은 시의 두 행이라면, "slip"의 반복을 따르기 위해 꽃을 바꿀 수도 있다. 예를 들어 독일어로는 이렇게 할 수 있다.

(6.6) Unsere Beute ist uns entkommen
　　　Und der Wald war voll mit Anemonen

여기서 번역자가 던져야 하는 질문은 무엇이 중요한가이다. 단지 (6.4)의 "slip"과 (6.5)의 "cowslip"이 소리의 반복 요소를 포함하고 있다는 사실인가? 대부분의 화자에게 cowslip은 사실 "cow's-lip"(그들은 cowslip의 큰 형태를 ox-lip이라고 부른다는 것을 알고 있기 때문에)이라고 가정한다면 그것으로 충분할지도 모른다. 그러면 번역자는 이 관련이 음운학적이지, 어휘의 인지적 연장과 관련된 것은 아니라고 치부해버릴 수도 있다. 이때 사전은 번역자에게 도움이 되지 않는다. 사전은 cowslip을 cow-slip(cow's-lip이 아니라)이라고 파악하면서, 여기에서 "slip"은 "slime"을 뜻하며, 어원상 "to slip"과 관련이 없고, 고대 영어에서 끈적끈적한 물질을 뜻하는 "slyppe"에서 왔다는 것, 반면 "to slip"은 중세 고지 독일어 "slipfen", 즉 현대의 "schlüpfen"처럼 뭔가로 미끄러지는 것을 뜻하는 말에서 온 것이라고 말할 것이기 때문이다. 여기에서 어원이 번역자에게 도움이 되지 않는 것은 그것이 우리의 인지 과정에서 이용할 수 있는 것을 반영하지 않으며, 어쨌든 이 경우에는 미심쩍어 보이기 때문이다. 대부분의 사람들은 사전에서 뭐라고 하든 끈적끈적한 물질과 동사 slip이 틀림없이 관계가 있다고 가정할 것이라는 이야기다. 이 모든 것이 지루한 일탈로 보일지도 모르지만, 사실 문학적 언어에서 (6.4)의 "slip"과 (6.5)의 "-slip"을 연결시키는 방식이야말로 문학 번역자가 알아야 하는 것이다. (6.6)처럼 음운적인 반복이면 충분할까, 아니면 사고 과정을 고려해야 할까? 대부분의 실제 독자들의 사고 과정이 사전에 나오는 "역사적으로 관련된", "어원적으로 연결된", "같은 어원의" 등과 같은 개념들 뒤의 이상화된 사고 과정을 어느 정도나 반영할까? 우리는 1장에서 "pleurer"와 "pleuvoir"을 논의하면서 인지 과정이 실제 어원을 반영하지 않을 수도 있는 다른 예를 보았다. 그 경우에도 독자는 두 단어를 연결시킬 수 있지만, 어원 연구에서는 다르다. 첫번째 단어는 라틴어 "plorare"(고통의 외침을 내뱉다)에서 왔고, 두번째 단어는 "plovere"(물을 휘젓다)에서 왔다(Picoche 1994를 보라). 어떤 문체로 어떤 번역을 할 것인가 하는 두 가지 문제를 결정하는 데 텍스트의 정보, 언어에 관한 역사적인 지식, 개인의 인지 과정의 차이는 핵심적이다. 이런 차이는 또 문학 번역자는 비문학 번역자보다 언어학자적인 소양을 더 갖추어야 한다는 것을 보여준다. 문학은 우리의 사고 과정과 관련이 있으며, 언어학 또한 마찬가지다. 가동 중인 언어적 맥락은 집단적이고 역사적인 언어적 맥락과 늘 잠재적으로 분리될 수 있다(Crystal 2003:191을 보라).

문학적 텍스트의 문체를 정신의 문체로 보려면 텍스트의 장치들이 늘 어떤 식으로든 인지 과정에 상응한다는 인식이 필요하다. 이런 인식에는 늘 두 측면이 있다. 첫번째는 텍스트의 문체가 인지적 상태를 재현한다—아무리 간접적이라 해도—는 것이며, 두번째는 거기에 인지적 효과가 있다는 것이다. (6.4)와 (6.5)의 문장들이 하나의 시의 두 행이라고 본다면, 이들은 무엇보다도 특정한 태도나 정신 상태를 전달한다—예를 들어, 어쩌면 인간 사냥감과 자연 세계 사이의 연결일 것이다. 이 시행들은 두번째로 독자가 slip과 -slip의 연결과 관련된 다양한 정신적 과정을 경험하게 한다. 예를 들어 첫번째의 의미를 확장하여 두번째를 포섭하고, 물리적인 소리-연결을 의미의 연결에 대한 유추로 보게 하는 것이다.

첫번째 측면—텍스트 뒤의 정신의 인식—은 텍스트에 있는 증거의 해석에 기초한 독자의 추론, 그리고 우리 모두 "정신의 이론"을 소유하고 있다, 즉 우리가 다른 인간들(그리고 어쩌면 동물도)을 의도를 가진 존재로 본다(Carston 2002:7.8)는 사실에 의존하고 있다. 이런 관점은 2.2에서 논의한 개념적 은유, 즉 **사건은 행위**라는 은유와 연결된다. 4장에서 논의한 대로, 적어도 윔사트가 "의도의 오류"(1954)를 이야기하고 바르트가 "저자의 죽음"(1977)을 이야기한 뒤로는 문학 비평에서 강조점이 의미의 유일한 저장소인 저자에게 초점을 맞추는 데서 독자에게 초점을 맞추는 쪽으로 옮겨갔다(예를 들어, Iser 1979). 그러나 텍스트를 창조한 글쓰기 과정과 텍스트를 읽는 과정은 밀접하게 연결되어 있다. 작가는 독자를 염두에 두고 글을 쓰며 독자는 재창조된 작가를 염두에 두고 읽는다. 이 작가는 인지적 구축물로, 진짜 저자와는 부분적으로만 일치한다.

그러나 커뮤니케이션의 암호 모델을 넘어 함의, 태도, 반만 전달된 의미를 바라보는 스페르베르와 윌슨(1995)이나 구트(2000) 같은 화용론적 연구들은 늘 화자가 의도한 어떤 실제 의미를 그려보는 경향이 있다. 탈구조주의 비평은 우리가 텍스트로부터 작가가 집어넣은 단순한 의미를 얻어낼 수 있다고 가정하면 안 된다고 강조하는— 말을 바꾸면, 언어의 암호 모델과 작가의 의도를 파악할 수 있다는 견해 양쪽 모두의 불충분성을 가르쳐주었다— 반면, 독자들은 작가가 누구인지 알고 싶어 하고, 번역자들은 작가의 의도라고 생각하는 것을 알아야만 하는 것이 현실이다. 다행히도, 최근 가장 넓은 의미의 문학 비평에는 작가에 대한 관심에 다시 초점을 맞추는 흐름이 적어도 세 가지가 있다. 첫번째는 창조성의 연구로, 포프(Pope 1995:2005)가 그런 예다. 여기에서도 글쓰기 행위가 종종 텍스트를 이해하는 수단으로 사용되지만(Pope 1995:1), 그럼에도 그런 책들은 텍스트가 쓰이게 된 과정을 매우 중요하게 본다. 두번째는 철학적 지향이 강한 비평적 연구로, 예를 들어 버크(Bruke 2007)는 저자가 생각하던 것을 우리가 알 수 없다고 해서, 저자의 지위 문제도 무시해버릴 수 있는 것으로 간주할 수는 없다고 주장한다. 따라서 그의 의도는 저자의 죽음이라는 담론 자체를 꼼꼼하게 파헤치는 것이다. 세번째는 인지 시학 내의 접근들에서 나오는데, 이것은 1.1에서 언급한 대로, 문학 연구와 언어학 연구 사이의 교차로에 자리 잡고 있다고 볼 수 있다.

인지 시학에서 작가나 저자는 텍스트로부터 다양한 방식으로 재구축되는 존재로 볼 수 있다. 예를 들어 문학을 특정 유형의 담론으로 본다면, 저자는 담론 세계의 한 참가자이며(Gavins 2007:129를 보라), 독자들은 전 장에서 논의한 '대리 원리'를 확장하여 저자를 내레이터와 동일시할 수도 있다. '관련도 이론'에서는 저자를 커뮤니케이션 행위의 한 부분으로서 텍스트를 개시하는 사람으로 볼 수도 있으며, 이렇게 되면 텍스트는 다양한 해석들에 열려 있게 되고 그런 해석 가운데 "저자의 소통적 의도에 대한 추론"(MacKenzie 2002:61)도 있을 것이다. 이것은 텍스트에 포함된 것이라기보다는 독자가 추론하는 것이다.

번역학에서 읽기와 쓰기 사이의 이런 관계는 핵심적이며 자주 논의되어 왔다. 예를 들어 에코(Eco 1981)는 번역자를 모범적 독자로 본다. 번역자 마이클 햄버거는 "읽기와 쓰기라는…… 두 가지 구별되는 기능과 과정"이 존재하며, 여기에서 읽기는 "원문의 직관적 파악뿐만 아니라" 문제와 "더 의식적인 씨름을 하는 것"을 포함하며, 쓰기는 "다른 언어로 텍스트를 재구성하는 능력"이다(2007:405).

그러나 번역 과정에는 늘 두 작가와 두 집단의 독자들이 관련되는데, 번역의 읽기가 달라지는 것은 이 사실 때문이다. 첫째로, 원문의 작가가 있으며, 그는 독자를 끌어들이는 텍스트를 쓰는 데 관심을 가지기 마련이다. 특히 문학 텍스트를 비롯하여 광고와 철학 텍스트 같은 몇 가지 유형의 텍스트가 이런 경우인데,

일기예보, 지침 등의 다른 비문학적 텍스트에서는 잠재적 독자의 역할이 훨씬 줄어들 것이다. 둘째로, 원문의 독자가 있으며, 그는 특히 문학 텍스트에서는 종종 내레이터나 등장인물 한 사람을 통하여 상상의 작가를 재구축할 것이다. 셋째로, 목표 텍스트의 작가, 즉 번역자가 있는데, 그는 또 원천 텍스트의 독자들 가운데 한 명이기도 하며, 텍스트를 쓸 때는 목표 텍스트의 독자를 고려할 것이다. 넷째로, 목표 텍스트의 독자가 있으며, 그는 그 텍스트의 작가와 원문의 작가 양쪽을 다양한 수준에서 재구축할 것이다.

텍스트에 인지적 대응물—텍스트가 정신에 미치는 영향—이 있다는 우리의 인식의 두번째 측면은 우리가 문학 텍스트를 이해하는 데, 또 존슨(Johnson, 1987)과 터너(Turner, 1996) 같은 학자들에 따르면 정신을 이해하는 데도 중심적이다. (6.4)와 (6.5)에서 그 둘을 같은 시의 두 행으로 여길 경우 소리의 연결에서 의미의 연결로의 이동은 단지 동음이의와 다의의 구분 문제가 아니라, 사실은 훨씬 일반적인 과정의 한 예이기도 하다. 이 점을 살피기 위해 다른 예, "can"이라는 법(法) 조동사의 두 가지 예를 생각해보자.

(6.7) You can't read French

(6.8) You can't drop litter in the park

이 연결 또한 존슨(1987:55-56)에 따르면 단지 소리 연결, 즉 동음이의가 아니라, (6.7)의 신체적 능력이 (6.8)의 허가로 확장되는 것과 관련이 있으며, "신체적인 것의 맥락에서 합리적인 것을 이해하는"(1987:50) 우리의 개념적 은유의 일부다. 우리는 여기에서 도덕을 능력이라는 더 단순한 맥락에서 이해하는데, 이는 의미 연결을 더 단순한 음운적 연결의 맥락에서 이해하는 것과 마찬가지다. 말을 바꾸면, 우리는 이 두 "can"이 같은 형태이기 때문만이 아니라 하나가 다른 더 구체적인 것의 추상적이고 "도덕적" 형태로 보이기 때문에 두 의미를 연결시킨다. 구체적인 것에서 추상적인 것으로 이동하는 이 인지 과정은 훨씬 폭넓게 일반화할 수 있다. 대부분의 인지 언어학자와 인지 시학자들은 우리의 사고 과정이 많은 부분 우리가 물리적으로 세상에 존재한다는 사실의 규정을 받는다고 말할 것이다. 이것을 가끔 "체현" (예를 들어 Stockwell 2009:4-5)이라고 부르기도 한다. 다음 절에서 다시 이 이야기로 돌아오기로 하고, 이 절의 나머지 부분에서는 단순한 어휘적 연결과 반복 이외에 다른 유형의 문체적 특징을 보고 싶다. 이런 어휘적 특징의 인지적 대응물과 그런 인지적 대응물이 번역자가 원천 텍스트를 읽는 데 미치는 영향을 보려는 것이다.

인지 언어학과 개념적 은유에 관한 작업들은 의미를 이해하고, 탐사하고, 창조할 때 혼성, 유추, 은유 같은 사고 과정의 중요성을 강조한다(예를 들어 Fauconnier and Turner 2002:20-21; Lakoff and Turner 1989). 예를 들어,

(6.9) That was a black deed

같은 표현을 사용한다면, "bad"라는 뜻으로 "black"을 사용하는

것인데, 이것은 우리의 사고방식의 구조를 이루는 개념적 은유의 기초 위에서 이루어지며, 이 은유는 가끔 **나쁜 것은 검은색(BAD IS BLACK)**이라고 기록된다. 이런 개념적 은유는 (6.9)의 언어적 은유나 그와 비슷한 다른 표현들의 인지적 대응물이다. 개념적 은유는 흔히 보편적일 가능성이 높다고 여긴다. 예를 들어 영어 표현인 (6.9)는 독일어로 다음과 같이 번역될 수 있다.

(6.10) Das war eine schwarze Tat

그러나 나쁜 것을 검다고 표현하는 개념이 몇 개 언어에 있다 해도, 모든 언어가 그런 것은 아니다. 어떤 독일어 사용자들은 (6.10)의 표현을 망설일 것이다. 이탈리아어나 터키어라면 "a bad deed"(각각 cattiva azione와 kötü işler)라고 말해야 할 것이다. 따라서, 검은색 같은 개념이 많은 언어에서 공통된 의미를 가진다 해도(Evans1970:115.119를 보라) 개별 언어는 그것을 똑같은 방식으로 표현하지 않을 수도 있다.

(6.10)을 (6.9)의 번역으로 보기보다는 둘 다 **나쁜 것은 검은 것**이라는 개념적 은유의 "번역"으로 간주하고자 할 수도 있다. 문학 텍스트에서는 다른 모든 글과 생각에서와 마찬가지로 이런 개념적 은유가 부정적 내포를 낳을 것이다. 첼란의 "schwarze Milch"(검은 우유)는 밤, 어둠, 죽음, 파괴 같은 이런 개념적 내포를 이용하여 **좋은 것은 흰색(GOOD IS WHITE)**이라는 개념적 은유가 암시하는 흰색의 내포—빛, 좋음, 건강, 치유—를 불러오고 대조를 시도한다. 그러나 번역자는 이런 개념적 은유가 다양

한 언어적 표현을 가질 뿐 아니라, 모든 문화에 공통이 아니라는 사실을 인식할 필요가 있다. 체현된 기초가 있기 때문에 검은색은 보거나 돌아다닐 수 없는 것, 또 취약한 것과 연결되며, 따라서 나쁜 것이 될 것이다. 그러나 은유는 부분적으로는 문화적으로 결정되기 때문에 검은색의 나쁜 면은 영어의 문맥에서는 영리함("black tie"의 경우처럼)과 상호작용하고, 또 보수성(독일에서 "the blacks"는 보수적인 기독교민주연합 또는 기독교사회당의 구성원들이다), 지혜(일본 문화에서) 등과 상호작용한다. 영어와 다른 많은 유럽어에서 검음의 한 가지 특수한 내포는 신비하다는 것이다("black arts"에서처럼). 이 내포는 자신과 다르다는 관념과 상호작용을 하여 피부색이 밝은 사람이나 문화가 피부색이 어두운 개인이나 문화와 종종 연결시켜온 문화적 상투형에서는 유해한 결과를 낳을 수 있다. 에니드 블라이튼의 아동소설 *The Mountain of Adventure*(2007; 1949년 초판 발행)에 나오는 다음 구절을 생각해보라.

> (6.11) David gave another yell and got to his feet……
> "Come!", he cried, in Welsh, and then in English.
> "Black, black, black!". (2007:88)

> (6.12) She got a terrible shock. Looking down at her was
> a face — and it was black…… She saw that the face
> was topped by black, thick hair, and had bright eyes
> and a cheerful expression. (2007:112)

이 책의 독일어 번역에서는 데이비드의 외침을 "Schwarz! Schwarz! Schwarz!"로 유지했지만(Ellsworth 2007:83), 두번째 구절은 다음과 같이 말하는 것으로 바꾸었다(역번역).

(6.13) ⋯⋯she saw that the face was framed in thick black hair, (and) intelligent eyes and had a friendly expression.

엘스워스의 번역은 "bright"를 "intelligent"로 교체하여 2007년 영어판의 표현을 바꾸는데, 사실 그의 번역은 2007년판이 아니라 블라이튼이 1949년에 낸 초판에 대한 대응으로 보이며, 1949년판에는 실제로 낯선 사람의 얼굴이 "topped by black, woolly hair, and had very white teeth and thick lips"라고 나와 있다. 블라이튼이 1949년에 "black"을 다양하게 사용하여 가리키는 것은 한편으로는 이질성, 신비, 잠재적 위험((6.11)에서)이지만, (6.12)에서는 우호적인 검은 남자를 등장시켜 이런 내포들을 전복한다. 그러나 검은 남자의 묘사는 1949년에 영국에서 일반적이었던 흑인의 상투형과 정확하게 일치한다. 2007년 독일어 번역은 데이비드의 말에서 "schwarz"의 신비한 내포는 유지하지만(이것은 웨일스어에서 검다는 뜻을 가진 말 du에도 존재하며, 웨일스어 사용자에 대한 블라이튼의 관점에도 분명히 존재한다), 소녀가 보는, 얼굴이 검은 사람의 상투적 내포를 없애려고 하는 점에서는 현대적 영어 대응물보다 훨씬 더 나아간다. 엘스워스(또는 출판사 DTV)에게 중요한 것은 "black"의 무서운

면을 보존하는 것이었지(결국 이것은 모험 이야기니까), 그 특정한, 문화적으로 결정된 면들을 보존하는 것이 아니었다. 그러나 2007년 영어 텍스트와 독일어 텍스트를 비교할 때 "bright eyes"를 "intelligent eyes"로 대체하는 것은 독일어 번역이 가능한 상투형을 제거하려고 하다가 거꾸로 그것을 강조하고 말았다는 점을 너무나 분명하게 보여준다. "intelligent"라는 말 뒤에는 어떤 특징이 가정되어 있는데, 그 가정이 바로 이 표현으로 중화시키려고 하는 것이기 때문이다.

(6.9)에서 (6.13)에 이르는 예들이 보여주는 것은 어느 범위를 넘어서면 "보편적인"인지 은유를 번역자가 그냥 보편적이라고 가정할 수 없다는 것이다. 이런 은유는 문화적이고 역사적인 맥락, 그리고 언어 사용과 상호작용한다. 번역자는 원문을 읽고 번역이 독자에게 주는 영향을 고려할 때 이 풍부하고 복잡한 인지적 맥락을 인식할 필요가 있다.

위에서 보았듯이, 은유는 종종 다의성에서 보게 되는 과정과 비슷한 방식으로 기본적인 의미를 확장하는데, 이것이 우리가 새로운 의미를 생각하고 창조하는 방식에서 근본적인 자리에 있다고 보는 경우가 많다(Furniss and Bath 2007:187; Gibbs 1998:90을 보라). 예를 들어 "black deed", "black mood", "black Monday" 모두 **나쁜 것은 검은색**이라는 개념적 은유의 확장과 관련된다. 은유에서 의미의 확장은 종종 4장에서 논의했던 혼성이라는 정신적 과정을 동원한다. 다의성이나 은유와 마찬가지로 혼성(종종 그 자체가 은유적 과정의 결과다)에도 언어적 표현과 인지적 대응물이 있다. 다음을 생각해보라.

(6.14) I am not yet born (MacNeice 2007:213)

(6.15) She had lost her ticket and her temper

(6.16) A colleague threw his keys in the bin and tried to open his office door with an empty joghurt pot

(6.14)는 언어학적으로는 전혀 이상하지 않지만, 개념적으로는 두 가지 양립할 수 없는 이미지를 포함하고 있다. 태아 그리고 말하는 어떤 사람이다. (6.15)는 액어법의 한 예((1.30)의 예처럼)로 위의 (6.1)과 (6.2)의 예에서 본 것과 같은 의미 확장을 포함한다고 말할 수 있다. 그러나 양쪽 의미―구체적 의미와 확장된 의미―가 나란히 놓여 있기 때문에 앞의 예를 넘어선다. 이것은 우리가 "to lose"의 기본적이고 구체적인 의미와 그 확장을 둘 다 인식하는 만큼만 재미있을 뿐이다. 말을 바꾸면, 이것은 언어학적 농담이 아니라 인지적 농담이다. (6.16)은 두 행위를 혼성한 예로, 포코니에와 터너(Fauconnier and Turner, 2002)가 논의한 많은 예와 흡사하다. 이 경우에도 언어에는 이상한 점이 없으나, 이들이 불러내는 이미지들이 모두 다른 두 행위를 혼성하는 하나의 행위와 관련된다. 즉 쓰레기통에 열쇠를 던지는 것은 쓰레기를 버리는 것과 도구를 손에 들고 있는 것을 혼성하고, 요구르트 통으로 문을 여는 것도 같은 두 이미지를 혼성하지만 결과는 반대다. (6.16)은 혼성이 고정된 것이 아니라(물론 유니콘이나 테디베어 같은 고정된 개념이 될 수도 있으며, 이때는 어휘 항목이 암묵적으로 그것을 혼성으로 정의하기 마련이다), "사고의 순간에 작동하는"(Turner and Fauconnier 1999:398) 것임을

특히 잘 보여준다. 예를 들어 (6.15)의 독자는 그것이 왜 재미있는지 알려면 적극적으로 혼성을 해야만 한다.

(6.14)에서 (6.16)에 이르기까지 모든 예에 인지적 대응물이 있다는 사실을 번역자는 고려해야 할 것이다. (6.14)는 불가능한 혼성된 세계를 묘사하고 있기 때문에 맥니스의 시 번역자는 이 세계를 재창조해야 한다. 이것을 막는 것은 무엇이든― 예를 들어 일인칭을 삼인칭으로 번역한다든가― 텍스트-세계의 인지적 복잡성을 감소시킬 것이다. (6.15)는 언어적 농담이 아니라 인지적 농담이기 때문에 직역은 단지 언어적 변칙을 만들어낼 뿐이며, "temper"가 영어의 "ticket"에서 유추할 수 있는 말인 척하면서 띠게 되는 구체성의 느낌은 전혀 만들어내지 못할 것이다. (6.16)은 실수를 하는 사람의 정신 속에 혼성된 세계를 재창조하는 것이기 때문에 (6.14)와 마찬가지로 번역자에게 거의 문제를 일으키지 않을 것이다. 유일하게 문화적인 조정이 필요하다면, 아마도, 요구르트 용기 같은 실제 사물이 될 것이다.

도상성, 중의성, 반복, 은유 같은 문학적 비유에는 모두 인지적 대응물이 있으며, 모두 한 사물이나 이미지의 의미가 확장되어 다른 사물이나 이미지를 덮는 인지적 과정을 수반한다. 도상성의 경우 (1.15)― "fling"이나 "flutter"처럼 "fl"로 시작되는 단어들― 와 같은 예는 작가나 독자의 어형론에 관한 지식과 우리에게 이런 소리의 조합이 특정한 "의미"를 가진다고 말해주는 지식의 차이를 분명히 보여준다. 번역자에게는 언어학적 지식의 주변에 있는 후자의 지식이 전자만큼이나 중요하다. 텍스트에서의 반복이 텍스트가 창조하는 세계에서의 반복을 나타낸다고 가정되는 다른 도상성의 경우 우리는 은유와 비슷한 과정을 다루게 된다. 다음 예를 생각해보라.

(6.17) Or its past permit
The present to stir a torpor like a tomb's.

(Hardy 1977:99)

여기에서는 두운을 이루는 [p]와 [t]가 시의 앞부분에 나오는 구문적이고 어휘적인 반복과 더불어 실제의 반복, 즉 늘 과거를 반복할 수밖에 없는 현재에서는 앞으로 나아가는 것이 불가능함을 도상적으로 표현하는 언어적 반복의 예다. 번역자는 1장에서 논의한 대로, 단지 소리나 단어 자체만이 아니라, 반복이 암시하는 것도 고려할 필요가 있다. 예를 들어 히라가(Hiraga, 2005)가 주장하듯이, 이렇게 반복하는 것은 은유적 과정과 관련되어 있으며, 여기에서는 언어학적 반복이 어떤 다른 종류의 반복을 나타내기 위해 동원되고 있다고 주장할 수도 있다. 이런 확장의 관점을 더 밀고 나갈 수도 있다. 예를 들어 매컬리(McCully, 1998)는 아름다운 것(예를 들어 운(韻))이 참된 것으로 간주될 가능성이 더 높다고 주장한다. (1.25)에서 예로 든 것과 같은 광고에 이 말을 적용할 경우, 차를 묘사하는 광고에 사용된 구절이 기억하기 좋으냐 하는 것도 중요하지만, 독자에게 미칠 수 있는 무의식적 영향 또한 중요할 것이다. 위의 중의성에서 보았듯이, (6.4)와 (6.5)의 "slip"이나 (6.15)의 "lost"의 경우처럼 의미가 두 가지인 단어는 실제로 서로 다른 두 이미지나 프레임을 불러낸다.

두 경우 모두 인지적 효과를 책임지는 것은 인지적 연결―하나의 시로 보는 (6.4)와 (6.5)에서 사냥감을 자연과 연결하는 것, (6.15)에서 "lose"의 프레임들을 연결하는 것― 이다.

우리의 인지적 구조에 힘입어 "can"에서 능력이라는 구체적인 의미를 가져와 도덕에까지 확장하는 것과 비슷한 방식으로, 우리는 텍스트를 가져와 정신에까지 확장한다. 파울러(1996:175)에 따르면 우리는 한 텍스트 안의 어떤 행위가 "내적 상태"를 나타낸다고 받아들일 뿐만 아니라 사실상 텍스트 자체를 정신 상태의 대표자나 대리자로 보기도 한다. 다음의 예에서 그것을 알 수 있다.

(6.18) *L'assommoir* is a sad story

이 말의 의미는 이 이야기(Zola 1995를 보라)가 슬픈 세계관, 더 정확하게 말하면, 세계를 생각하며 슬퍼하는 가공의 인물(저자나 내레이터)의 세계관을 묘사한다는 것이다. 또 그 효과가 독자에게 슬픔을 느끼게 만든다는 의미이기도 하다. 포코니에와 터너의 경우에도 몇 가지 유사한 예를 제시하는데, "safe beach"가 그 하나다(2002:25). 나아가서, 우리는 번역된 텍스트가 원천 텍스트와 원천 텍스트가 체현하는 정신 상태의 대리자라고 본다. (6.18)의 예에서 화자는 졸라의 그 소설을 가령 마거릿 몰던(Zola 1995)이 영어로 번역한 것으로 읽었을 가능성이 높다.

목표 텍스트가 사실상 원천 텍스트라는 독자의 인식을 결정하는 것을 나는 "대리 원리"라고 부를 것이다. 이것은 개념적 확장의 구체적 사례에 불과하며, 우리는 이런 확장이 은유, 또는 도상성, 또는 다의성, 또는 심지어 환치(換置法)—(6.18)을 이렇게 부를 수 있을 것이다—에서 작동하는 것을 보았다. 어떤 것을 대리 또는 유추로 사용하는 것은 미텐(1996:171-210)에 따르면 인간이 처음으로 예술과 종교를 발전시키는 것을 가능하게 해주었던 기본적인 정신 속성의 하나다. 이 원리 덕분에 우리는 어떤 사람이 우리를 대신하여 투표하도록 지명할 수 있고, 반갑지 않은 소식을 전한다는 이유로 전령을 비난할 수 있고, 성상을 숭배할 수 있고, 우리가 만들어낸 것이 아닌 우스개로 칭찬을 받을 수 있고(다른 사람의 우스개라는 것을 인정해도), 몰던임에도 졸라를 읽었다고 말할 수 있다. 문학 텍스트를 읽을 때는 텍스트에 고무되어 내레이터를 저자로 볼 수도 있고(Gavins 2007:129 참조) 연극을 볼 때는 배우를 등장인물로 볼 수도 있다(Fauconnier and Turner 2002:266). 번역에서 '대리 원리'는 번역이 혼성물이라는 사실의 직접적 결과로서 등장한다. 혼성이라는 것은 4장에서 보았듯이 그것이 그 자체—번역된 텍스트—인 동시에 원본이라는 뜻이다. 번역된 텍스트는 원문을 대신하는 것이 아니라 그 특징 몇 가지를 공유하면서 원문과 다른 특징 몇 가지를 지닌다. 대리가 되려면 그 사람이나 사물은 자신이 대리하는 것과 비슷해야 한다. 아이나 녹음기가 나 대신 투표를 할 수는 없다. 아무리 나쁜 소식을 전한다 해도 편지는 전령이 아니다(화가 나서 편지를 찢어버리거나 역겨워서 그것을 태울 수는 있지만). 내가 재미있게 이야기하지 못하면 우스개를 해도 칭찬을 들을 수 없다. *L'assommoir*의 서평은 "졸라"의 것이라고 말할 수 없다.

우리는 번역의 참고 문헌에서 이 원리가 작동하는 것을 본다. 예를 들어 베누티(2008)는 참고문헌에서 자신의 1995년 데 안젤리스 번역을 데 안젤리스 1995라고 제시한다(Venuti 2008:249) — 가시성에 대한 요구를 일관되게 지키려면 번역자 베누티는 저자로서 보여야 하고, 따라서 그 책은 베누티 밑에 나와야 하겠지만. 또 허먼스(Hermans 2002:10)는 도스토예프스키라는 이름은 물론 잊지 않았지만, 도스토예프스키의 영어나 네덜란드어 번역자의 이름은 기억할 수 없다고 말한다. 심지어 번역 전문가들도 번역본을 대리로 봄으로써 원본에 특권을 부여한다.

'대리 원리' 뒤에는 개념적 확장이 있다. 문체적 비유나 은유 뒤에 개념적 확장이 있는 것과 마찬가지다. 위의 논의가 이야기하는 바는 번역자가 그런 개념적 확장을 텍스트에 있는 뭔가의 인지적 대응물로 인식해야 한다는 것이다(그것이 번역의 비가시성에 기여한다는 것을 인식하는 것 외에도). 텍스트에 살고 있는 정신을 고려하지 못하는 읽기는 기껏해야 반만 읽은 것이며, 이것은 텍스트를 다른 언어와 문화로 번역하기 위한 좋은 기초가 될 수 없다.

체현된
정신

앞서 보았듯이 번역자는 (6.17)의 슬픔처럼 텍스트가 재현하는 인지 상태와 더불어 텍스트가 미칠 수도 있는 인지적 효과 — 그 예로 (6.14)의 불가능하게 혼성된 세계를 우리가 재창조하게 하는 것을 들 수 있다— 양쪽을 고려할 필요가 있다. 이 두 측면 모두 문학 텍스트의 의미에 필수적이고, 번역된 텍스트는 두 측면을 모두 전달해야 하기 때문이다. 그렇게 하지 않으면 번역은 종종 불충분하다고 여겨지게 된다. 구트(2000)에는 번역자가 텍스트의 인지적 측면들을 고려하지 못했기 때문에 번역이 부정적 비판의 대상이 되는 예가 많이 나온다(예를 들어 2000:107-111).

번역자가 텍스트에서 발견하고, 텍스트를 읽기 위해 사용하고, 번역문의 독자가 경험하게 하는 것을 목표로 삼는 다양한 정신적 과정에는 의미의 확대, 한 가지를 다른 것의 대리로 보기, 혼성 등이 포함되는데, 이것은 인지론적 시학과 언어학 이론에서는 **나쁜 것은 검은색** 은유가 보여주듯이 체현되어 있는 것으로 가정된다. 존슨(Johnson, 1987:xxxviii)은 체현을 이렇게 표현한다.

우리는 동물로서 자연 세계와 연결된 몸을 갖고 있으며, 그렇기 때문에 우리의 의식과 합리성은 우리의 환경 안에서 또 환경과 더불어 작동하는 우리의 신체적 지향들에 묶여 있다.

이 말은 정신—원천 텍스트에 살고 있는 정신을 포함하여—이 몸이 허락하거나 부추기는 것의 제약을 받는다는 뜻이다. 정신에 대한 우리의 관점조차 부분적으로는 **정신은 몸**(Lakoff and Johnson 1999:235-243) 같은 체현 은유에 의해 결정된다. 우리는 추상적인 정신을 구체적인 몸으로 개념화한다. 우리가 문학에서 보는 형식은 "인간 경험에 뿌리를 내리고 있기"

(Attridge 2004:109) 때문에 시의 리듬은 "몸의 에너지를 이용하는"(Attridge 1995:4) 한 방법이고 서사는 "우리의 감각과 운동 경험에서 되풀이되는"(Turner 1996:16) 패턴을 이용하는 과정이라는 이야기를 자주 듣게 된다. 쿡(Cook, 1994:3-4)에 따르면, 특히 문학 텍스트에서 이용되는 의미와 효과의 체현적 성격은 우리가 이미 알고 있는, 사실도 아닌 정보를 굳이 읽고 싶어 하는 이유를 설명해줄 수도 있다. 우리가 대칭을 기분 좋게 생각하는 것은 우리 자신이 (적어도 겉으로는) 대칭적이기 때문이며(Turner 1991:68-73), 우리가 지금과 같은 방식으로 생각하는 것은 "몸의 경험 구조가 추상적 의미와 추론 패턴"(Johnson 1987:xix)에까지 차근차근 영향을 미치기 때문이다. 따라서 우리가 흔히 정신적이라고 생각하는, 해석, 상상, 추론 같은 과정은 세계 안에서 이루어지는 신체적 세계 경험에 기초를 두고 있다(Freeman 2008). 우리가 현실을 묘사하는 방식은 "가치중립적이고 비역사적인 틀"(Johnson 1987:xxi)에 기초를 두지 않는다. 그런 틀이 인간 존재나 인간의 상상과 독립해서 존재하지 않기 때문이다. 존슨은 여기에서, 다마시오가 *Descartes' Error*(1994)에서 그랬듯이, 일반적으로 데카르트의 정신-몸 이분법이라고 말하는 것에 반대하고 있다. 그러나 독자는 데카르트적 분리 이야기는 늘 일종의 단순화임에 주의해야 한다. 사실, 많은 비평가가 지적하듯이, 데카르트는 "몸이 정신에 작용하는"(Koch 2006:414, 또 Hatfield 2003:330을 보라) 방식을 세심하게 설명했다.

위의 모든 작업의 공통점은 상상력의 역할을 중시한다는 것인데, 상상력은 연결을 시키고 추론을 끌어내고 함의를 감지함으로

174

써 이성을 보완하며, 인간이 세상에 존재하는 방식에 결정적으로 의존하고 있다. 상상력의 이런 중심적인 중요한 역할에 대해서는 최근 *New Scientist* 토론(2008년 7월 26일)에 나온, 이성에 대한 거의 모든 입장이 한목소리를 냈다. 거기에 나온 대부분의 사상가들은 이성이 상상에 의존하고, 상상은 또 인간으로 살아간다는 것에서 느끼는 의미에 의존한다고 보았다.

그러나 위의 "black" 논의가 보여주었듯이, 체현이 문화나 역사로부터 자유로운 개념이 아니라는 점을 기억하는 것이 중요하다. 또 체현과 상상에 관한 논의를 1장과 2장에서 논의되었던 암호화, 상대성, 일반적인 의미와 참 이론, 번역 가능한 것에 관한 생각들과 연결해보는 것이 중요하다. 2.1에서 논의했듯이 언어의 암호 모델은 번역을 바라보는 특수한 관점을 제시한다. 의미가 원천 텍스트로부터 해독되어 추출된 다음, 번역자에 의해 목표 텍스트에 다시 암호화되었다가 이 텍스트의 독자가 암호를 또 해독한다는 것이다. 화용론적 연구(예를 들어 Sperber and Wilson 1995이나 Carston 2002)는 암호화된 의미가 의미의 한 부분에 지나지 않으며, 나머지는 내포, 함의를 비롯하여 정신 상태나 관점이나 태도를 표현하는 다른 수단 안에 있다는 것을 보여준다. 의미의 이 부분을 나는 문체와 동등하게 보는데(Boase-Beier 2006:111-114도 보라), 상상의 문제는 특히 이 대목에서 등장한다. 문학적 문체가 특별한 인지적 절차를 이용하기 때문이 아니다. 우리가 보았듯이 문학에서 일어나는 일은 정신에서 일어나는 것이다. 그러나 문학적 문체는 독자가 상상력을 동원할 것을 요구하기 때문에 일상 언어나 비문학 텍스트보다 상상과 관련된 것을 훨씬 많이 활용한다. 인지 언어학과 인지 시학에 기초를 둔 모든 연구는 생각이, 텍스트에서 추출할 수 있는 직접적인 암호화된 명제적 의미보다 "풍부하다"(Johnson 1987:1-17)고 가정한다. 번역자는 텍스트에서, 그리고 텍스트가 독자에게 일으키는 생각 양쪽에서 풍부한 생각의 언어를 인식해야 한다.

번쇼(Burnshaw 1960:xiv)는 시 번역 방법을 논의하다 정신에서만이 아니라 "독자의 몸에서 신체적 반응"을 불러일으키는 효과를 포착하는 것은 "물론 불가능할 것"(같은 곳)이라고 결론을 내린다. 그의 해결책은 원래의 시를 "영어 근사치"(1960:xiv)와 함께 번역의 일부로 포함시키는 것이며, 이런 절차 덕분에 독자는 "시가 말하는 **내용**과 말하는 **방법**"을 보게 된다고 덧붙인다. 번쇼의 주장의 핵심은 오직 원래의 시만이 그런 신체적 효과를 가질 수 있다는 것처럼 보이는데, 이것은 번역이 성취할 수 있는 것을 약간 어둡게 보는 것이다.

시적 효과를
재창조하기

따라서 번역할 텍스트를 읽는 번역자는 그 텍스트에 표현된 정신과 그것이 체현된 기초, 텍스트가 독자의 정신에 주는 영향—그것이 세상에 우리가 물리적으로 존재하는 상태와 상호작용하는 방식을 포함하여—을 고려할 필요가 있다. 전통적으로 번역은 효과 전달이 핵심이라고 가정되는 경우가 많았다(예를 들어 Chesterman 1997:35). 효과는 독자마다 다르고 또 잠재적으로 읽을 때마다 다를 수 있기 때문에 이것은 간단한 문제가 아니라는 것은 이미 보았다. 그러나 효과를 재창조하려면 무엇보다도 그것을 인지하는 것이 중요하다. 번역자에게 이것은 그런 효과를 일으키는 텍스트에서 "문학성의 증표"(Riffaterre 1992:205) 또는 실마리를 찾는다는 뜻이다. 문학 텍스트 또는 문학적인 방식으로 읽는 텍스트는 독자의 개입 범위가 특히 넓어 독자에게 인지적 효과를 많이 일으킬 가능성이 높은 텍스트다. 따라서 그런 실마리가 특히 많은 텍스트이기도 하다. 이런 실마리는 종종 매우 미묘하며, 이런 미묘함이 텍스트의 개방성과 시적 효과의 가능성을 높인다. 구트는 이런 실마리를 "소통의 실마리"(2000:134)라고 부르는데, 구트의 '관련도 이론'의 관점에서 보자면 이것은 원천 텍스트의 저자가 의미한 바를 가리킨다. 그러나 저자가 의미한 바 또한 문체적 특징의 시적 효과를 포함한다고 받아들일 수 있다. 번역자에게 그런 실마리란 강세 패턴, 다양한 위상어의 사용, 반복 같은 것들이 될 수도 있다. 이런 것들을 종종 문체적 장치(Stockwell 2002:14) 또는 특징(Short 1996:18)이라고 부른다. 의미가 분명하게 고정되지 않은 문학적 텍스트에서는 그런 장치를 텍스트를 읽는 방식에 대한 실마리로, 그와 동시에 시적 효과의 일부를 이루는 독자 개입의 실마리로 보는 것이 설득력이 있다. 그러나 어떤 유형의 효과는 다른 경우보다 복잡하다. 이제 번역자가 원천 텍스트에서 찾아야 하고 번역에서 재창조해야 할 다섯 가지 유형의 효과를 생각해보자.

첫째, 우리가 보통 "반응"(예를 들어 Attridge 2004:89-92, Fabb 1995:144를 보라) 또는 정서(Semino 1997:150-151)라는

표현과 연결시키는 유형의 효과가 있다. 다음 예들을 생각해보라.

(6.19) Now she could hear…… could she? Or was it her imagination? Footsteps, slow and quiet in the corridor outside. (Reah 2003:439)

(6.20) I've been feeling sleek and furry

Since you came and made me whole (Harvey 2005:12)

(6.21) Ah! As the heart grows older

It will come to such sights colder (Hopkins 1963:50)

위에서 대략적으로 설명한 "대리 원리"에 따르면, 우리는 위의 예들에서 촉발된 우리 자신의 공포, 기쁨, 후회를 제시된 인물에게 속한 것으로 여기게 된다. 말을 바꾸면 (6.19)의 출처인 소설을 읽을 때 공포라는 신체적이고 정신적인 느낌을 경험하면서 이것이 여주인공이 복도에서 발소리를 들을 때 느끼는 것이라고 가정하게 된다. 마찬가지로 우리는 "sleek and furry"를 느끼거나 슬픔의 신선함을 상실한 안타까움을 경험할 수 있고, 또 이런 것들을 느끼는 (6.20)과 (6.21)의 인물들과 공감할 수 있다. 우리는 공포, 기쁨, 안타까움처럼 겉으로는 뻔해 보이는 감정조차 적어도 두 가지 측면이 있음을 알 수 있다. 하나는 간혹 대뇌변연계에서 나온다고 이야기되기도 하는 최초의 느낌이고, 또 하나는 의식의 산물이라고 가정되는 그 느낌에 대한 사유(Taylor 2008:19-20)인데, 그 결과 가운데 하나가 우리의 느낌을 대리로 인물이나 저자에게 속한 것으로 돌리는 것이다. 독자에게 이런 느낌을 일으키지 못하는 번역은 심리 스릴러나 시 역할을 하지 못할 것이다. 창작 교육에서는 전통적으로 "보여주기"와 "말하기"를 구별하고(예를 들어 Sansom 1994:40), 또 정확한 이야기는 아니지만 때때로 이런 구별이 헨리 제임스에게서 나왔다고 이야기되는데(Booth 1983:23-25를 보라), 사실 인물의 감정을 "보여주는 것"은 그것을 말하는 것보다 나을 것이 없으며, 효과가 그만 못할 수도 있다. 텍스트가 해야 할 일은 독자가 그것을 경험하고 그것을 다시 텍스트 속의 관련 있는 인물에게로 귀속시키게 하는 것이다.

텍스트가 일으키는 이런 반응이나 감정을 필킹턴은 "비명제적 효과"(2000:163)로서 논의하는데, 이것은 좁은 범위의 의미 안이 아니라 "이미지, 인상, 감정"(Sperber and Wilson 1995:5) 안에 자리 잡고 있으며, 문학의 중심적 관심사이기도 하다. 필킹턴은 그런 감정들을 집합적으로 "정서"라고 부르며, "현상적 상태에 근거한 태도"(2000:164)라고 정의한다. 따라서 문학 번역은 또 정서— 포프 같은 이론가와 번역자들이 원천 텍스트의 "정신" 또는 "불"(Lefevere 1992:64 이하)을 언급할 때 염두에 둔 것일 수도 있다—를 목표 텍스트에 보존하는 것을 중심적인 관심사로 삼아야 한다. 파브(Fabb 1995)는 그런 정서의 예들은 신체적인 용어가 아니면 쉽게 묘사될 수 없다고 주장한다. 다마시오(1999:9)에 따르면 과학의 발전은 점차 이런 종류의 신체적이고 인지적인 반응을 측정하게 해줄 것인데, 인지론적 의미론에서는 그런 신체적인 반응이 그 체현된 기초 때문에 잠재적으로 점점 중요한 의미를 띠게 되었다. 필킹턴이 경험이 느껴지는 방식인 퀄리어(qualia)에 관한 철학적 토론에 대해 하는 말(2000:170-176)에서 알 수 있듯이 정서와 반응에 대한 논의는 밀접하게 관련을 맺고 있다. 그는 텍스트가 일으키는 느낌을 특징으로 갖고 있는 정신 상태를 "미적 퀄리어"(2000:177)라고 부른다. 이것은 파브 또한 주목하듯이(2002:136;215-216) 비문학적 텍스트 또는 필킹턴이 "이류의 예술"이라고 부르는 것이 일으킬 수도 있는 혐오나 노스탤지어나 분노 등의 단순한 감정—그는 이것을 "감정적 퀄리어"(2000:177)라고 부른다—이 아니라 매우 복잡한 느낌들이다. 1장과 2장에서 이야기했던 문학과 비문학 텍스트의 구분, 따라서 문학과 비문학 번역의 구분을 생각할 때, 우리는 문학 텍스트는 보통 미적 반응을 일으키는 반면 광고나 생일카드의 시는 그렇지 않다는 것을 알 수 있다. 문학적인 것의 특징은 독자를 "확장된 맥락"(Pilkington 2000:177)으로 끌어들이는 것인 반면, 광고나 생일 카드는 더 단순하고 더 빠른 반응을 목표로 하기 때문일 수도 있다. 구두 한 켤레를 향한 욕망이나 즐거운 감정은 모두 다른 요인에 의해 똑같은 느낌이 다시 생겨나기 전까지는 잊히고 마는 것이다.

　미적 반응 또는 미적 퀄리어의 특징을 가지는 반응과 빠른 감정적 반응 사이의 구분을 고려한다면, 번역자가 잘못된 수준의 반응을 끌어내는 것은 잘못된 유형의 반응을 끌어내는 것만큼이나 잘못된 일로 보인다. 배경에서 콘도르가 기다리고 있는 상황에서 죽어가는 것이 분명한 아이를 보여주며 돈을 요구하는 자선 권유 광고를 생각해보자. 이것은 즉각적인 호소력을 가지며, 죄책감과 더불어 아이의 고통을 줄여야 한다는, 말하자면 콘도르를 쫓아내야 한다는 마음을 불러일으킨다. 반면 독자나 시청자에게 콘도르가 돌아오는, 또는 일단 쫓겨났다가 다른 죽어가는 아이 뒤에 가 앉는 상황을 생각해보라고 권하는 일은 하지 않는다. 만일 (6.22)의 원문이 (6.23)처럼 번역된다면

(6.22) Save this child!
        Give now!

(6.23) They cannot all survive! Give this child a chance!

독자에게 너무 많이 생각하라고 권하는 셈이 될 것이다. 이 호소는 핵심, 즉 빠른 감정과 빠른 행동을 확보한다는 핵심을 놓치게 될 것이다. 만에 하나, (6.23)의 독자가 자신을 콘도르와 동일시하는 바람에 응답해야 할 이유—예를 들어 관음증에 대한 죄책감 등—를 검토하게 된다면 호소의 효과는 사라질 것이다.

시에서는 그 반대가 된다. 일시적이고 직접적인 느낌을 불러일으키는 번역은 만족스럽지 못할 것이다. 시인 로제 아우스랜더의 다음 두 행을 보라(1977:30).

(6.24) Es ist Zeit den
        it is time the

       Traum zu bauen in Grau
       dream to build   in grey

이 두 행에서 가장 눈에 띄는 것은 두번째 행의 "Traum", "bauen", "grau"의 음이 유사하다는 것이다. 아우스랜더의 시를 처음 번역할 때 공역자와 나는 이 두 행을 이렇게 번역했다.

(6.25) Now it is time / to shape a dream in shades of grey
(Boase-Beier and Vivis 1995:38)

이 번역은 원시의 소리 반복을 되풀이하지만, 두번째 행은 묘하게 상투적으로 들린다. 클리셰는 익숙함을 통하여 인지적 효과를 어느 정도 얻게 된(이것이 사람들이 클리셰를 좋아하는 이유다) 단순하게 어휘화된 구절이지만, 동시에 의미를 깊이 생각할 필요가 없기 때문에 더 깊고 더 지속적인 효과는 잃는다(이것이 사람들이 클리셰를 싫어하는 이유다). 아우슬랜더의 원시에 나오는 표현에는 클리셰의 효과가 전혀 없다. 원시에 있는 효과는 "Traum"("꿈, 상상의 세계")을 "grau"("잿빛"으로 일상의 단조로움을 암시한다)와 대비시키는 것이다. (6.24)는 많은 가능성을 암시한다. 손에 닿을 수 있는 일상의 꿈. 망설이는, 삼가서 말하는 꿈. 일상을 초월하는 꿈. 슬픈 꿈. 좋지도 나쁘지도 않은 꿈 등등. 그러나 (6.25)의 번역의 결과는 표현이 너무 익숙하게 들리기 때문에 탐험을 차단한다. "shades of grey"로 인해 "grey"의 내포가 사라지기 때문에 분명한 대조가 없다. (6.25)의 번역도 물론 느낌을 일으키지만, 익숙하면서 부드러운 쾌감의 느낌이다. 이런 이유로 두번째 번역(인쇄 중)은 이 행들을 다음과 같이 바꾸었다.

(6.26) Now it is time / to form my dream in grey

여기에는 클리셰가 없기 때문에, "dream"과 "grey"의 대조는 더 많은 생각을 끌어낸다. 이것이 "미리 배치되고 미리 정해지고 미리 포장된 것을 받아들이기를 적극적으로 거부하는"(Bartoloni 2009:71) 시의 특징을 (6.25)의 경우보다 잘 보여주는 예다.

두번째 유형의 효과는 독자가 의미를 탐색하는 과정에서 생긴다. 읽기를 종종 개방적 과정으로 보는 것은 특히 문학 텍스트에서 독자가 더 많은 의미를 창조해내거나 더 많은 느낌을 일으키기 위하여 의미에서 명쾌하지 않은 부분들에 강하게 관여하기 때문이다. 쿠이켄(Kuiken, 2008:53)은 이런 과정을 "어떤 상황에서 느껴진 의미에 함축된 말할 수 없는 '그 이상의 것'"에 대한 개방성이라고 묘사한다. 문학 텍스트에서는 그런 관여가 의미에 대한 한정된 탐색이라기보다는 자신의 생각의 점검이며 그 본성상 끝이 없는 탐색이기 때문에, 여기에서 탐색되는 것은 매켄지(McKenzie, 2002:7-8) 같은 저자들이 "최대 관련도"(Boase-Beier 2006:42도 보라)라고 부르는 것이다. 이 말은 새로운 의미가 발견될 수 있는 한 계속 의미 탐색을 추구한다는 뜻이다. 이런 의미의 탐색이기 때문에 독자들은 다시 읽고 번역자들은 다시 번역을 하는 것이다(Hamburger 2007:39를 보라). 그런 탐색(어쩌면 모든 탐색—Grandin 2005:96 참조)이 쾌감을 주기 때문에 우리는 그것이 끝나기를 바라지 않는다. 그것은 텍스트의 탐색이라기보다는 정신의 탐색이다. 우리가 어떤 불가피하거나 유용한 목적이 없어도 인지적으로 탐색을 추구하도록 기어가 걸려 있다는 증거는 많다. 게임, 시, 사냥, 미로 같은 것들은 모두 탐색 자체가 중요하다는 것을 보여준다. 앞서 보았듯이 독자가 느낄 뿐 아니라 인지적으로 검토하기도 하는 정서의 경우와 마찬가지로 하나의 텍스트를 완성하는 과정, 그것을 완성하는 잠재적인 다양한 방법은 "개인의 정신 세계에 변화"(Attridge 2004:19)를 가져오기 마련이다. 애트리지에 따르면 자신의 현재 사고 양식이 부적절해 조정이 필요하다는 불안(2004:33)이 그러한 정신적 검토를 낳는데, 이것이 읽기를 "창조적"이라고 보는 기초가 된다 (Attridge 2004:79-87). 창조성은 뇌가 설계된 방식이라고 주장할 수도 있다. 예를 들어 매크론(McCrone, 1990)은 저장이 비효율적이며, 따라서 기억조차도 창조적 재건설에 충분한 정보만 담아둔다고 말한다. 따라서 창조성은 더 큰 쾌감을 줄 뿐 아니라 더 능률적이기도 하다. 문학 텍스트, 특히 시는 정서적인 면을 개방성과 결합하여 정신적 검토를 낳는다.

의미를 창조하는 이런 과정은 그 자체로 쾌감을 줄 뿐 아니라 독자에게 "낡은 입장"(Attridge 2004:8)의 재고 같은 여러 인지적 효과도 추가로 일으킨다. 관련도 이론의 맥락에서 보자면 인지적 효과를 계속 얻고 있는 한은 추가의 의미 탐색이 계속된다(Boase-Beier 2006:43-49를 보라). 노를 젓는 사람이 호수를 가로질러 다가오는 모습을 묘사하는 다음 예를 생각해보자.

(6.27) Zuerst verschwommen, die Konturen fließend

(Strubel 2008:93)

번역자라면 텍스트의 즉각적 효과를 재생산하는 동시에 추가의 효과를 촉발하는 이 의미 탐색이라는 개방적 과정을 잡아두고 싶을 것이다. (6.27)에서 fließend는 여기에서처럼 윤곽과 관련되어 사용되면* 불분명하다거나 침투성이 있다거나 희미하다거나 흐릿하다는 뜻이지만, 동시에 물줄기나 집의 수도가 흐른다는 뜻도 된다. 이 소설에서는 호수에서 보낸 여름, 빛과 물이 사물이 나타나는 방식에 주는 영향, 남성적 인식과 여성적 인식의 세세한 면, 동성애와 이성애의 탐험이라는 맥락에서 저자가 "fließend"라는 단어를 선택한 것은 의미심장하다고 볼 수 있다. 따라서 번역은 "fließend"(단지 부드럽거나 흐릿할 뿐 아니라 합쳐지고 겹쳐질 수도 있다)의 내포의 탐사가 독자에게 주는 효과를 어떻게 보존할 수 있느냐를 고려해야 한다.

여기에서 우리는 "fließend"라는 표현이 보트를 타고 호수를 건너 다가오는 인물의 이미지와 관련이 있는 동시에 "verschwommen" 즉 흐릿해진다는 말의 내포와도 관련이 있으며, 이것은 어원상 동사 "to swim"과 연결되어 있고, 말 그대로는 "having been affected by a blurring caused by the eyes watering"과 비슷한 상태를 뜻한다고 읽을 수 있다. 이 구절이 소설에 나온다는 사실은 그런 내포가 읽기에 중요할 가능성이 있다는 실마리이며, 호수 이미지, "verschwommen"이라는 말, "fließend"라는 말 사이의 연결은 번역자에게 이 장면 전체가 어떤 의미에서는 소설 속의 관계들에 대한 은유가 아닌지 고려해보라는 신호 역할을 한

---

* 인용문의 Konture가 윤곽이라는 뜻이다. (옮긴이)

다. 이런 의미에서 원천 텍스트에서 인지적 효과의 실마리들은 번역자가 번역에서 그런 효과를 재창조하려고 노력하라는 신호 역할을 한다. 그렇게 재창조하는 한 가지 가능한 방법으로 위의 구절을 다음과 같이 번역할 수도 있다.

(6.28) Blurred at first, its contours fluid

이것은 불확실한 시야(이 소설의 중요한 주제다)와 범주-경계의 불안정(중심 주제다) 양쪽을 암시할 뿐 아니라, 비록 "verschwommen"에 내포된 물이라는 의미는 잃고 있지만, 두번째 주제를 물의 이미지와 연결시키고 있다.

세번째로, 번역자가 재창조하여 독자에게 주는 효과는 기쁨이나 슬픔이라는 직접적인 또 숙고된 느낌을 넘어서고, 나아가 의미 탐구의 결과로 나오는 효과마저 넘어서서, 지식 변화의 모든 방식을 포함할 수도 있다. 쿡은 이런 변화를 "도식 갱신"(1994:10-11)이라고 부르는데, 이것은 도식이나 정신적 표상에 변화를 일으킨다는 뜻이다. 그는 그런 변화를 일으키는 것이 "문학의 일차적 기능"(Cook 1994:191)이라고 본다. 철학 텍스트 또한 그런 다시 생각하기를 적극적으로 권하는 경우가 많아, 독자들은 블랙번(2005)을 읽고 진리에 관해, 바디(1999)를 읽고 악에 관해, 니체(1998)를 읽고 공포에 관해 다른 생각을 갖게 될 수도 있다.

(6.27)과 (6.28)의 출처이기도 했던 독일 작가 안트예 라비치 슈트루벨의 같은 책에서 가져온 다음 예들을 생각해보자.

(6.29) Morgens lag der See unbewegt da wie Glas. Er spiegelte den Himmel, der klar und lichtblau war und seine Spiegelung im See wiederum zurückzuspiegeln schien……

(Strubel 2008:39)

(6.30) In the mornings the lake lay calm as glass. It reflected the sky, that was clear and light-blue and that appeared to reflect back its own image reflected in the lake……

(6.31) In the mornings the lake lay calm as glass. It mirrored the sky, that was clear and blue as light and that seemed to mirror back its own image mirrored in the lake……

두번째 번역 (6.31)과 첫번째 초고 (6.30)의 차이는 동사 "to reflect"가 "to mirror"로 바뀌었다는 것뿐이다. 작은 차이 같지만, 이 차이가 이 소설의 맥락에서는 중요하다. 앞의 예에서 보았듯이 여기서 자연은 관계들의 은유로 보인다. 또 이 소설에서 관계는 이성애나 동성애 어느 쪽으로 분명한 것이 아니다. 어떤 여자를 강간하려 하는, 겉으로 보기에 이성애자인 남자는 사실 그 여자의 소년다움에 이끌렸다고 하며, 이야기의 중심에 있는 레즈비언 관계는 주요한 여성 등장인물이 남자로 오인 받으면서 시작된다. 사람들이 자신을 보는 방식과 다른 사람들이 그들을 집어넣는 분명한 범주 사이에는 늘 갈등이 있다. 이 주요 등장인물은 남자 옷을 입고 거울을 보면서 다른 사람들이 보듯이 자신을 보며, 남성과 여성 사이의 중간에 있는 자신의 위치를 깨닫게 된다. 비추는 것은 자연이 하는 일이고, 거울로 보는 것은 인간이 하는 일이다. 호수는 하늘을 거울로 비추고 하늘은 호수에서 자신을 거울로 본다는 것과 남들이 우리를 보는 방식이 우리를 결정하는 것 사이의 연결은 (6.31)에서 더 강해진다. 이렇게 거울로 보는 효과는 (6.30)에서처럼 비추는 경우보다 더 구체적이고 덜 자연스럽고, 더 의도적이다. 따라서 남들이 우리를 보는 방식이 부분적으로는 우리가 그들을 보는 방식에 영향을 받는다는 사실에 관해 생각하게 할 가능성이 (6.30)의 경우보다 훨씬 높다. 따라서 남들을 이성애자나 동성애자라는 범주에 넣는 것과 관련하여, 쿡(1994:10)이 말하는 "도식 갱신"의 가능성도 커진다. 마찬가지로 예 (6.17)의 출처인 하디의 시를 읽음으로써 독자는 침묵의 새로운 의미를 생각할 수도 있고, 포스트모던 소설을 읽다 "시간"의 새로운 의미를 생각할 수도 있고, 종교적인 시를 읽다가 "상실"의 새로운 의미를 생각할 수도 있다.

  텍스트를 읽는 네번째 효과는 실제로 행동을 바꿀 수도 있다는 것이다. 이것은 I. A. 리차즈가 1929년(Richards 1964)에 이미 논의하고 애트리지(2004:90)가 받아들인 생각이다. 리차즈는 문학 텍스트 안의 또 문학 텍스트에 대한 "기계적 반응"(1964:235)은 "자기기만의 부재"(p. 28)에 의해, 또 우리가 관습이나 무자비한 태도에 "쉽게 휘둘리는 것을 완화해주는"(p. 350) 겸손에 의해 약화될 수 있다고 주장했다. 폰 퇴르네(1981:56)의 시에서 뽑은 다음 두 행을 생각해보자.

(6.32) Ich lese in der Zeitung, dass die Mörder
I read in the newspaper that the murderers

Von Mord und Totschlag nichts gewusst.
of murder and manslaughter nothing known

이 예는 나의 2006년 책(Boase-Beier 2006:122-127)에서 길게 논의되고 있기 때문에 여기에서 자세히 이야기할 생각은 없다. 그러나 번역 (6.33)도 행동을 바꾸는 일을 하려고 한다는 점에 주목해볼 수 있다.

(6.33) Butchers ignorant of slaughter
- so at least the papers say.

(6.32)의 행들에는 조동사가 빠져 있어 독자가 그것을 집어넣어야 한다. 그 동사는 신문의 독자가 살인자들— 대량학살을 자행한 나치 범죄자들— 이 자신이 하는 일을 몰랐다고 믿는 쪽으로 보는 직설법 "haben"이거나, 아니면 그들이 알았다고 생각한다는 것을 보여주는 접속법 "hätten"이다. (6.33)은 본동사를 생략함으로써 범법자들이 무지했는지, 아니면 그냥 그렇다고 말하는 것인지, 또 신문 독자가 그들이 무지했다고 생각하는지 아니면 알았다고 생각하는지 시의 독자가 직접 파악하게 한다. 폰 퇴르네의 시는 그 목적이 분명하다고 주장할 수도 있다. 독자가 방

관자가 아니라 목격자가 되게 하려는, 불의에 반대한다고 공개적으로 말하고 행동하게 하려는 의도를 갖고 있다는 것이다. 그러나 일부 "참여" 시 (이 논의를 위해서는 Richardson 1983:7-11을 보라)와는 달리 그 인지적 효과는 극히 미묘하고 심오하며, 그것이 어떻게 성취되는지 아주 세심하게 검토해야만 번역 또한 행동에 영향을 줄 기회라도 얻을 가능성이 있다.

애트리지(2004:93)에 따르면, 문학에 대한 다섯번째 가능한 반응은 번역을 하는 것이다. 애트리지는 번역이 텍스트와 독립해 있다기보다는 텍스트 자체가 요구하는 반응으로 간주한다는 점에서 벤야민(2004:76)을 따른다. 번역은 (언어 간이건 기호 간이건) 텍스트에서 의미의 창조와 동등하다. 1장에서 나온 많은 예들은 좋은 번역의 경우 이 말이 언제나 옳다는 것을 보여준다고 할 수 있다. 클라이스트의 희곡을 독일어에서 번역한 모리슨의 *The Cracked Pot*(1996)은 노던 브로드사이즈 극단이 1995년에 무대에 올렸다. 세베르베르크의 헤닝 만켈 번역은 최근에 영국 텔레비전 영화의 기초가 되었다. 이런 사례는 많다. 성공하지 못한 번역은 번역 과정을 끝낸다고 생각할 수도 있다. 벤야민은 "텍스트의 다음 생애"(Benjamin 2004:76)라는 말을 했는데, 그 생애는 번역이 문학 텍스트 역할을 하지 못하면 끝이 난다.

이런 효과를 더 발견하는 것도 가능하겠지만, 내가 위에서 제시한 것은 다섯 가지 유형으로 나뉜다. 독자가 경험하고 텍스트의 등장인물에게 귀속시키는 직접적 감정, 의미 탐색에서 생기는 정신적 효과, 지식의 변화, 행동의 변화, 그리고 마지막으로 번역이라는 텍스트적 행동이다.

이런 다섯 유형의 효과를 보존하면 도구적 번역— 문학 텍스트로서 읽힐 수 있는 번역— 은 보장되겠지만, 그것이 그 기록적 측면에서도 반드시 받아들여지는 것은 아니다. 기록적 측면에서도 받아들여지려면 '대리 원리'를 따라야 한다. 번역이 아우스랜더나 슈트루벨이나 폰 퇴르네의 작품으로 보여야 하는 것이다. 즉, 아우스랜더의 시의 번역(Boase-Beier and Vivis 1995)을 "아우스랜더"라고 언급하는 것이 가능해야 한다. 번역자들이 자신의 번역을 대리로 생존 가능하게 하는 한 가지 방법은 예 (4.6)의 햄버거의 첼란 번역에서 보았듯이 원작자의 문체의 개인적 특이성에 접근하는 방법을 찾는 것이다.

번역자가 원시의 시인을 흉내 내는 또 하나의 방법은 원래의 시와 같은 행의 형식을 취하거나(예를 들어 햄버거가 그랬듯이) 아니면 새러 로슨이 자크 프레베르를 번역한 책(Lawson 2002)에서 그랬듯이 표지에 원래 시인의 사진을 싣는 것이다.

번역된 텍스트의 독자는 우리가 보았듯이 늘 읽고 있는 텍스트의 저자를 재구축하는데, 목표 언어, 번역자의 이름, 번역자의 목소리의 특정 요소(4장에서 언급했듯이) 등의 특징들 때문에 번역자도 재구축할 수 있을 것이다.

번역된 텍스트는 혼성물— 첼란의 경우 원래의 독일어 시와 번역되지 않은 상상의 영어 시의 혼성— 이라고 말했지만, 재구축된 작가가 혼성이라고 생각할 이유는 없다. 영어로 첼란의 시를 읽는 독자가 그 시를 햄버거-첼란이라는 인물이 쓴 것이라고 생각하거나, 로슨의 프레베르를 읽는 독자가 저자를 로슨-프레베르 혼성이라고 가정할 가능성은 없는 것이다. 그러나 번역이 번역으로 받아들여지려면, 독자가 그것이 번역임을 인식하는 것이 핵심이다. 그렇지 않으면 그것은 대리로서 성공했을 뿐, 번역으로서는 성공하지 못했다고 주장할 수도 있다.

인지적 맥락과
번역의 독자

나는 3장에서 독자가 번역된 텍스트에 접근하는 방식이 아주 중요한 정도까지 맥락의 문제라고 주장했다. 인지 언어학과 시학에서는 맥락이 고정된 실체가 아니라 발언과 텍스트를 해석하는 동안 구축되는 것이라고 본다(예를 들어 Gavins 2007:35-44를 보라). 블레이크모어(1987, 2002)나 스페르베르와 윌슨(1995)을 비롯하여 '관련도 이론'의 틀을 이용하는 저자들은 맥락의 구축이 "화자가 떠올리는 것에 맞추는"(Blakemore 1987:28) 것을 목표로 삼는다고 본다. 그러나 우리가 보았듯이, 작가는 많은 경우 어떤 고정된 형식이 있는 맥락과 고정된 종결점이 있는 해석을 떠올리지 않을 수도 있다. 애트리지가 지적하듯이 맥락은 늘 형식에 내재하기 때문에 형식적인 것과 맥락적인 것은 늘 상호작용한다(2004:114). 그러나 맥락은 어떤 단어나 그 내포의 역사에 대한 집단적 지식일 수도 있고, 압운이 발휘하는 효과일 수도 있고 또 다른 것일 수도 있다. 인지적 관점에서 보자면 맥락의 집단적 요소는 문화적 요소나 개인적 경험과 마찬가지로 독자의 인지적 맥락의 일부를 이룬다(Semino 2002:97; Stockwell 2002:31-32 참조).

번역자에게 번역된 텍스트는 독자의 인지적 맥락을 고려해야 하는데, 이것은 한편으로는 읽기 이전에 이 맥락이 포함하고 있을 공유 요소들과 관련되고, 다른 한편으로는 읽기가 만들어낼 맥락의 변화와 관련된다(Cook 1994:23을 보라).

인지 문체론에서는 모든 텍스트의 읽기가 텍스트-세계의 구축을 수반한다고 본다. 독자는 그 세계에 대한 인지적 표상이 계속 변하고(Stockwell 2002:137-143; Trotter 1992:13 참조), 그와 동시에 텍스트 안의 요소들을 이용하여 연속적으로 복잡한 표상들을 구축해나간다는 것이다. 이것은 한편으로는 시적 효과를 일으키는 정신적 맥락의 구축과 재구축 작업이다. 문학적 텍스트는 일반적으로 끝이 열려 있을 뿐 아니라 극히 복잡한 정신적 표상을 요구하고 또 고려한다. 우리가 지금까지 본 인지적 효과의 여러 측면―느끼고 또 느낌에 관해 추측하고, 의미를 탐색하고, 우리의 관점이나 행동을 바꾸는 것―은 모두 우리의 인지적 맥락의 변화와 관련된다. 이것은 번역되었건 아니건 문학 텍스트에도 해당된다. 작가가 독자의 인지적 맥락에 그런 변화를 일으키거나 그런 변화가 일어날 조건을 만들려면 그 맥락의 이미지를 구축해야 하며, 그 과정에서 때로는 내포독자(Iser 1979:34)라고 부르기도 하는 상상된 독자의 정신의 이미지를 구축한다. 이렇게 독자를 떠올리고 독자가 관여할 수 있도록 텍스트를 구축하는 과정을 때로는 독자의 "배치"(Montgomery 등 2000:271 이하) 또는 "조작"(Boase-Beier 2006:38-39)이라고 부른다. 번역자가 목표 텍스트의 독자를 배치하는 과정에서는 원천 텍스트에 존재한다고 판단되는 배치의 몇 가지 요소가 옮겨질 수도 있지만, 동시에 새로운 요소가 생길 수도 있다. 다음 예들을 보라.

(6.34) Wenn der Krieg beendet ist
        if/when the war   ended is
......

gehn wir wieder spazieren
 go we   again walking

(Ausländer 1977:266)

(6.35) When the war is over
......

we'll walk once more

여기에서는 원문과 번역문 모두 독자를 화자와 마찬가지로 전
쟁의 시대에 데려다 놓는다. 원천 텍스트는 불확실성을 암시한
다. 만일 전쟁이 끝난다면 그때 화자는 청자와 함께 다시 산책하
러 갈 수도 있다고 말한다. 독일어 어법은 이것을 의문문으로 받
아들일 수도 있다. 확실히 알 수는 없다. (6.34)의 "wir gehen"의
도치가 "wenn"을 따르기도 하고 의문을 표시하기도 하기 때문
이다. 번역문의 내레이터는 독자에게 전쟁은 **끝날 것**이고, 화자
와 독자는 다시 산책을 **나갈 것**이라고 말한다. 이것은 독자가 다
른 위치에 놓이는(불확실성보다는 다짐의 위치) 매우 눈에 띄는
예로, 전쟁 또는 미래 전체의 불확실성을 피하고 싶은 번역자의
(무의식적) 욕망과 관련된 것일 수도 있다(이 시에 대한 논의는
Boase-Beier 2010b를 보라). (6.35)의 내포독자는 의심을 공유

하는 사람이라기보다는 화자를 추종하는 위치에 있어 다짐을 해 줄 필요가 있는 사람으로 보인다.

문학적 텍스트는 문학적 소통 행위를 전달하는 것으로 볼 수 있다. **사건은 행위**라고 말하는 보편적 인지 은유 과정의 기초 위에서 저자는 뭔가를 전달받는 독자를 떠올리며 독자는 작가를 떠올린다. 그러나 모든 문학적 소통 행위에서 저자의 맥락과 독자의 맥락은 불가피하게 달라질 것이다. 인지적 맥락은 실제 담론 세계— 읽는 행위를 둘러싼 세계— 를 포함하는데, 문학적 텍스트의 저자와 독자가 같은 장소, 시간, 환경에 있는 경우는 없을 것이 거의 틀림없기 때문이다. 번역된 텍스트의 경우 원문의 저자와 번역문의 독자는 비번역 텍스트의 저자와 독자의 경우보다 문화적, 언어적 차이가 거의 언제나 더 벌어질 것이다. 그러나 인지적 맥락은 실제 담론 상황의 정신적 표상 외에 텍스트에서 묘사되는 세계, 즉 텍스트-세계(Werth 1999; Gavins 2007 참조)의 다양한 정신적 표상을 포함한다. 이 표상은 늘 저자와 독자 사이에 다르고 독자들 사이에 다르다. 이 표상은 기존 지식과 상호작용하는 과정에서 구축되는데 모든 사람의 지식과 경험이 다르기 때문이다. 번역에서는 원천 저자와 목표 독자 사이에 담론 상황이 크게 다를 뿐 아니라, 기존 지식과 경험의 표상도 크게 다르다. 다음 예를 보라.

> (6.36) Die Öde wird Geschichte.
>   the wasteland becomes history

> (Huchel, in Hamburger 2004:82)

이것은 다양한 방식으로 번역될 수 있다.

(6.37) The barren land will be history.

(6.38) The desert now will be history.

(6.39) The wasteland is becoming history.

(6.37)의 번역을 보면서 독자는 언젠가 농작물이 다시 자랄 농장을 떠올릴 수도 있으며, 이는 자신이 살았던 농촌 풍경을 자주 이야기하는 후헬의 다른 시에 대한 지식에서 영향을 받고 있다. 마이클 햄버거가 번역한(Hamburger 2004:83) (6.38)은 현재와 과거 사이의 대조를 암시하며, 어느 정도는 후헬의 희망의 철학에 대한 지식에 기초하고 있다(이 책에 대한 햄버거의 머리말을 보라, 2004:11-17). 이 번역은 또 어떤 풍경에도 어울릴 수 있는 더 보편적인 황량함의 이미지를 사용하여 후헬 자신의 독일 풍경(여기에는 사막이 없다)으로부터 가장 멀리 벗어나 있다. (6.39)는 변화가 이미 일어나고 있다는 것을 암시하기 위해 독일어의 "wird"라는 동사 형태(이것은 현재일 수도 있고 미래일 수도 있다)의 가능한 또 다른 의미를 취하고 있다. 이것은 또 전쟁이나 산업에 의해 황폐해진 풍경을 암시한다.

이 세 번역 각각에서는 번역자의 재구축된 인지적 맥락이 다를 뿐 아니라, 독자가 세울 텍스트-세계도 달라질 것이다. "desert"((6.38)에서)를 은유로 읽는다 해도, 독자의 정신적 이미지는 사막을 포함할 가능성이 크며, 이것은 다른 두 번역이 만들어내는 이미지와는 매우 다르다. 문학 번역자는 개인적 편차가 있고 또 있을 수밖에 없다는 것을 인식한다 해도 독자의 맥락에 공통된 요소(경작되지 않은 땅의 어떤 이미지)에 관해 어느 정도 알고 있어야 한다. 사실 텍스트에 다양한 의미라는 문학적 효과를 주는 것은 바로 개별적 맥락과 텍스트의 상호작용이다. (6.36)의 경우에는 보편적 사막과 자신이 아는 특정한 경작되지 않은 땅, 희망의 가능성과 그것이 현재나 미래에 실현될 가능성의 상호작용 등이다.

이런 의미의 다양성과 개인적인 인지 맥락에서 벌어지는 개별적 변화의 가능성은 비문학적 텍스트보다 문학적 텍스트의 경우에 더 커진다. 따라서 주석 등의 형태로 목표 독자에게 너무 많은 정보를 제공하면 문학적 효과가 줄어들 위험이 있다. (6.36)의 "Die Öde wird Geschichte"에 다음과 같은 주석이 붙는 경우를 생각해보라.

(6.40) Huchel lived in Wilhelmshorst, a rural village near Berlin at the time the poem was written.

(6.41) Huchel had been publicly disgraced and sacked from his position as editor of an important literary journal at the time he wrote this poem.

(6.40)의 주석은 독자가 시의 "Öde"를 실제의 황폐한 땅, 어쩌면 지역의 농장을 표현하는 것으로 보도록(Hamburger 2004의 "Introduction"을 보라) 배치하며, 반면 (6.41)은 독자가 "Öde"를

황량한 시간의 표현으로 보도록 조작한다. 양쪽 모두 (6.36)의 행간 해석—물론 문학적 텍스트로 의도된 것은 아니며, "Öde"의 한 특정한 번역과 되다라는 뜻의 동사 "werden"의 한 특정한 시제만 사용하고 있다—과 마찬가지로 다른 가능한 의미들을 막아 문학적 효과를 줄인다.

만일 시적 효과를 허락하는 것이 독자의 인지적 맥락의 구축이고, 따라서 그런 맥락 구축의 가능성이 텍스트를 문학적으로 만드는 것이라면, 문학적 텍스트의 번역은 맥락 구축을 억제하지 않는 만큼만 도구적일—즉 그 자체가 문학적 텍스트일—것이다.

7

특별한 형태의 시 번역

상호작용과
제약으로서의 형태

　　　　문학적 읽기라는 개념은 이 책 전체에 걸쳐 되풀이하여 나타나는 쟁점 가운데 하나다. 이것은 결말이 열린 읽기로 독자의 인지적 맥락이 의미심장하게 바뀌는 데 영향을 준다. 텍스트 안의 무엇이 이런 유형의 읽기의 특징이 되고 또 그런 읽기로 몰아갈까? 모든 번역 행위는 특정한 작품에서 출발하며, 따라서 무엇이 문학적인가, 문학적 텍스트는 어떻게 작동하는가 하는 일반적 성격의 질문만이 아니라 해당 저자의 문체가 어떻게 작동하는가 하는 질문도 해야 한다.

　이제 이 책의 2부로 들어오면서 나는 특히 시와 그 번역에 집중할 생각이다. 다른 문학적 텍스트가 시적이지 않아서가 아니다. 프로스트에 따르면 시의 정의는 "번역에서 사라지는 것"이며, 이 정의는 가끔 "모든 시가 다른 언어로도 똑같이 잘 전해지는 것은 아니라는"(Hartley Williams and Sweeney 2003:152) 사실을 보여주는 데 이용된다. 번쇼(1960:xi)는 이 정의를 "번역할 때 시와 산문에서 사라지는 것"으로 표현하기도 했다. 그러나 시를 살펴보면 텍스트에서 시적인 것이 무엇인지 특별히 집중된 방식으로 논의할 수 있다(Attridge 2004:71-72 참조). 시는 행 배치와 리듬이 "실시간 전개"(같은 곳)의 느낌을 조성하기 때문이고, 더 응집되어 있기 때문이다. 그러나 시가 본질적으로 산문과 다르지 않다는 생각은 이 책에서 "시학"이라는 용어를 사용하는 방식에도 내재해 있다.

야콥슨(2008:141)은 1960년에 쓴 논문 "Linguistics and Poetics"에서 시학은 "무엇이 언어 메시지를 예술작품으로 만드는가?" 하는 질문에 답하려 한다고 말했다. 스톡웰도 시학이라는 말을 이런 의미로 쓰고 있으며, 그는 이것을 "문학의 기교"(2002:1)라고 부른다. 시학은 문학의 문학성의 연구이며, 번역 시학은 문학의 문학성을 번역하는 방법을 연구하는 것이다. 6장에서 본 것처럼 문학이 단지 정신의 작동 방식을 특히 잘 보여주는 예에 불과했듯이, 번역 시학 또한 우리 정신의 작동 방식을 특히 잘 설명해주는 번역 연구다. 따라서 번역 시학은 우리가 원저자의 "정신"을 포착해야 한다는 포프의 생각(Lefevere 1992:64 이하)과 번역의 핵심은 효과의 보존이라는 콘스탄티누스의 견해(2005:xxxix)에 구체화된 번역 연구의 핵심적 측면을 설명하려 한다.

그렇다면 시의 어떤 점 때문에 시가 문학에 관해 이야기하는 특별히 좋은 방법이 되고, 시의 번역을 검토하는 것이 문학 번역을 바라보는 특별히 좋은 방법이 될까?

아마 가장 중요한 것으로는 시에는 분명한 형태가 있다는 점을 들 수 있을 것이다. 분명하게 드러나지 않는 경우가 많기는 하지만 모든 문학적 텍스트에는 형태가 있다. 예를 들어 소설은 장이나 문단으로 나뉘고, 희곡에는 무대 지시 사항이 중간에 흩어져 있는 대사가 있다. 대부분은 길이가 한정되어 시작과 끝이 분명하다. 어떤 작품은 조이스의 *A Portrait of the Artist as a Young Man*(2000:5)처럼 "옛날에" 같은 표현으로 시작을 알리고, 또 가령 그리멜샤우젠의 *The Adventurous Simplicissimus*처럼 "끝"이라는 말로 끝을 맺는다― 굿릭의 번역에서는 "하느님이 우리 모두에게 은총을 주사 우리 모두 하느님으로부터 우리가 가장 관심이 있는 것을 얻을 수 있다. 그것이 곧 행복한 **끝**"(Goodrick 1962:356)이라고 끝을 맺었다. 어떤 소설들은 문장 중간에서 시작하거나 끝냄으로써 소설의 형태에 대한 이런 관념을 뒤집는다. 예를 들어 데이비드 매드슨의 *A Box of Dreams*는 "……그때, 갑자기, 내가 필레 드 뵈프 포엘레 빌레트를 포크로 떠서 입으로 올리는 순간, 불이 나갔다"(Madsen 2003:7)로 시작한다. 이런 식으로 규범을 뒤집는 것은 그런 규범이 존재하기 때문에 가능하며, 독자에게 기대를 불러일으킨다.

시 또한 형태의 관습적 유형들이 있다. 퍼니스와 바스(2007:3)가 제시하는 시의 정의 한 가지(다른 두 가지는 언어, 그리고 드라마나 서사적 산문의 허구와 차이가 나는 점과 관련이 있다)는 "페이지에 다르게 배열된다는 것"이다. 퍼니스와 바스는 시적 형태의 관습은 시간이 지나면서 변하며, 동시에 어떤 특정한 한 시점에서 보자면 불안정하다는 점을 지적한다. 그러면서 그렇게 분명하게 규정할 수 있는 시라는 범주 자체가 존재하는지 물어볼 수도 있다고 주장한다(2007:4). 시를 규정하는 한 가지 분명한 특징은 그것이 여러 행으로 기록된다는 것이며, 이 사실은 시를 읽는 방법에 영향을 준다. 행은 시의 다른 구조적 패턴, 특히 압운이나 구문과 상호작용을 하여(Furniss and Bath 2007:14; 33-64), 애트리지가 말하는 "실시간 전개"(2004:71)가 이루어진다. 행으로 분리된 상태는 독자가 빨리 읽도록 부추기는 반면 문체적 특징의 응집은 읽기를 지체시킨다(Kuiken 2008:55, van Peer 2007:100을 보라). 이때 일어나는 갈등이야말로 단지 독자에게 감정 경험에 관한 이야기를 들려주기보다는 실시간 감정 경험을 흉내 내는 것이라고 주장할 수도 있다. 이것은 또 문학적 텍스트가 작동하는 방식에서 발생하는 전형적인 갈등이기도 하다. "텍스트의 문학적 형식에 관한" 다양한 "결론들"(Fabb 2002:215) 사이에는 예컨대 시의 구(句) 걸치기*에서 일어나는 구문과 행의 배열 사이의 모순 같은 모순이 존재하는데 이것이 미적이라는 느낌을 일으킨다.

따라서 시의 독특한 특징이 "시적 언어와 시행 사이의 미묘한 상호작용"(Furniss and Bath 2007:64)이라는 사실을 받아들이고, 시적 언어가 독자의 개입을 요구하는 일군의 약한 함의들인 문체가 특별히 중요한 언어라고 이해하면(1장과 4장에서 묘사한 대로), 시를 전경화된 형태라는 영역이 추가된 문학의 한 유형이라고 기술하는 것이 합리적으로 보인다.

1장에서 우리는 흔히 문학 텍스트의 특징이라고 생각하는 것

---

*enjambement, 시의 구문이 다음 행으로 계속 이어지는 것.(옮긴이)

이 사실은 모든 언어에 존재하지만, 문학에서는 특히 독자를 참여시키려고 이런 요소를 이용하는 것을 보았다. 예를 들어 문학 텍스트에서는 우리의 모든 사고의 특징인 은유가 특별해지거나 독자 쪽에서 특별한 노력을 기울일 것을 요구하는 일이 흔하다. 중의는 창조적이고 복잡한 방식으로 이용되어, 동음이의나 다의를 넘어서서 독자에게 복잡하고 다양한 해석의 여지를 남긴다. 형식이 의미와 자의적 관계를 갖지 않을 때면 언제나 나타나는 언어의 일반적 특징인 도상성은 시에 "말하는 것을 실제로 하는"(Ross 1982를 보라) 특유의 느낌을 주기 위해 이용되곤 한다. 언어의 이 모든 요소는 시에서 매우 복잡한 방식으로 이용되며, 이 때문에 많은 시인과 비평가가 시적 언어를 홉킨스가 "고양된 현재의 언어"(Abbott 1955:89)라고 부르는 것, 또는 "가장 응집되고 (논란의 여지는 있지만) 가장 순수한 형식의 문학"(Leech 2008:6)이라고 간주하게 되었다.

내가 이 장에서 생각해보고 싶은 것은 문학적 언어의 이런 다양한 특징이 시의 형태—행에 따른 배치—와 상호작용하여 시 번역이 보존하고 싶어 하는 특정한 효과들을 만들어내는 몇 가지 방식이다. 시의 특징을 말하는 한 가지 방식은 "고양된" 것이 일반적 언어나 의사소통에 존재하는 자유와 제약의 상호작용이라고 이야기하는 것이다. 3장에서는 이런 상호작용이 번역 자체의 핵심이라고 말했으며, 이것이 *Practices of Literary Translation*의 "머리말"에서 펼친 주장이기도 하다(Boase-Beier and Holman 1999).

시에서는 은유나 중의성이나 말의 리듬이 독자가 인지적 맥락을 검토하고 재구축하게 함으로써 해석의 자유를 제공하는 데 기여하며, 의미론적, 구문적, 음운적 요소들의 반복이 텍스트에서 강력한 패턴을 만들어낸다. 이것이 시에서 특히 중요한 측면이다(Strachan and Terry 2000:10 참조). 응축(Leech 2008:29) 또는 대구(Short 1996:14)로도 논의되는 이런 반복(Kiparsky 1973:233)은 독자의 해석을 제약하며, 되풀이를 통하여 독자를 배치한다. 이런 일은 비문학 텍스트에서도 일어난다. 다음 예를 보라.

(7.1) The City Council plans to put ugly phone masts at the end of our street. These masts are huge and ugly and will spoil the view. Protest against these ugly masts!

정당의 지역 소식지에서 인용한 이 텍스트는 독자에게 전신주가 미적인 면에서 받아들일 수 없다고 되풀이하여 다른 면에서도 받아들일 수 없음을 암시한다. 이것은 지역 공동체가 건강이 아니라 오직 외관이라는 근거에서 전신주에 이의를 제기할 수 있는 법적 상황에 대한 흥미로운 대응이다(www.mastaction.co.uk). 이런 텍스트는 효과가 흥미롭기는 하지만 분명하기 때문에 번역자에게 거의 문제를 일으키지 않는다.

시에서 반복은 여러 형태를 띨 수 있다. 시에서는 두운이나 유운(類韻)처럼 산문에도 흔한 유형의 압운 외에도 완전운이 흔하다. 각운이든 중간운이든 행에서 차지하는 위치로 인해 주목을 받기 때문이다. 전통적 발라드 "Wraggle Taggle Gipsies"에서 나온 다음 예에는 두 가지가 모두 있다.

(7.2) They sang so sweet, they sang so shrill,
That fast her tears began to flow.
And she laid down her silken gown,
Her golden rings, and all her show.

다음처럼 반복되는 어휘나 반복되는 구문 구조도 흔하다.

(7.3) Who is at my window? Who? Who?
Go from my window! Go! Go!

(저자 미상)

반복은 소네트의 끝에 나오는 운을 맞춘 이행연구 같은 특정한 관습의 표시일 수도 있고, 아니면 어떤 태도를 전달할 수도 있다. 다음을 생각해보라.

(7.4) This is the last; the very, very last!

(Hardy 1977:81)

이 행의 반복은 어떤 행동이나 말도 더는 없을 것이라는 사실을 강조하기 위한 것이며, 인지적 효과라는 면에서 비문학적 예인 (7.1)의 경우와 비슷하다.

(7.2)와 (7.3), 또 소네트나 오행속요(五行俗謠)에 등장하는 관

습적 압운 형식의 예를 보아도 시의 행 배열이 소리의 반복((7.2)
의 "down-gown"과 "flow-show")이나 (7.3)의 의미나 구문 반
복 같은 시적 언어의 다른 특징들을 강조하는 것은 분명하다. 그
런 상호작용 외에도 시의 형태는 그 나름의 의미를 가질 수 있
다. 조지 허버트의 유명한 "Easter Wings"(Herbert 2007:147)
는 새의 형태이며, 아폴리네르의 "Il Pleut"(2003:62)는 떨어지
는 빗방울의 형태다. 이 두 경우 모두 행들의 배치가 아주 직접
적이라고 여겨지는 방식으로 도상적 역할을 한다. 그런 시는 종
종 "패턴 시"(Westerweel 1984)나 "형태 시"(Furniss and Bath
2007:86)라고 부른다. 패턴 시의 이런 면은 (7.2), (7.3), (7.4)
에 볼 수 있는 상당히 직접적인 효과와 더불어 다른 언어로 재생
산하기가 어렵지 않다. 그러나 시의 형태에서 진짜 흥미로운 것
(그리고 번역자에게 어려운 것)은 그것이 시의 다른 면들과 상호
작용하는 방식이다.

은유는 직관적으로는 위치와 아무런 관계가 없는 것처럼 보
이지만 시의 형태는 사실 은유를 제약한다. 퍼니스와 바스
(2007:157-8)가 논의한 다음 예를 보라.

(7.5) *A nun takes the veil*

　　　And I have asked to be

　　　Where the green swell is in the havens dumb

이 구절은 G.M. 홉킨스의 초기 시 "Heaven–Haven"(Hopkins
1963:5)에서 가져온 것이며, (7.5)의 이탤릭체 제목은 사실은 부

제다. 퍼니스와 바스는 제목에 나오는 heaven과 haven의 소리의 유사성이 은유를 강화한다는 점을 지적한다. heaven이 "a haven from the storms of life"로 보인다는 것이다(Furniss and Bath 2007:158). 부제는 이 틀을 되풀이한다—한 수녀가 베일을 쓴다.* 이 틀은 (7.5)의 시행에서 유지된다—화자는 파도가 잠잠해진 곳에 가자고 요청했다. 시의 다른 곳에서도 똑같은 틀이 다시 나타난다. 그래서 (7.5)의 "I"는 수녀로 보이며, "asked to be"(또는 더 앞에 나오는 "desired to go") 같은 동사구는 "takes"와 연결되고, "havens dumb"은 "the veil"과 연결된다. 이런 식으로 베일을 쓰는 것은 단지 관습적인 행동이 아니라 피난처를 찾는 은유로 읽힌다. (7.5)에 나오는 구절에 다른 의미를 부여할 잠재적 자유는 여전히 있지만, 부제와 시의 다른 구조들 사이의 틀의 유사성은 제목의 "Heaven–Haven" 은유의 특정한 이해를 제시한다.

특히 시의 형태는 모든 텍스트에 존재하는 리듬을 보격으로 바꾼다. 보격이란 "미리 설정된 강음과 약음의" 특정한 "본보기"로 "행마다 고정된 수의 강세가 있는 음절과 (때로는) 강세가 없는 음절에 의해 실현된다"(Furniss and Bath 2007:583). 그런 보격이 "미리 설정되었다"고 볼 수 있다는 생각은 두 가지로 해석될 수 있다. 하나는 그것이 어떤 유형들의 시가 "보격이 있는 모든 시의 핵심에 자리 잡은 기본적 리듬"(Carper and Attridge 2003:1)에 강제하는 제약이라는 것이다. 또 하나는 그 자체가 "전문화된 종류의 '보격적 인지'"(Fabb 2002:13)에 의해 생겨나

---

* take the veil은 수녀가 된다는 뜻이다.(옮긴이)

고 이해되는 기본적 메커니즘이라는 것으로 이것이 그 변치 않는 면들을 설명해준다는 것이다. 우리는 여기에서는 리듬-보격의 관계에 관한 이 두 가지 관점의 차이에 관심을 갖지 않을 것이다. 어쨌든 보격을 시적 제약이 강요한 것으로 보느냐 아니면 더 기본적인 어떤 것으로 보느냐 하는 것은 특히 "일상적인 정신이 본질적으로 문학적"(1996:7)이라는 터너의 말을 기억한다면 양립할 수 없는 관점은 아니다.

결국 시의 형태가 하는 한 가지 일은 은유나 리듬 같은 문학적 텍스트의 다른 면들이 허용하는 자유와 미학적 긴장을 일으키는 것으로 보인다. 또 한 가지 일은 패턴 시의 경우처럼 자체의 의미를 전달하는 것이다. 그리고 또 한 가지 일은 전경화 효과를 일으키는 것이다. 다음 절에서는 시적 형태를 번역한다는 것이 무슨 의미인지 탐사해보는 한 방법으로 이 마지막 효과를 더 자세히 검토해보겠다.

형태, 전경화, 번역

전경화는 텍스트적인 면과 인지적인 면 양면이 있는 문학 텍스트의 특징으로 이 책의 앞에서 여러 번 언급되었다. 프라하학파의 구조주의자 무카롭스키는 (Garvin의 1964 번역에서) 텍스트적인 면의 전경화를 내용을 전달하는 것이 아니라 "표현 행위…… 자체를 전경에 배치하기"위한 텍스트의 언어적 요소들의 "탈자동화"(1964:19)라고 정의했다. 이것은 텍스트의 일탈과 연결되어 있다(Leech 2008:15). 예상되는 것으로부터의 일탈은 적어도 어느 정도는 언어적으로 결정할 수 있으며(van Peer 2007:101), 이것은 저자가 어떤 선택을 하는 동시에 독자에게 어떤 효과를 준다는 신호다. 시는 "최대의 전경화"로 여겨졌다(Garvin 1964:19). 시적 텍스트에서 "aktualisace"—가 빈이 "전경화"라고 번역했다(1964:19)—를 이야기한 무카롭스키와 시적이지 않은 텍스트에서 똑같은 특징에 관해 이야기한 하브라네크(1964:9)는 특히 전경화의 텍스트적 측면에 관심을 가졌다. 그러나 독자에게 주는 효과—"독자(청자)의 관심을 끄는 것"(같은 곳)—때문에 사용한 것이므로 전경화는 늘 "기능적"(1964:19)이라고 묘사되기도 했다. 러시아의 형식주의 비평가 슈클롭스키는 1917년에 전경화가 대상에 대한 "특별한 인식"을 창조하는 기능에 관해 이야기했다(1965:18). 슈클롭스키가 글을 쓸 때는, 또 심지어 무카롭스키와 하브라네크가 글을 쓰던 1932년에도, 독자에게 주는 효과는 "관심"이라는 개념 이상으로 탐사될 수 없었는데, 이것은 심리학자들(예를 들어 Wimms 1915:26-39)은 이해하는 현상이지만 문학자나 언어학자가 주목하는 경우는 드물었다. 리치는 1985년(Leech 2008로 재발행)에 전경화에 관해 쓸 때 이것을 "언어적 또는 다른 형태의 일탈이 독자에게 일으키는 효과"라고 묘사했다(2008:61). 1980년대 이후로는 전경화가 독자에게 주는 시적 효과의 경험적 증거를 제시하기 위해 훨씬 많은 작업이 이루어졌으며(van Peer 2007:99-104를 보라), 쇼트는 1996년에 일탈이 언어적 현상이고 전경화는 그 심리적 효과라고 말했다(1996:11).

이 효과는 그저 텍스트의 어떤 것에 사람의 관심을 끄는 것을 훨씬 넘어선다. 예를 들어 마이올과 쿠이켄(1994b)은 러시아 형식주의자들과 프라하학파 언어학자들로 돌아가 "낯설게 하기"(슈클롭스키가 사용한 단어는 ostraneniye였다. Shklovsky 1965:4를 보라)라는 개념을 선택하여, 그것이 "감정을 환기"하기 위해 "관습적 인식이라는 장벽을 넘어서는" 방식을 논의한다. 이런 의미에서 이것은 독자의 "인지적 노력을 요구한다." 또 감정이 발전할 수 있도록 "독자가 속도를 늦추게 한다"(1994:392). 위에서 언급했듯이 시에서 전경화의 속도를 늦추는 효과는 시행이 짧기 때문에 속도가 빠를 것이라는 인상과 모순되기 때문에 시를 읽을 때 긴장이 생기는 원인 가운데 하나다. 마이올(2007)은 문학을 읽을 때 숭고함을 경험하는 시적 효과를 전경화의 효과로 묘사하며, 마틴데일(2007)은 늘 새로운 전경화 효과를 만들어낼 필요 때문에 문학, 특히 시가 발전하고 변화한다고 주장한다.

이런 이유로 전경화와 일탈은 종종 "문학을 문체적으로 해명하는 열쇠"로 간주된다(Leech 2008:181). 문학의 문체적 해명은 언제나 번역이 하는 일의 중심에 있는 것이 분명하며, 이런 이유 때문에 번역학 학자들의 중요한 관심사가 되어야 한다는 것이 내가 이 책 전체에 걸쳐 주장하는 바다. 따라서 나는 전경화와 관련된 "형태" 개념을 시적 효과와 그 번역을 검토하는 한 가지 방법으로 생각해보고 싶다. 시의 형태는 시의 형식과 같지 않다. 시의 형식은 퍼니스와 바스(2007)의 경우처럼 내용과 대비되어 사용되는 경우가 많으며, "특정 효과를 내기 위한 시의 내용의 모양잡기"(Furniss and Bath 2007:71)라고 이야기될 수 있다. 따라서 형식은 형태보다 범위가 넓은 용어다. 형식은 말한 내용과 대립되는 말하는 방법을 뜻하지만, 문학 이론(그리고 문체 이론에서도)에서는 형식과 내용이 분리될 수 없다는 것이 일반적 견해다(Furniss and Bath 2007:74). 그러나 형식은 부사를 문장 맨 앞에 놓는다든가, 가정법, 분사, 모호한 구문을 사용한다든가, 보격의 가변적 측면과 불변인 측면을 이용한다든가 하는 것들을 포함할 수도 있다(Fabb 2002:1-33). 형식을 문체와 분리하는 한 가지 방법은 형식은 뭔가를 말하기 위해 사용하는 언어적 수단으로 구성되고 문체는 형식에 인지적 효과를 보탠 것이라고 말하는 것이다. 그러나 형태는 형식보다 뭔가 제한적인 동시에, 때로는 또 은근하기도 하며, 시각적 또는 청각적 수단에 의해 인식된다. 텍스트에서 형태의 예는 다음과 같다.

(i) 위의 예 (7.3)에서 반복되는 "window"라는 말
(ii) 소설에서 장(章)의 번호
(iii) 텍스트를 상자 안에 넣는 창고 시스템 광고의 모양
(iv) 시의 행 배치
(v) (7.2)의 경우처럼 시에서 각운을 만들어내는 소리의 반복

이 장에서는 나중에 공간적, 의미론적, 문체적으로 시의 중심점이라고 할 수 있는 이른바 "시의 눈"(Boase-Beier 2009:1-15를 보라)과 번역에서 그 중요성도 생각해볼 것이다.

위에 든 예들을 보면 앞 절에서 이야기했듯이 반복이 형태의 느낌을 창조하는 데 종종 어떤 역할을 한다는 것을 알 수 있다.

(i), (iv), (v)가 그런 예들이다. (ii)와 (iii) 같은 형태의 예들은 그처럼 반복과 분명하게 관련을 맺지는 않지만, 반복과 상호작용을 할 수는 있다. 이 모든 예에서 텍스트의 형태는 전경화된다. 위에서 말했듯이 패턴 시가 특히 그렇다. "날개 시"(Westerweel 1984:73-76)의 고전적 전통을 흉내 낸 허버트의 "Easter Wings" 는 두 연 각각에서 행의 길이가 줄어들었다 늘어나는 시다. 그래서 책장을 돌리면 그 형태가 날개(두 쌍이 될 수도 있다)를 암시한다. 어떤 번역자든 이 시를 번역할 때는 텍스트의 형태를 고려할— 아마 보존까지 할— 것이다. 그러나 그런 시에서 번역자가고려해야 할 형태에는 눈에 보이는 것을 넘어서는 측면도 있다. 예를 들어 허버트의 날개는 왜 옆으로 누워 있는 것일까?

```
(7.6) xxxxxx
        xxxx
          x
          x
        xxxx
      xxxxxx
```

이런 식으로 각 연의 행이 줄어들다 다시 늘어나는 식으로 "모래시계"(Strachan and Terry 2000:29) 형태로 쓰는 것이 날개 모양을 더 분명하게 보여주기 위해 옆으로 돌려놓았을 때보다 이 시의 주제 가운데 하나인 고갈과 소생을 더 분명하게 보여주기 때문일 수도 있다. 첫 연의 중심에 "Most poore"가 있고 둘째 연의 중심에 "Most thinne"이 있는 이 시의 내용은 이 점을 강조하는 것처럼 보인다. 윌콕스(2007:145)는 (7.6)의 형태에서 더 많은 것을 읽어낼 수 있다고 주장한다. 이 시는 십자가를 표현한 것으로 볼 수 있다는 것이다. 또 스트래천과 테리(2000:28)는 이 시의 거의 모든 행이 "e"로 끝나며, 이는 부활절(Easter)와 연결된다고 주장한다(내 생각으로는 근거가 약간 박약하지만). 이들은 또 이 시의 형태에 관하여 허버트의 원래의 의도가 불확실하다는 점을 강조한다(2000:29). 그들은 이야기하지 않지만, 만일 내가 이 시를 번역한다면, 옆으로 누운 날개의 가능한 함의는 거룩한 것은 직접 제시하거나 받을 수 없어 인간 독자의 개입이 필요하다는 것이며, 이 점이 한 쌍의 날개를 얻기 위해 책장을 돌리는 행동으로 표현된다고 생각할 것이다.

따라서 이 시의 번역은 많은 문제와 직면한다. 예를 들어 허버트의 원래의 의도가 중요할까? 조사를 해본 결과 그가 실제로 시를 옆으로 인쇄하기를 바랐다면, 번역자도 번역이 그렇게 인쇄되도록 해야 할까(독일어판—Leimberg 2002:78-82를 보라—이 실제로 그렇게 한 것처럼)? 각 행 끝의 "e"가 정말로 중요할까? 대부분의 번역(예를 들어 라임베르크의 독일어판, 나미아스의 스페인어판:www.saltana.org/i/docus/0432.html)은 시의 형태는 유지하지만 "e"는 유지하지 않는다. 날개를 창조하기 위해 인간의 개입을 요구하는 허버트의 의도를 번역자가 재구축하는 것 또한 어떤 역할을 하게 될까? 이런 질문에 대한 답은 번역자마다 다를 것이다. 그러나 어떤 번역자도 이런 질문을 무시할 수는 없다.

대부분의 경우 시의 형태는 패턴 시의 경우처럼 대상 또는 특질을 실제로 표현하지는 않는다. 대신 형태는 다른 방식으로 도상 역할을 할 수 있고, 또 그런 식으로 전경화된다. 아니스 콜츠의 시에서 따온 다음 연과 그 번역을 보라.

> (7.7) Le soleil tend des filets
>   the sun sets the nets
>
>   aux   oiseaux
>   for-the birds
>
>   et les   dévore au soir
>   and them eats in-the evening
>
>   crachant   leurs ombres
>   spitting-out their shadows
>
> (7.8) The sun sets a trap
>   for the birds
>   and devours them in the evening
>   spitting out their shadows
>
>   (Glasheen 2009:134-135)

이 연은 해로 시작해서 그림자들로 끝난다. 해는 "tendre"(to cast e.g. a net)와 "crâcher"(to spit) 두 동사의 주어이므로 이 연은 해가 실제로 그림자들을 던지는 느낌이 강하며, 이런 해석은 동사 "tendre"와 목적어 "ombres"의 위치에 의해 뒷받침된다. 이 시퀀스에는 애트리지도 언급한(2004:71) 시간적 전개의 의미도 있다. 번역은 원시의 모든 요소의 위치를 거의 그대로 유지하기 때문에 해가 하는 일과 시간적 흐름이 비슷하게 유지되고 있다.

시 자체의 구문도 독자의 관심을 끄는 데 도움이 될 수 있다. 잉게보르크 바흐만의 시 첫 행을 보자.

(7.9) Aus der leichenwarmen Vorhalle   des Himmels tritt
      out‑of the corpse‑warm antechamber of‑the heavens steps

      die Sonne
      the sun

                                              (Boland 2004:94)

이 시의 구문은 다른 글에서 더 자세하게 논의했지만(Boase‑Beier 2010a) 여기에서는 단어 순서와 구문의 중요성을 보여주는 예로 이 행을 살펴보려 한다. 이 문장은 긴 전치사구("aus der leichenwarmen Vorhalle des Himmels")로 시작하기 때문에 주어 "die Sonne"는 문장 끝에 가야 나온다. 우리는 작은 방에서 나오는 것이 해라는 사실을 바로 알 수가 없다. 영어와 마찬가지로 독일어에서도 전치사구가 앞에 나오면 주어를 동사 뒤에 놓을 수 있기 때문에 이렇게 주어를 지연시키는 것이 가능하다. 영어에서는 등장할 가능성이 훨씬 적지만 그래도 이런 구조가 가능하기는 하며 다음 표현의 경우처럼 극적 효과를 위해 가끔 사용된다.

(7.10) Out of the strong came forth sweetness

(7.11) Under the mountain lived a troll

그러나 독일어에서 이것이 이런 내용을 표현하는 유일한 방법인 것은 아니다. 영어에서처럼 주어가 앞에 올 수도 있다.

(7.12) Die Sonne tritt aus der leichenwarmen Vorhalle des
the sun steps out-of the corpse-warm antechamber of-the

Himmels
heavens

번역자는 (7.9)의 특정한 단어 순서를 바흐만의 의식적 선택의 결과로 볼 수도 있고, 아니면 바흐만이 의식적으로 의도했든 그냥 무의식적으로 쓴 것이든 단지 이 텍스트의 스타일로 볼 수도 있다. 1960년대에 문체론이 언어학적 기술을 문학 텍스트에 적용하는 방식으로 발전했던 한 가지 이유는 텍스트에 실제로 존재하는 것을 말하자는 것이었다. 저자의 의도가 반드시 중요하지 않다거나 존재하지 않아서가 아니라, 텍스트에서 관찰할 수 있는 것이 저자가 의도했든 아니든 거기에 "언어의 사실들"로서 존재하고(Fowler 1975:91), 그것이 독자에게 주는 영향은 저자의 의도로부터 독립적일 수도 있기 때문이다. 번역에서 저자의 의도를 무시하는 것이 직관에 반하는 것처럼 보이는 경우 구트(2000) 같은 실용적인 지향의 이론가들은 합리적인 확실성을 바탕으로 저자의 의도가 무엇인지 찾아내는 것이 우리의 목표이며, 그런 뒤에 번역에서 그것을 따를 수도 있고 바꿀 수도 있다고 말한다. 나는 2006년에 낸 책에서 번역자가 저자의 의도를 재구축하는 것은 "허세"(2006:108)이지만, 가능한 함의를 파악할 수 있는 텍스트 내의 실마리들에 기초한 필수적 허세라고 주장했다. 이런 이유로 나는 위에서 번역자가 "Easter Wings"에 대한 허버트의 (가능한) 의도를 둘러싼 문제에 관해 알고 싶어 할 수도 있다고 주장한 것이다.

(7.9)에 나오는 행의 다음 두 번역 사이의 차이는 의미심장하다.

(7.13) Out steps the sun

out of the corpse-warmed entrance hall to the sky

(Boland 2004 : 95)

(7.14) Out of the corpse-warm antechamber of the heavens

steps the sun

(Boase-Beier 2010a : 34)

시인 이번 볼런드의 첫번째 번역은 움직임을 암시하는 표현에서 매우 흔하게 나타나듯이 동사를 처음에 배치하여 약간 더 자연스러운 어순을 보여준다는 장점이 있으며 "Up goes the balloon", "Down falls the rain", "In comes a clown"처럼 동사를 불변화사와 함께 사용한다. 하지만 "entrance hall to the sky"라는 표현은 약간 이상하다. "entrance to the sky"라고 했다면 문제가 되지 않았을 것이다. 그러나 전치사구에서 수식어가 흔히 따르는 단어는 명사 복합어의 첫 요소로 잘 쓰이지 않는다. 그래서 "roadway to the isles"은 이상하고, "buyer-behaviour of gold"(behaviour of a buyer of gold)는 불가능하다. 두번째 번역(앞서 (1.17)로서 간략하게 논의된 바 있다)은 주어를 끝으로 미루는 것을 더 비슷하게 흉내 내고 있다. (7.14), 그리고 원래의 (7.9)에서는 이렇게 미루기 때문에 독자는 인지적 도식에 따라 다른 뭔가—어쩌면 시체나 살인자—가 걸어 나올 것이라고 상상할 수도 있다. 말을 바꾸면 긴장을 자아낸다. 하지만 이것은 또 "해"를 강조하는데, 이 시는 부활에 관한 것이고 기독교의 해 상징, 그리고 해가 동쪽에서 뜬다는 사실을 암시하기 때문에 그 점은 중요하다(Rahner 1983:125 참조).

(7.9)에서 보게 되는 행의 특정한 형태는 이 장 서두의 논의에서 암시했듯이 단지 시만의 특징이 아니다. 소설을 비롯한 모든 유형의 이야기, 광고와 다른 많은 텍스트가 문장의 주어나 목적어에 관심의 초점을 맞추기 위해 이런 유형의 지연을 이용한다. 다음 예를 보자.

(7.15) In your next issue: budget weddings.

(7.16) All he could see when he looked through the darkened windows was a tiny light.

그러나 (7.9)는 시의 한 행이기 때문에 또 다른 차원이 있다. 행이 끝나는 곳인 "Sonne"에서 구문 구조와 문장이 끝나면서 (시에서는 끝 멈춤이라고 알려져 있다) 다음 행 전에 휴지(休止)를 만들어낸다. 시의 다음 두 행은 훨씬 짧아 (7.9)의 마지막 구인 "tritt die Sonne" 즉 "steps the sun"을 훨씬 더 강조한다. 이것은 이 지점에서는 페이지에 홀로 서 있고 그 밑에는 여백만 있기 때문이다. 이 행은 도상적으로 걷는 움직임을 표현한다고 볼 수도 있는데, 사실 이것이 이 시에서 일어나는 유일한 행동이다. (7.13)의 번역은 이 행을 두 행으로 만들어 긴 행의 시각적 충격을 감소시킨다. 행을 이용하는 것은 보통 시에서 일어나는 일이지만, 광고도 종종 행으로 기록되는데 다음과 같은 배스메이트(목욕할 때 사용하는 바람을 넣는 의자) 광고가 그런 예다.

(7.17) It's the bubble
 that gets you
 out of trouble.

이 예에서는 행을 시와 비슷하게 이용하고 있다. 심지어 구인 광고도, 개별적인 단어나 개념을 이처럼 전경화하지는 않는다 해도, 절대 한 면 전체를 차지할 만큼 긴 행들로 이루어지지는 않는다. 짧은 행을 이용하면 시각적 효과가 커진다(그리고 정보 처리가 빨라진다). 이것은 신문 칼럼에서도 볼 수 있다. 이런 여러 경우에 짧은 행을 사용하는 것을 보면 시의 행에는 여러 가지 효과가 있다는 것을 알 수 있다. 사실 시행은 읽는 동안 매우 복잡한 정보를 받아들이게 한다. 시행은 그 자체로 시각적 효과를 주기 위해 사용되는데, 이 점은 패턴 시에서 가장 두드러지지만, (7.9)와 (7.14)에서 "해"를 텅 빈 공간 위해 홀로 남겨두는 것도 그런 예다. 시행은 또 반복 같은 다른 문체적 장치를 더 분명하게 이용하게 해준다. (7.9)는 바흐만의 시의 첫 행인데, 이런 긴 행 뒤에 짧은 두 행이 오는 패턴은 2연에서도 반복되고 있다. 각 연은 세 행으로 이루어져 있으며, 두 연의 3행은 다음과 같다.

(7.18) 1연:

sondern die Gefallenen, vernehmen wir
   but   the   fallen   observe   we
("but, we observe, the fallen")

2연:

aus dem   es keine Auferstehung gibt
from which it no   resurrection gives
("from which there is no resurrection")

(Boland 2004:94)

"the fallen"과 "no resurrection"의 대조는 이 두 명사구가 각 연의 3행에 배치되어 있다는 사실 때문에 더욱 두드러진다. 따라서 이 짧은 시의 예를 비롯해 다른 많은 예를 보면 행이 만들어내는 형태와 더불어 그 결과로 나오는 위치라는 면은 의미를 전달하는 데 핵심적이라는 느낌이 든다.

구문, 압운, 보격, 두운 등과 같은 요소는 형식인 반면 은유와 환유는 비유에 속하는 것이라 범주가 다르다고 생각하는 경우가 많다. 예를 들어 퍼니스와 바스는 *Reading Poetry*(2007)에서 시의 요소에 관해 논의하면서 형식의 요소를 다루는 1부와 비유적 언어, 은유, 목소리 등에 관해 논의하는 2부를 분리했다. 하지만 나는 앞 절에서 시의 형태는 은유를 이해하는 데도 중요하다고 주장했고, 위의 (7.5)가 그 예였다. 다음 행들을 보라.

(7.19) Beten will ich auf dem heißen Stein
pray want I on the hot stone

und die Sterne zählen die im Blut
and the stars count which in-the blood

mir schwimmen
in-me swim

　　토마스 베른하르트(Reidel 2006:36)의 시의 첫 부분인 이 세 행은 적어도 두 가지 독일어 관용구를 활용하고 있다. 첫번째는 "(nur) ein Tropfen auf den heißen Stein"으로 매우 불충분하다는 뜻인데 문자 그대로의 의미는 "(just) a drop onto a hot stone"이다. 두번째는 "Sterne sehen"("to see stars")*이다. 1행에서 일반적인 어순 "ich will beten"의 도치는 기도한다는 뜻의 "beten"을 강조하게 된다. 2행에서는 정동사와 주어가 생략되어 있어, 독자는 자동적으로 비어 있는 틈에 동사구 "will ich"가 있다고 읽게 된다. "비어 있는" 요소의 복구 원리에 따르면 "und die Sterne zählen will ich"**가 된다(Greenbaum 1996:313을 보라). 따라서 기도하고 별을 헤는 것은 예상치 못한, 전경화된, 강조된 요소다. 이것은 관용구를 죽은 은유—관용구는 늘 죽은 은유다—에서 독자가 의미를 파악해야 하는 살아 있는 은유로 바꾸는 효과가 있다. 하지만 (7.19)의 세 행을 산문으로 쓴다 해도 여전히 두 정동사구를 앞세워 똑같이 강조를 하고 똑같이 죽은 은유

---

* 호되게 맞아서 눈앞에 별이 보인다는 뜻.(옮긴이)
** 별을 헤고 싶다는 뜻.(옮긴이)

를 소생시킬 수 있으며 거기에서 생기는 모든 효과를 노리는 것도 가능하다고 주장할 수 있을 것이다. 행이 없을 경우 앞세우기가 덜 분명해지기는 하겠지만 그런 주장이 사실이기는 하다. 하지만 핵심적으로, (7.19)의 구절에는 또 "mir", 즉 "in me"를 공간적으로 앞세우는 효과가 있는데, 이 문장의 구문만으로는 그런 효과를 낼 수 없다. 사실 (7.19)를 산문으로 쓴다면 "mir"는 보통 "im Blut" 앞에 올 것이다. 앞서 시에서는 행의 배치가 일반적인 읽기의 리듬과 서로 엇갈리며 따라서 행에 의존하는 보격과 리듬은 갈등 관계에 있다고 말했는데 이 점은 상당히 자주 언급되는 것이다(Furniss and Bath 2007:583 참조). 또 시 비평에서는 (7.19)의 경우처럼 행의 끝이 구문적 구조의 종결과 일치하지 않는 경우에 구문과 행 마무리 사이의 비슷한 긴장에 주목하는 것 또한 흔한 일이다. 이 때문에 구 걸치기, 즉 행에서 구문적으로 의미가 완결되지 않는 일이 벌어진다(Furniss and Bath 2007:574-5 참조). 그러나 (7.19)에서 내가 하고자 하는 말은 행의 분리가 특이한 구문과 그 반복을 강조하고, 죽은 은유를 살아 있는 은유로 바꾸는 것을 강조한다는 것이다. 나아가서 예의 3행에서 첫째, 구문적으로는 미루어진 것이지만 공간적으로는 "in me"를 앞세우고, 둘째, 1행과 2행에서 "I want", 그리고 그에 상응하는 비어 있는 "I"-구를 지연시키는 것과는 대조적으로 "in me"를 공간적으로 앞세우는 것에 의해 추가로 긴장을 조성한다는 것이다. 자기에게 초점을 맞추는 것이 자기를 잃는 것과 갈등하고 있는 것이다. 자기를 잃는 것은 관용구 "just a drop in the ocean", 그리고 "to see stars"가 보여주는 자기 상실의 폭력성에 의해 더 강하게 암시된다. 실제로 이 시의 6행은 "Ich will vergessen sein" = "I want to be forgotten"으로 읽힌다(Reidel 2006:36-37). 그러나 베른하르트가 방대한 양의 시를 일인칭으로 썼다는 사실, 또 죄책감, 양가감정, 역사 속의 자신의 위치, 믿음의 본질이라는 그의 주제들은 자기의 전경화를 보여준다.

문학평론가는 후자의 유형에 관해 이야기하고 언어학자는 전자―예를 들어 빠짐의 효과―에 관해 이야기하겠지만, 번역자는 베른하르트의 시의 문체의 효과가 단지 효과로서만이 아니라 언어적 원인과 관련해서도 흥미롭기 때문에 양자를 다 살펴야 한다. 번역은 라이델이 (7.19)의 예가 실린 이중 언어 책에서 하듯이 "I want to pray"에서 시작할 수도 있지만, 위의 언어학적이고 문학적인 점들을 고려하면 다음과 같이 동사를 앞세우는 것이 대안이 될 수도 있다.

(7.20) To pray in drops upon the ocean
         and to count stars……

위의 논의는 형태가 단지 긴장을 일으키고 의미를 전달하는 시적 특징일 뿐 아니라 전경화 효과―번역은 그 목적, 즉 스코포스(skopos)가 텍스트, 저자, 주제, 독자에 대한 충성을 보여주는 것이라면 이 효과를 반드시 고려해야 한다―를 낳기도 한다는 것을 보여준다.

형태와 기대

우리는 (7.19) 같은 예만이 아니라 (7.3), (7.4)을 비롯한 다른 많은 예에서도 자기 나름의 역할을 하는 것이 보였던 반복이 시의 주요한 특징 가운데 하나이며(Kiparsky 1973; Strachan and Terry 2000:114) 또 텍스트 전체에서 전경화를 이루는 주요 수단 가운데 하나라는 점에 여러 번 주목했다. 리치는 반복을 "동일성의 연속적 활용"(2008:148)이라고 부르며 이것이 "자기 자신에게 관심을 불러일으키는" 특징이라고 묘사한다. 리치는 이런 맥락에서 버지니아 울프의 단편 "The Mark on the Wall"(1917)을 검토하며 wh-의문문(예를 들어 Where was I?)나 "mark" 같은 특정한 어휘 항목의 반복 등 몇 가지 예를 든다. 확실히 반복은 산문이나 시만이 아니라 비문학적 텍스트에서도 중요한 역할을 하며, 보통 번역자의 눈에 띈다(예를 들어 Zhu 2004를 보라). 번역자들은 대개 메모를 하거나 데이터베이스를 구축하지만 반복을 따라가는 것은 순수하게 기계적인 작업이 아니다. 여기에는 아주 섬세한 판단이 요구된다. (6.29), (6.30), (6.31)의 예에서 우리는 나중에 나온 번역((7.22)로 다시 수록했다)이 앞서 나온 (7.21)의 초고를 살짝 바꾼 것을 보았다.

(7.21) In the mornings the lake lay calm as glass. It reflected the sky, that was clear and light-blue and that appeared to reflect back its own image reflected in the lake, ……

(7.22) In the mornings the lake lay calm as glass. It
mirrored the sky, that was clear and blue as light and
that seemed to mirror back its own image mirrored in
the lake, ……

　나중에 나온 번역에서 독일어 단어 "spiegeln"(to mirror or to reflect)을 "reflect" 대신 "mirror"로 옮긴 것은 거울과 관련된 소설의 다른 장면들과 더 분명하게 연결되는 단어를 사용하려는 것이다. 한편 "appeared"가 "seemed"로 바뀐 것은 대체로 나중에 같은 문단에도 나오고 책 전체에 걸쳐 자주 등장하기도 하는 "see"와 반복의 고리를 걸 가능성을 더 높이려는 것이다. "see"와 "seem"은 어원적으로는 연결되어 있지 않지만 소리가 비슷하며, 보는 것과 보이는 것을 둘러싸고 돌아가는 소설에서 이런 소리의 연결은 핵심적이다. 특히 독일어에서 "scheinen"이라는 한 단어가 "to shine"과 "to seem"이라는 두 가지 뜻을 가짐으로써 소설에서 집중되는 빛의 심상과의 반복적 연결을 제공한다는 점을 고려한다면 더욱 그렇다. '약한 언어적 관련도'에 기초하여 독일어에서는 to seem이 영어와는 다른 방식으로 빛과 연결되지만, 그런 연결이 영어에서는 "mirror"를 사용함으로써 암시된다고 주장할 수도 있다.

　이렇게 반복은 산문에서 매우 중요하며, 또 위의 예들이 나온 소설에서는 최면을 거는 듯한 효과를 강화하는데, 이것은 우리가 4장에서 제발트의 작품을 살필 때 확인했던 효과이기도 하다. 시에서는 소설에서 반복된다고 생각되지 않을 요소들조차 더 눈에 띠고, 문체적 장치로 드러날 가능성도 더 높아진다. 압운은 그 분명한 예다. 다음 행에서 "lie"와 "untie"가 운이 맞게 되는 유일한 **이유**는 그 둘이 같은 위치에 있다는 것이다.

(7.23) Lie down with me you hillwalkers and rest.

Untie your boots and separate your toes,

(Simmonds 1988:9)

이 단어들이 다음의 (만들어낸) 산문 텍스트에서도 운이 맞는다고는 결코 말할 수 없을 것이다.

(7.24) If hill-walkers were to lie down and untie their boots……

(7.23)의 번역은 운을 유지하는 어떤 방법을 찾아야 하지만 (7.24)는 그렇지 않다. (7.23)의 짧은 두 행에서도 반복은 하나의 패턴을 시작했으며, 패턴은 독자의 마음에 기대를 일으킨다.

그러나 이보다 미묘한 예들이 있는데, 특히 반복이 음성보다 어휘나 의미를 이용하는 경우다. 위에서 바흐만의 시 "Botschaft"를 논의하면서 나는 각 연의 마지막 행의 "the fallen"과 "no resurrection"의 위치 때문에 둘 사이에 연결을 지을 수 있는데, 이것은 행 배치의 효과가 없다면 눈에 덜 띌 것이라는 점에 주목했다. 이것은 산문이라 해도 여전히 죽은 자가 부활하지 않는 상황에 관한 글일 테지만, 이것은 시이며 여기에서 쓰러지는 자나

해를 보며 가지게 되는 일어남에 대한 기대는 충족되지 않는다. 이렇게 기대가 충족되지 않는 상황은 죽은 자들이 전 연에 누워 있던 바로 그 위치에서 부활하지 못하기 때문에 더욱 강조된다.

이 장의 1절에서 언급했듯이 박자는 반복의 또 다른 예이며, 보격은 반복이 덧붙여진(반복을 강조하는 것일 수도 있다—Fabb(2002)를 보라) 리듬이다. 반복되는 요소들은 한데 묶을 수 있고 이들 자체가 반복되면서 패턴을 형성하는데, 여기에서 "단위는 셀 수 있고 수가 중요해지며"(Attridge 1995:7) 또 셀 수 있는 가능성은 행의 배치에 달려 있다. 애트리지(1995:3-4)는 리듬을 "규칙성 및 예측 가능성"과 관련된 "에너지의 패턴화"라고 묘사한다. 하나의 패턴이 확립되기 때문에 이것은 스스로 관심을 끌며, 이런 의미에서 전경화의 예가 되고, 리듬의 변형은 그 자체로 기대를 뒤집으면서 규칙적 패턴을 배경으로 전경화한다. 에드워드 토머스(1997:46)의 다음 시를 보라.

(7.25) In Memoriam (Easter, 1915)
>The flowers left thick at nightfall in the wood
>This Eastertide call into mind the men,
>Now far from home, who, with their sweethearts, should
>Have gathered them and will do never again.

첫 세 행은 강세 없는 음절 뒤에 오는 강세 음절 다섯 개, 즉 약강 오보격이라고 알려진 규칙적 보격을 갖고 있다. 이 행들의 abab 압운 때문에 우리는 4행에서 "b" 각운을 기대하게 되며, 첫

세 행의 규칙적 리듬과 마지막 행의 첫 네 음절 때문에 이 행 전체에 걸쳐 똑같은 리듬을 예상하게 된다. 그러나 4행의 "and"로 시작하는 구절에서 어떤 일이 벌어진다. 이 행은 2행과 각운이 맞아 abab 패턴을 완성하기 때문에 이 시를 낭송하는 사람은 마지막 행에서 박자를 유지하는 경향이 있다. 이 말은 곧 부주의한 학생에게 이 짧은 시를 낭송하게 하면 늘 마지막 행의 후반부를 "and will never do again"으로 읽어 다섯 강세 음절이라는 박자를 유지하는 동시에 의미가 요구하는—자신이 느끼기에—어순을 따르게 된다는 것이다. 하지만 실제 행은 이와 다르다. 또 이 점을 지적하면 늘 학생들은 보격과 구문의 패턴 갈등이 일으키는 갑작스러운 더듬거림이 뒤에 남겨진 사람들의 삶에 일어난 변화를 상징한다는 것을 깨닫는다. 번역은 예를 들어 다음과 같은 방식으로 4행의 이러한 불편을 포착할 필요가 있다.

(7.26) ⋯⋯die

die Blumen sammeln sollten, doch nie werden sie es.*

시의 형태, 즉 이것이 행들로 나뉘어 있다는 것은 리듬과 상호작용하여 이 시를 산문으로 썼을 경우—그러면 효과가 거의 사라질 것이다—보다 훨씬 강한 보격의 느낌을 부여한다. 산문에도 리듬이 있을 수는 있지만, 애트리지는 제프리 힐(예를 들어 1971) 같은 몇몇 산문시 작가가 "리듬의 형식에 대한 꼼꼼한 통

---

* 독일어의 일반적 어순을 비틀었다.(옮긴이)

제"(1982:317)를 보여준다고 인정하면서도 산문에서 "뻔한" 리듬 효과 외의 것은 찾지 말라고 말한다.

구문 또한 기대를 일으킨다. (7.19)의 예를 논의하면서 우리는 기대가 얼마나 엄격할 수 있는지 보았다. 그 경우 기대는 비어 있는 틈의 지배를 받았다. 가끔 구문 구조의 반복이 아니라 구조 그 자체의 출발에서도 기대가 일어난다. 다음 예를 보자.

(7.27) He said he would go but I didn't believe —

이 예에서 빠진 말은 "him"일 가능성이 높다. 동사 다음에 보통 생물인 목적어가 없어 독자는 그 공간의 대명사가 다시 앞에 나온 주어를 가리킨다고 가정하기 때문이다. 그러나 빠진 말은 "it"일 수도 있다. 또 그 공간에 "the weather forecast", "in miracles", "there were grounds for optimism"을 넣을 수도 있다. 구문이 일으키는 기대는 오직 그 구조를 가장 그럴듯하게 이어나가는 방식과 관계가 있을 수밖에 없지만, (7.25)의 보격처럼 조롱당할 수도 있다. 구문이 일으키는 기대가 모순을 일으킬 때 그 결과로 나타나는 현상을 흔히 "이중 구문"(Furniss and Bath 2007:81)이라고 부르는데, 이것은 데이비(Davie 1960)가 관찰한 현상을 두고 릭스(Ricks 1963:96)가 처음 사용한 용어다. 보통 이중 구문에서 행의 종결은 공간적인 것이 구조적인 것을 반영할 것이라는 기대 때문에 구문 구조의 종결로 해석될 수도 있지만, 동시에 구문 구조가 행의 종결 너머로 계속되는 해석도 가능하다. 예를 들어 아우스랜더(1977:110)의 시의 첫 몇 행은 이런 식으로 모호하다.

> (7.28) Dem Strom
>
> ruf ich zu
>
> mein Weidenwort
>
> gebeugt
>
> am Ufer

이것은 두 가지 번역이 가능하다.

> (7.29) I call out to the river
>
> my willow-word
>
> bowed on the bank
>
> (Boase-Beier and Vivis 1995:64)

> (7.30) I call out
>
> to the river
>
> my willow-word
>
> bowed on the bank

번역은 매우 비슷하지만 사실 차이는 의미심장하다. 원문에서는 "mein Weidenwort"("my willow-word")가 "call out"의 목적어인지 아니면 새로운 절 "my willow-word (is) bowed on the bank"의 주어인지 모호하다. (7.29)의 번역은 첫 두 행을 함께 놓아 이 모호함을 보존하며, 그래서 "my willow-word"는 여전히 목적어가 되어 "I call out to the river my willow-word"라고 생각할 수 있다. 만일 "I call out"이라는 동사구가 (7.30)의 배치에 의해 "my willow-word"로부터 더 분리된다면, "my willow-word"는 새로운 절의 주어로 읽힐 가능성이 훨씬 높다. 독일어는 전치사 구 "to the river"를 동사와 (가능한) 목적어 사이에 끼워 넣지 않는다. 따라서 (7.29)는 배치에서는 독일어 원문과 더 가깝지만, 구문에서는 아마도 덜 가까울 것이다. (7.28)의 "ruf ich zu"("I call out")처럼 동사가 후위에 오는 것이 영어에서는 가능하지 않기 때문이다. (7.29)는 동사구를 앞에 놓아야 했지만 배치가 그것을 보완한다. (7.28)과 (7.29), 그리고 그보다는 덜하지만 (7.30)의 행들은 이중 구문의 예다.

이중 구문은 우리가 1장에서 만났던 정원길 가기(Pinker 1994 :212-217; Pilkington 2000:34)—(1.30)의 예를 보라—의 흥미로운 사례로 다른 여러 유형의 중의성과 관계가 있는데, 그 가운데 몇 가지는 다음 두 장에서 살펴볼 것이다. 그러나 읽기는 선형적으로 이루어지기 때문에 중의성이라도 해도 가능한 두 가지 의미가 동등한 무게를 가지는 경우는 드물다는 것을 알아야 한다. 위의 (7.28)의 예에서 독자는 우선 "I call out to the river my willow-word"에 해당하는 말을 읽으며 다음 행에 이를 때에야 "my willow-word bowed on the bank"도 읽게 된다. 일단 하나의 읽기가 구축된 다음에 변화가 생기기 때문에 인지적 효과는 한 단어가 분명하게 두 의미를 가지는 어휘적 중의성보다 훨씬 크다. 물론 어휘적 중의성의 경우에도, 앞으로 8장에서 보게 되겠지만, 구문은 보통 하나의 의미를 먼저 암시한다.

(7.28) 같은 경우에는 번역이 독자에게 미치는 영향을 고려하는 것이 특히 중요해 보인다. 하나의 효과는 구조를 다시 읽게 된다는 것이다. 이 경우 중의성은 서사의 "앞으로 밀고 나가기"(Gendlin 2004:138)의 예이자, 기저에 깔려 있을 가능성이 있는 중의성에 대한 "소통적 실마리"—구트가 말하는 의미(2000:132)에서—이자 창조적 읽기를 위한 방아쇠 역할을 한다.

이 장의 예들은 시의 특별한 형태는 전경화가 가능하도록 돕고, 또 전경화는 독자의 관심을 끌며, 인지적 작업과 재처리를 요구하고, 느낌을 환기하고, 이 모든 것이 가능하도록 읽기 속도를 늦춘다는 것을 보여주었다. 따라서 시에서는 형태와 위치라는 개념이 핵심적으로 보인다. 이것이 산문시가 의미 없어 보이는 한 가지 이유다. 시의 특별한 형태를 이용하지 않는다면 산문시를 시가 아닌 산문과 구별해주는 것은 두운이나 유음 같은 형식적 특징들, 즉 행의 배치가 아니라 근접성에 의존하는 특징들뿐이다. 반면 아주 훌륭한 산문시는 산문의 박자나 구문과 보통 행 배치와 상호작용하는 박자나 구문 사이에 긴장을 구축하기 때문에 매우 흥미롭다. 산문시의 번역자는 산문과 시의 이런 요소들이 결합되는 방식을 주의 깊게 의식할 필요가 있다.

그러나 우리는 이 장의 예들에서 시적 형태가 전경화를 가능하게 해주는 것 외에 구문, 소리, 심지어 은유하고도 상호작용을 하여 훨씬 더 미묘한 의미와 더 심오한 효과를 창조하는 것을 보았다. 나아가서 시의 형태는 기대를 불러일으킨다. 이 두 가지는 모두 전경화 효과를 높이고 그 자체로 (7.28)에서 보았던 다시 생각하기 같은 추가의 인지적 효과를 창조한다.

이 모든 것 때문에 시는 번역이 불가능한 것처럼 보일 수도 있다. 그렇게 되면 앞서 제기했던 번역은 무엇인가 하는 문제로 돌아가게 된다. 만일 번역이 가령 (7.25)에서 예로 든 에드워드 토머스의 시에서 우리 눈에 보이는 은근한 효과—아직 자세히 분석한 것도 아니지만—를 모두 포착하는 것이라면 그것은 불가능하다. 하지만 가능한 시적 효과를 모두 인식한 다음 번역에서 그것을 허용하는 방식에 관해 지식에 근거한 선택을 하는 것을 의미한다면, 번역은 가능하다. 야콥슨은 시가 형식 자체에 초점을 맞추는 것이라고 말했으며(2008:146-147), 지금까지는 이것이 시에서는 정확한 등가가 가능하지 않다거나 아니면 시의 번역은 정확한 등가를 뜻하지 않는다는 생각을 뒷받침하는 이유가 되었다. 그러나 사실 상황은 그보다 훨씬 복잡하다. 시의 형식은 **절대** 독자적으로 관심의 초점이 되는 것이 아니라 단지 문제의 한 요소로서 인지적 대응물을 가져 그에 따르는 시적 효과가 있을 때에만 관심의 초점이 되기 때문에 단지 형식 자체만을 포착하는 것은 설사 가능하다 하더라도 번역이 아니다. "In Memoriam" 같은 시는 여러 번역이 나올 것이다. 하지만 번역을 읽을 때 보격의 일탈로 인한 느낌이 촉발되지 않는다면 좋은 번역은 아니다.

번역과 읽기의
선형성

우리가 시간의 흐름을 따라 읽는다는 점, 읽기

는 선형적이라는 점을 기억하는 것이 중요하다. 그렇지 않다면 기대를 쌓아가는 것이 가능하지 않을 것이고, 정원길 가기 같은 현상이나 반복의 축적 효과도 불가능할 것이다. 모든 읽기는 선형적이며, 모든 읽기는 읽는 사람의 정신 속에 인지적 맥락의 구축과 재구축 및 발전으로 이루어진다.

그렇기 때문에 읽기의 선형적 과정, 그리고 그것이 독자의 인지적 맥락에 영향을 미치는 방식도 시인이 다루는 형태 가운데 한 가지 측면이 된다. 위에서 논의했던 조지 허버트의 "Easter Wings" 같은 날개 형태의 시는 읽기의 선형적 과정과 관련이 없는 직접적인 시각적 영향을 주겠지만, 인간의 자산의 감소를 따라 중앙의 행 "Most poore"까지 갔다가 다시 다음 행 "With thee / O let me rise"(2007:147)에서 시작되는 증가를 따라가게 하는 것은 읽기의 선형적 성격 때문이다. 이 시의 형태는 재생하지만 독자가 단어의 의미에서 감소와 갱신을 경험하게 하지 못하는 번역은 분명 좋은 번역이 아닐 것이다. 우리는 또 (7.9)의 예에서 지연된 주어 때문에 시에서 긴장이 일어나는 과정을 보았다. 이것이 애트리지(2004:71)가 말하는 "실시간 전개"의 의미다. 혼성(4장을 보라) 같은 인지적 과정 또한 실시간 과정으로, "온라인"(Slobin 2003)에서 일어난다.

블레이크의 "A Poison Tree"에서 사용된 확장된 은유와 인유에 관한 글에서 크리습(Crisp 2008)은 텍스트에 의해 독자는 화자가 나무로서 느끼는 "분노"를 표현하는 관습적 은유에서 출발하여 화자가 느끼는 분노와 제목의 나무가 이루는 어떤 혼성물을 그려보고, 거기에서 근본적 변화가 일어나 진짜 나무와 관련된 상황을 그려볼 수밖에 없기 때문에, 이 시점부터는 진짜 나무와 관련된 상황이 하나의 알레고리로 읽힌다고 주장한다. 다음이 그가 논의하는 시다.

(7.31) A Poison Tree

   1 I was angry with my friend:
   2 I told my wrath, my wrath did end.
   3 I was angry with my foe:
   4 I told it not, my wrath did grow.

   5 And I water'd it in fears.
   6 Night & morning with my tears:
   7 And I sunned it with smiles,
   8 And with soft deceitful wiles.

   9 And it grew both day and night,
  10 Till it bore an apple bright:
  11 And my foe beheld it shine,
  12 And he knew that it was mine,

  13 And into my garden stole
  14 When the night had veil'd the pole:
  15 In the morning glad I see
  16 My foe outstretch'd beneath the tree

(Blake 1967:49)

크리습에 따르면 시를 실제로 읽는 과정에서 독자의 초점은 1연의 현실 세계로부터 2연의 개념적 혼성으로, 3연 2행에서 혼성된 분노-나무가 사과 열매를 맺으면서 진짜 나무(하지만 비현실적 세계에서)가 될 때 도입되는 가능한, 그러나 동시에 허구적인 세계로 이동한다.* 혼성이 우리가 "빨간 연필"(Crisp이 든 예, 2008:295) 같은 개념을 처리하기 위해 늘 하는 일이라면, 여기에서 새롭고 허구적인 세계를 실제로 그려보는 쪽으로 일어난 변화는 의미심장하다. 시를 읽다가 이 지점에서 일상세계와는 다르지만 인지 가능한 세계로 진입함으로써 일상적 처리 과정을 적용하는 것에서 상상력을 동반한 처리 과정을 동원하는 인지적 변화를 일으키기 때문이다. 이 지점에서 사고는 불신의 정지와 관련된다는 점에서 문학적이 된다. 이 점은 경우가 약간 다르기는 하지만 레빈이 훨씬 전에 은유를 연구하면서 지적한 것인데, 그는 우리가 은유를 이해할 때 은유가 암시하는 것에 어울리도록 묘사되는 "세계를 해석"(1977:33)하거나 아니면 그렇게 묘사되는 것이 가능한 세계를 만드는 지점에 이르게 된다고 주장했다. 크리습의 이야기를 더 밀고 나가자면, "대조적인 상태들"(Blake 1967)이 "창조적 긴장"(Kazin 1974:43) 속에 공존하도록 허용하는 사고 과정에, 상상에, 인식에 블레이크가 큰 중요성을 부여했다는 점에 주목할 수도 있다. 블레이크는 아이 같은 순수와 어른의 경험이라는 분리된 두 상태가 공존해야 한다는 것을 보여주는 데 관심이 있었다. 이런 상태들은 2연의 혼성물이 허구적이지

---

* 2연에서 it이 가리키는 것은 wrath로 보이는데, 3연에 오면 이wrath가 tree와 동일시되는 느낌이다. (옮긴이)

만 혼성되지 않은 세계로 대체된다는 점에서 "A Poison Tree"를 읽는 독자의 사고 과정에도 그대로 반영되고 있다고 주장할 수도 있다. 이 시를 읽는 독자의 사고 과정은 사실 우리가 현재 뇌에 관해 알고 있는 것을 반영하고 있다. 감정은 대뇌변연계에 의해 발생하는데, 이곳은 "우리가 두 살짜리 아이인 것처럼" 자극에 반응한다. 반면 "통찰력 있는 인식"은 대뇌 피질의 우반구에서 발생하는데(Taylor 2009:8; 19-20), 이곳은 그런 아이 같은 첫 반응에 관한 추가의 사고와 관련되기 때문이다. 블레이크가 혼성을 자주 사용하는 점은 흥미로운 주목거리다. 이것이 퍼니스와 바스(2007:167)가 "The Sick Rose"에 나오는 블레이크의 장미는 장미인 동시에 장미가 아니라고 말했을 때 의미하는 바—혼성이라는 용어를 사용하지는 않았지만—이기도 하다. 블레이크는 혼성을 넘어 "대조적인 것들"의 공존으로 나아가는 것을 인간 삶과 사고의 목표로 보았던 듯하다.

따라서 블레이크는 독자가 거쳐가는 사고 과정을 아주 세심하게 조종하여, 순수에서 경험으로 나아가 그 둘이 공존하는 상태에 이르고, 거기에서 우리가 경험한 것을 여전히 알면서도 세상을 아이처럼 바라보게 되는 과정을 되풀이하게 한 것이라고 말할 수도 있다. 이것을 보면서 번역자는 목표 텍스트 독자도 마찬가지로 하나의 사고 과정에서 다른 사고 과정으로 옮겨가게 하고 싶어 할 수도 있다. 호프만의 독일어 번역(1975:100-101)에서 이 점은 특히 잘 처리되고 있는데, 나무(Baum)와 분노(Zorn)가 독일어에서는 둘 다 남성이라는 점을 이용하여 9행의 "it"이 가리키는 것의 중의성을 유지함으로써(성 없는 대명사가 혼성을 일으키는 효과는 영어를 사용하는 종교적이고 철학적인 시인들이 많이 활용했다) 나무와 분노의 혼성이 그 핵심적인 지점에서 보존되고 있기 때문이다.

이 두 예 모두 읽기 과정이 사고 과정을 재현함을 보여준다. 이런 재현 관계를 보면 은유와 도상성이 떠오른다. 한 가지(읽기 과정)가 다른 것(사고 과정)을 나타내며, 후자, 은유적 표현으로 하자면 목표는 원천을 처리함으로써 파악되고 경험될 수 있다. 특히 철학적이고 종교적인 시는 종종 이런 식으로 독자에게 물리적 대상, 즉 시 자체가 촉발하는 인지적 경험을 하게 하는 경우가 많다. 이것이 가능한 것은 오직 읽기라는 특수한 선형적 과정 때문이다. 이런 의미에서 종교적인 시는 거의 십자가 등의 종교적 상징처럼 기능한다고 말할 수도 있는데, 십자가는 기독교에서는 십자가에 못 박힌 예수 상을 나타내고, 일부 아프리카 종교(Biedermann 1996:81 참조)만이 아니라 고대 멕시코와 이집트 사상(Biedermann 1996:82-3 참조), 그리고 물론 유대교 신앙에서는 생명의 길과 죽음의 길의 교차를 나타낸다. 따라서 읽기 과정의 선형적 본질을 무시한 번역은 시의 도상성이나 상징적 가치를 잃을 것이다. 동일한 의미론적 영역에 속하는 어휘 항목을 이용하는 경우도 대명사가 앞에 나온 어구를 가리키는 경우만큼이나 선형적 과정에 의존한다. 다음 예를 보라.

(7.32)   ……And the darkness
That is a god's blood swelled
In him, and he let it

......

"The Gap"에 나오는 위의 구절에서 우리는 "he let it"을 "he allowed it" 또는 "he let the blood" 둘 가운데 하나로 읽지만, 독자가 두번째 의미를 생각하는 것은 오로지 그 대목이 "blood swelled" 뒤에 나오기 때문이다. 반면 번역(Perryman 2003:31)에는 오직 첫번째 의미, 즉 허락한다만 있다. 그러나 독일 독자도 의심과 중의성을 경험하면서 계속 다시 읽는 것이 중요할 듯하다. 이 시에서 그런 다시 읽기는 바벨탑 이야기에서 인류의 언어 획득 과정과 더불어 단어와 그 지시 대상 사이의 틈을 도상적으로 보여주기 때문이다.

시의 눈

블레이크의 예 (7.31)은 이 시가 사고 과정을 반영하도록 읽기 과정을 안내하기 위해 세심하게 형태가 잡혀 있음을 보여주는데, 그런 사고 과정은 이 특정한 시를 읽을 때만 생기는 것은 아니다. 크리습이 개념적 혼성으로부터 알레고리의 세계로 진입하는 지점, 인지의 근본적 변화가 일어난다고 암시하는 지점은 시의 10행이지만, 그는 사실 독자가 다르면, 또는 같은 독자라도 다르게 읽으면 이 지점은 달라질 수도 있다고 말한다. 크리습의 분석에서 그 지점의 위치는 그것이 "시의 눈"(Freeman 2005:40; Boase-Beier 2006:93; Boase-Beier 2009)이라고 부

특별한 형태의 시 번역 **239**

르는 것과 관련이 있음을 보여준다.

시의 눈은 프리먼(2005:40)에 따르면 "시가 방향을 트는 중심점"이 되는 장소다. "시의 눈"이라는 용어는 보통 공간적인 중심이 아니라 의미나 문체에서 중심적인 의미가 있는 지점을 가리킨다. 그 특징은 리파테르가 "수렴"이라고 부르는 것이며, "함께 작용하는 문체적 특징들의 쌓아올림"으로 묘사된다(1959:172). 크리습은 위의 예 (7.31)에서 블레이크의 시를 논하면서 10행의 "it"이 지금까지는 화자의 분노였고, 형이상학적으로 한 그루의 나무로 보였으나, 열매를 맺으면서 허구적인 세계의 진짜 나무로 변화한다는 점을 지적한다. 앞서 보았듯이 호프만의 독일어 번역(1975)은 나무와 분노가 같은 성이기 때문에 같은 변화를 만들어낸다. 나는 마이클 햄버거와 윌프레드 오언(Hamburger 2000:64; Owen 1990:135)의 시를 논하면서(Boase-Beier 2009) 열여섯 행 시의 10-14행, 열네 행 시의 12행에서 각각 시의 눈을 찾아낸 적이 있다. 나는 시의 눈이 "시인의 비전을 담는 장소이며…… 동시에 독자가 시를 읽는 동안 시인의(또는 내레이터의) 관심사를 반영할 수 있도록 자신의 맥락을 찾고 재해석함으로써 그 비전을 세심하게 생각하게 하는 데 도움을 준다"(2009:12)고 기술했다.

위의 예들에서 내가 찾아낸 시의 눈은 시의 3분의 2를 막 넘어서는 지점에서 일어난다. 여기에는 분명한 이유가 있다. 독자가 텍스트에 의해 다시 생각하도록 이끌리는 지점이 오기까지는 생각이 종종 둘 이상의 단계를 거치며 전개될 필요가 있는 것이다. 햄버거(2000:64)의 시(예 (2.7)에서도 인용했다)에서 발췌를

한 부분을 살펴보겠는데, 명확하게 보여주기 위해 행에 번호를 붙였다.

(7.33) Winter Solstice

    1 Dream of the trees found in a dubious garden

      ……

    8 Damp, dark and cold the dawn awakening,

    9 All my dead in it, dubious as the trees,

   10 No moonshine mixed into the grey of morning,

   11 Silence before the foraging birds descend,

   12 And no more mine in this light than in dream

   13 The garden was that once I must have tended,

   14 Than those will be whom in the street I pass

      ……

이 16행짜리 시는 이른 아침의 꿈같은 정원의 광경을 묘사한다. 앞에 언급한 글에서 나는 10-14행이 인식의 변화가 일어나는 지점이라고 밝혔는데 이것은 다음의 여러 신호로 파악된다.

(i) 정원(시의 거의 매 행마다 이와 관련된 단어가 있다)과 관련된 말, 꿈과 관련된 말, 빛과 관련된 말로 이루어지는 의미론적 사슬의 수렴.

(ii) 10행의 "no moonshine"과 12행의 "no more mine"의 반복되는 소리.

(iii) "shine‐silence‐mine‐light"라는 유음(類音).

(iv) 가장 중요한 것으로 10행의 "moonshine"과 14행의 "those"의 중의성.

어떤 면에서는 마지막 사항이 가장 중요한데, 그것은 중의성이 독자에게 여기에 따라가볼 생각의 가닥이 적어도 두 개는 있다는 신호를 줌으로써 "소통의 실마리"(Gutt 2000:132) 역할을 하기 때문이다. "Moonshine"은 은은한 빛이라는 심상을 따르는 동시에 1976년판 *Concise Oxford Dictionary*에 따르면 "visionary talk or ideas"라는 뜻도 있다(p.707). 까닭을 알 수는 없지만 이런 의미가 이후 판본에는 빠져 있는데, 그렇다 해도 햄버거는 이 의미를 잘 알고 있었을 가능성이 높으며, 따라서 "Moonshine"이 없다는 말은 시에서 이 순간에 현실이 꿈같은 광경을 침입하기 시작한다는 것을 보여준다. 또 "moonshine"이라는 말은 앞에서 보았듯이 소리로도 전경화되어 있기 때문에 특히 주목을 받고 중의성도 분명하게 드러난다. 이런 어휘적 중의성 다음에 14행의 구문적 중의성이 이어지는데, 여기에서 "those will be"는 처음에는 전 행의 "the garden was"와 대비되는 "those gardens will be"를 뜻하는 것처럼 보인다. 그러나 그 뒤에 나오는 "whom" 때문에 독자는 "those"가 정원이라기보다는 사람들이라고 다시 생각하게 된다. 그래서 사람과 정원은 **사람이 식물**(Turner 1991:221)이라는 개념적 은유의 구체화 속에서 합쳐지며 독자는 시를 다시 읽고 정원이 관계를 나타내는 확장된 은유임을 보게 된다.

첫 행의 "dubious"라는 형용사가 정원이 알레고리적 성격을 가질 수도 있다고 암시하기는 하지만, 사실 크리습의 생각들(2008)을 따라가 처음에는 이 시가 정원의 현실적 묘사로 읽힌다고 주장할 수도 있다. 10행은 "no moonshine"이라는 구절 때문에 환상이 아니라 진짜 정원을 암시한다. 그러나 두 행 뒤 "no moonshine"을 거의 그대로 흉내 내는 "no more mine"은 우리가 사실 내레이터의 생각으로 들어가고 있다는 신호이며, 그와 더불어 우리는 시의 눈으로 끌려들게 된다. 14행의 "than those will be"라는 구절은 처음에는 (아마도) 은유적 정원에 관해 이야기하고 있다는 것을 보여주지만, 그다음에 나오는 "whom"은 은유로부터 그 목표인 관계들로 초점을 옮기며, 그래서 우리는 시 전체를 확장된 은유로 보게 된다. 이 지점에서 이 변하는 관점이 이상하기 때문에 시를 다시 읽는다면 우리는 확장된 은유를 알레고리로 보게 된다. 실제로 진짜 정원과 정원 일의 세세한 항목―"dug in too loosely", "raised from a first-year seedling"―이 언급되고 있으며, 이런 것들에는 내레이터의 관계의 역사에 존재하는 대응물이 주어질 수 있기 때문이다.

위에 언급한 글에서 나는 이 대목―10-14행―이 시의 눈을 이룬다고 판단하는 두 가지 다른 방식을 논의했다. 하나는 이것이 문체적 장치들이 만나 관심을 끌고 다시 읽기를 유발하는, 리파테르(1959)가 말하는 수렴 지점이라는 것이다. 또 하나는 원시와 번역시를 비교하면 이 지점에서 의미심장한 차이가 보인다는 것이다. 프란츠 부름의 번역시 "Wintersonnenwende"(in Dove 2004:104)에는 "Mondlicht"가 나오는데, 이것은 중의적이지 않은 "moonlight"이지 중의적인 "moonshine"이 아니다. 전경화된 "the garden was once······ those will be whom······"에 대해서는 독일어 번역시에는 관계대명사 "denen"이 영어의 해당 표현과는 달리 사람들을 가리킬 필요가 없기 때문에 정원과 사람들 사이에는 분명한 연결이 이루어지지 않으며, 사실상 행들의 재배치로 영어의 대구도 사라졌기 때문에 사람들을 가리키는 느낌은 거의 사라져버린다.

(7.34) Wie es im   Traum der Garten war, den ich einst
      as   it in-the dream the garden was that I once

Besorgt haben muss, und wie es jene sein werden
tended   have   must   and   as it those will be

An denen ich draußen vorübergehe
on which I   outside   pass

이 독일어 번역에서는 "The garden was that once······ Than those will be"라는 대구가 보이지 않는다. "원문과 번역문의 차이는······ 〔저자의〕 문체와 거기에 내포된 전반적인 비전······의 독특한 본질을 가리키는······ 경향이 있다"는 파크스의 생각 (1998 : vii)과 연결되는 점이 분명히 나타난다. 원문에서 수렴이 이루어지는 곳에서 원문과 번역문은 차이를 드러내는 듯하다. 이 장과 다음 장에서 앞으로 논의하게 될 다른 시들의 번역을 생각해보면 이 점은 확인될 것이다.

목표 텍스트와 원천 텍스트의 차이에 원문 자체의 수렴이 반영된다는 생각에서는 세 가지 결과가 나올 수 있다.

(i) 이미 번역이 이루어진 텍스트와 그 번역을 검토하여 원문의 중요한 지점들의 실마리를 찾을 수 있다.

(ii) 번역을 할 때 텍스트 뒤에 숨은 비전을 파악하기 위해 원문의 수렴 부분을 찾아보려고 노력할 수 있다.

(iii) 목표 텍스트가 원천 텍스트의 구조를 고려하면 원천 텍스트에 더 근접하게 다가갈 가능성이 높다고 결론을 내릴 수 있다.

첫번째 사항이 비평가에게, 특히 언어나 문학을 비교하는 사람에게 가장 흥미로우며, 또 파크스가 제시한 입장이기도 하다 (1998과 2007). 이런 식으로 시와 그 번역을 연구하면 아주 놀라운 통찰에 이를 수도 있다. 예를 들어 R.S. 토머스(2004:139)의 시의 첫 아홉 행을 살펴보자.

(7.35) Agnus Dei

    1 No longer the lamb

    2 but the idea of it.

    3 Can an idea bleed?

    4 On what altar

    5 does one sacrifice an idea?

    6 It gave its life

    7 for the world? No

    8 it is we give our life

    9 for the idea……

이 시의 독일어 번역을 보면 6행까지는 매우 비슷하다는 것을 알 수 있다. 이 지점 이후의 독일어 번역은 다음과 같다.

(7.36) 6 Es gab sein Leben
it gave its life

7 für die Welt? Nein
for the world no

8 wir sind es, die ihr Leben geben
we are it who their life give

9 für die Idee……
for the idea……

(Perryman 2003:35)

여기에서 약간 놀라운 일이 벌어진다. 독일어 번역 6행의 "Es"는 중성 대명사이고 "die Idee"는 여성이기 때문에 "es"는 앞의 "the idea"를 가리킬 수 없으며, 따라서 1행의 "the lamb"을 가리킬 수밖에 없다. 그러나 원시를 읽는 독자에게는 5행과 9행 두 곳에 "idea"(분명히 5행의 "idea"를 받는 것으로 보인다)가 가까이 있으며, 이 점 때문에 이것이 "it"이 가리키는 것으로 보인다. 나아가서 "It gave its life for the world. No, it is we give our life for the idea"의 대조 또한 "it"이 "idea"임을 보여준다. 반면 시의 독자는 기독교 전통에서 생명을 내주는 것은 양임을 알고 있다. 따라서 의미론적으로, 또 시의 기독교 배경과 관련하여 6행의 "it"은 양으로 보이는 반면, 구문적으로는 "it"이 관념으로 보인다. 의미론과 가장 그럴듯한 구문적 가능성의 이러한 충돌은 독일어를 읽으면서 거기에는 충돌이 전혀 없다는 것을 알게 될 때 더욱 분명해진다.

따라서 독일어 번역과 영어 원문을 비교하면 영어 독자와 독일어 독자가 얻게 되는 해석에서 중요한 차이가 드러난다. 영어 독자는 (은유적인) 인간으로서의 양과 관념으로서의 양—또는 육신이 된 말과 말 자체—사이의 대립을 강하게 의식하는 반면 독일어 독자는 그렇지 않을 것이다. 영어로 이루어진 R. S. 토머스의 연구를 보면 그는 매우 모순적인 인간이며, 아이러니가 강했고, 자신이 "외부자"인 동시에 "재미가 가득한"(Rogers 2006:64; 310) 사람으로 보인다는 사실을 강하게 의식했다는 것을 알 수 있어 흥미롭다. 이보다 양은 당연히 부족하지만 독일 비평에서는 부재하는 신에 대한 그의 관심, 그의 "축소된 언어"(Exner 1998)를 중시하는 반면, 그의 인격이나 시의 모순, 아이러니, 유머에 대한 인식은 찾아볼 수 없다. 영어로 토머스의 시를 읽는 것은 지적 게임에 참여하는 것이다. 독일어에서는 그럴 여지가 줄어든다. 그러나 이것보다도, 그런 비교를 하면 원시에서 번역자가 놓치는 중의적인 면의 중요성이 부각된다는 점에 주목할 필요가 있다. 이런 중의성 때문에 독자는 혼란에 빠지는 것이 아니라 관념과 양의 관계를 더 열심히 추측하게 되며, 둘이 얼마나 다른지 아니면 다르지 않은지, "the lamb"이 관념의 상징인지 아니면 희생된 인간의 은유인지 생각해보게 된다. 따라서 6행 서두의 "it"은 독자의 인지적 맥락을 광범하게 검토하는 시발점이 되어 시를 처음부터 다시 읽도록 이끈다.

위의 (ii)는 번역자, 특히 시 번역자에게 가장 흥미로운 사항이다. 이것이 시에는 형태가 있으며, 이 형태, 그리고 그것이 안내하는 읽기가 독자나 번역자가 거쳐가는 사고 과정에 핵심적이라는 생각과 연결되기 때문이다. 이 사고 과정에는 다시 읽기, 맥락의 검토, 자신을 내레이터의 입장에 놓기, 세상을 시인의 눈으로 보기 등이 포함된다. 위의 예 (7.25)에서 논의한 에드워드 토머스의 "In Memoriam"을 기억해보라. 거기에서 보았듯이 마지막 행의 "never again"은 가장 전경화된 구절일 것이며, 독자가 가장 분명하게 듣는 구절일 것이다. 이 구절은 전쟁의 무용성과 더불어 그것이 다시 일어나지 않을 것이라는 희망, 꽃을 모으는 일이 "never again"이 되는 것 자체도 다시 일어나지 않을 것이라는 희망을 보여준다. 그러나 그 시에서, 리파테르(Riffaterre 1959)가 의미한 방식으로 대부분의 패턴이 수렴하는 지점은 전행의 마지막과 이 마지막 행을 연결하며 구 걸치기가 이루어지고 있는 "should / have"다. "should"라는 단어는 그 자체로 1행의 "wood"와 약간 의외로 운이 맞고 있어 이 각운 때문에 강조되며, "should have"는 마지막 행의 "will do", 즉 이 시를 낭송하게 되면 놓치게 될 것이라고 이야기했던 구절과 대조를 이룬다. 이것은 부재—the men should have gathered the flowers but cannot—를 암시하는 것과 더불어 이런 생각을 하는 관찰자(또는 내레이터, 또는 시인)의 마음 또한 마찬가지로 강력하게 암시한다. 따라서 이것은 시의 앞쪽에 나왔던, 사람들이 오직 마음속에만 있다는 암시와 이어진다. "call into mind"라는 구절은 과거에 벌어져 지금 그들의 부재를 야기하게 된 전투의 부름을 암시한다. 따라서 "should have"는 꽃을 두고 떠난 사람들의 마음에 담겼던 모습과 마찬가지로 사라져버린 사람들의 모습도 암시한다. 이 시의 번역자는 (7.25)에 나타났던, 마지막 행의 압운과 의미가 까다롭게 어울리는 방식, 구 걸치기가 이루어지는 "should have", 그것을 포함하는 다양한 패턴 등 많은 것을 보존할 필요가 있다.

위의 (iii)항은 그 자체로 작동하는 목표 텍스트의 시를 쓰는 것—이것이 원문의 좋은 번역을 보장하는 가장 좋은 방법이기 때문에—의 중요성을 더욱 강조하기 때문에 특히 중요하다. 모든 시에서 눈을 찾아낼 수는 없겠지만, 많은 시에서 눈을 찾을 가능성이 높은 것은 분명하다. 그런 지점을 찾아내고—에드워드 토머스, R. S. 토머스, 마이클 햄버거의 경우 그것은 시의 3분의 2에서 4분의 3 즈음에 나타났다—번역된 시도 눈을 갖게 하는 것, 즉 문체적 장치들이 수렴되고 독자의 사고방식이 변하는 지점을 갖게 하는 것은 목표 시가 적절한 형태를 갖추게 하는 쪽으로 한걸음 나아가는 일이 될 것이다.

중의성, 정신 게임, 탐색

독자의

의미 탐색

　　타폴리의 교구 목사는 부활절 예배에서 마가복음의 열린 결말을 주제로 잡았다. 제자들은 예수의 몸이 무덤에서 사라진 것을 보고 떠나면서 아무에게도 말하지 않았다. "무서웠기 때문이다"(16장 8절). 그 뒤에 붙은 결말은 다른 저자들이 붙인 것인데, 이 목사의 말에 따르면(그리고 Green and McKnight 1992:524도 참조) 그다음에 일어나는 일을 궁리하는 것을 청자에게 맡겨놓은 원래의 결말이 더 강력하다고 볼 수 있다.

　이런 "그다음에 일어나는 일"이라는 느낌은 내러티브의 개념에 내재해 있으며 터너 같은 인지 문체론자들은 이것이 우리가 생각하는 방식의 근본이 된다고 본다. 그것이 우리의 인지 과정의 특징인 "예측하고, 계획하고, 설명하는"(1996:5) 일의 일부를 이루기 때문이다. 터너에게 모든 사고는 문학적이며, 이야기를 하는 것은 그 말이 진실임을 보여줄 수 있는 가장 기본적인 방법의 하나다. 이야기를 하는 것은 강이 흘러 바다로 간다든가 건물이 무너진다든가 하는 것처럼 우리가 사건들을 행동 또는 공간적 이야기로 개념화하는 것과 연결되어 있다(Turner 1996:47). 예를 들어 아미티지의 시 "Greenhouse"에서 온실은 "gone to seed"(Armitage 1989:13)했으며, 여기에서 상추 같은 식물이 너무 자라 쓸모없게 된다(먹을 것의 가치에서 보았을 때)는 공간적 이야기가 온실에 투사된다. 우리가 사건들을 개념화할 때 공간적 이야기와 행동이라는 두 개념은 종종 겹치고 상호작용을 한다. 아미티지의 다른 시 "Night-Shift"에서 우리는 "water in the pipe finds its level"이라는 말을 듣고 다음 행에서는 "Here are other signs of someone having left"라는 말을 듣는다. 여기에서 "other"라는 단어는 누군가가 방금 사용했기 때문에 다시 물이 수평을 찾으려고 한다는 것을 알려준다(Armitage 1989:14). 행동은 의도적이다. 우리가 이야기를 개념화할 때 그 안의 행위자는 행동할 힘이 있으며 따라서 다음에 무엇이 올지 결정할 힘이 있다. 그래서 이야기를 한다는 사건 자체도 처음 시작한 사람이 있는 행동으로 개념화한다. 특히 아미티지의 두 시의 "I"처럼 함축된 내레이터, 텍스트의 다양한 이야기를 우리에게 전해주는 누군가("대리 원리"가 보여주듯이 종종 직관적으로 저자와 연결된다; 6장을 보라)가 있는 경우에는 특히 그렇다. 시 "Greenhouse"의 마지막 행에서는 유령이 이야기를 듣는 사람의 "one step behind"에서 걷는데, 이것은 다가올 일, 아마도 이야기를 듣는 사람의 임박한 죽음의 예시일 것이다.

그다음에 일어나는 일에 대한 느낌은 "현재가 **발생하여** 이전에 내포되었던 것 속으로 **들어가면서** 그 내포를 새롭게 내포된 것으로 밀고 나오는" 방식을 설명하는 철학적인 관점에도 내재한다(Gendlin 2004:138). 이것이 젠들린이 "앞으로 밀고 나가기"라고 부르는 것이다. 그에게 "앞으로 밀고 나가기"라는 현상은 진정한 의미는 주변적인 것, 즉 내포된 것에서 발견된다는 관점과 연결되는데, 이런 관점은 이 책 전체에 걸쳐 문체, 추론, 약한 함의, 그리고 무엇보다도 중의성 같은 비유와 관련하여 언급되어 왔다. 이 내포의 느낌, 즉 우리가 하는 말이 다음에 올 수도 있는 일의 기초라는 느낌은 또 문학 텍스트나 다른 예술 작품의 "살아남음"*에 관한 벤야민의 견해의 배경에도 자리 잡고 있으며(2004:76), 그 뒤에 나온 견해들, 예를 들어 그림을 사진으로 찍으면 원래의 그림은 다른 맥락에서 다른 관람자들에게 여러 가지로 이용되고 의미를 부여받게 된다는 견해(Berger 1972:19)와도 관련된다. 하나의 텍스트가 문학에 어울리는 방식으로 작용하려면 뭔가가 그다음에 온다는 이런 느낌을 불러일으킬 필요가 있다. 3장에서 말했듯이 그다음에 오는 것은 해석, 비평, 다른 텍스트, 음악적 개작, 번역 등 여러 가지일 수 있다. 말을 바꾸면 독자의 참여를 장려하고 요구한다는 것이다. 이 장에서는 텍스트가 번역될 때 독자의 참여에 열려 있다는 이런 핵심적 요소가 어떻게 보존되며, 또 번역이 거기에 어떻게 영향을 미치는지 검토하는 데 관심을 가질 것이다.

독자가 텍스트의 이야기와 관련하여 다음에 무슨 일이 벌어질지 그려볼 때는 늘 몇 가지 가능성이 있다. 이것은 마가복음이든

---

* 이 번역은 황현산, 김영옥 역, 「번역가의 과제」(『번역비평』 2007 가을, p. 187)에서 가져온 것이다.(옮긴이)

영화든 동화든 결말에 관해 이야기할 때는 다 해당한다. 주요 인물이 "I've got a great idea"라고 말하며 끝나는 영화 "The Italian Job"은 최근 왕립 화학회에서 등장인물들이 처한 곤경을 해결하는 최선의 방법을 찾아내는 시합의 주제가 되었다. 이니드 블라이튼의 한 인물이 "here's to our next adventure!"(2003:276)라는 말로 이야기를 끝낼 때 독자는 그 모험이 무엇일지 상상하며, 다음 책이 있으면 사거나 시리즈가 끝났으면 스스로 이야기를 꾸며보게 된다.

그러나 텍스트는 "그다음에 일어나는 일"과 관련된 방식 말고도 다른 방식으로 그런 완결 행위에 독자를 참여시킨다. 이런 방식들 가운데 가장 중요한 것이 중의성을 이용하는 것이다. 7장에서 우리는 문체의 다른 비유와 더불어 중의성이 읽기의 선형적 과정과 상호작용하는 것을 보았다. 그것은 우리가 "시의 눈"이라고 부른 중추를 이루는 지점의 핵심적 요소다. 시에는 온갖 유형의 중의성이 포함된다. 그것은 틈일 수도 있고 어휘적 중의성일 수도 있고 이중 구문일 수도 있다. 우리는 전 장에서 "it"이 가리키는 것의 중의성이 R. S. 토머스의 시 "Agnus Dei"(Thomas 2004:139)에서 이런 종류의 중추적인 지점을 만들어내는 것을 보았다. 텍스트가 작동하는 방식을 바라보는 인지적 관점에서 중요한 것은 독자가 다양한 의미를 볼 수 있을 뿐 아니라 그 각각을 끝까지 생각할 수 있다는 것이다. "Agnus Dei"에서 "It gave its life / for the world"를 읽는 독자는 생명을 준 것이 관념일 수도 있고 양일 수도 있다는 중의성을 처리할 뿐 아니라, 어느 한쪽으로 가능한 두 가지 시나리오를 재구축한다. 즉 "it"은 관념으로 읽을 수 있는데, 그러면 시 전체의 주제가, 나중에 나오는 표현대로 "the gap between word and deed"를 좁히기 위한 관념의 사용이 된다. 또는 "it"을 독일어 번역에서처럼 "the lamb"로 읽을 수도 있는데, 그러면 이 양이 세상을 위해 생명을 주지 않은 것으로 보이게 된다. 인간들이 하나의 관념, 피를 흘릴 수 없고 생명을 가질 수도 없는 관념에 대한 관념에 너무 열심히 집중하기 때문이다. 이것은 "no God"이라는 느낌을 낳게 된다. 단지 모순되는 관점만 보는 것이 아니라 두 가지 서로 다른 시나리오, 나아가서 세번째 시나리오를 그려볼 수 있다는 것인데, 세번째 시나리오는 다른 두 시나리오의 혼성, 즉 은유적인 인간 양과 실제의 관념이 하나의 존재로 결합된 것이다.

중의적인 "it"이 있는 이런 시나 결말이 열린 이야기를 읽을 때 벌어지는 일은 "창조적 읽기"라고 부를 수도 있는데, 캐리(2005: 7장)와 애트리지(2004:79-83)도 그런 용어를 사용한다. 3장에서도 언급한 이런 관점은 이저(1974) 같은 비평가들의 "독자-반응 이론", 그리고 탈구조주의의 불확실성, 고정된 의미 결여 등의 관념(예를 들어 Barthes 1977; Derrida 1981)에서 파생된 것이다.

R. S. 토머스의 예에서 보았듯이 종교시는 특히 독자에게 창조성을 요구한다는 특징이 있다. 다른 종교 텍스트 또한 마가복음의 마지막 부분과 그것에 기초한 설교와 마찬가지로 종종 독자가 스스로 생각하는 가운데 신앙을 해석적이고 창조적인 것으로 이해하는 수준에 이르게 하는 것을 구체적 목표로 삼아, 우리가 문학적인 정신과 일상적 사고에서 보는 혼성과 정신적 공간의 이용 같은 인지

적 과정을 다수 활용한다(Sørensen 2002, Barrett 2002). 따라서 종교시는 중의성이 독자를 문학 텍스트에 참여시키는 방식을 보여주는 아주 좋은 예다. "Agnus Dei"에서 주요한 중의성은 위의 예(7.31)에서 논의했던 블레이크의 시 "The Poison Tree"와 마찬가지로 지시의 중의성이다.

그런 중의성과 직면했을 때 번역자의 과제가 늘 분명했던 것은 아니다. 가끔 텍스트에 나타나는 중의성은 결함으로 여겨지기도 하여, 그럴 때 번역자는 중의성을 제거하려 하게 된다. 이것이 타이틀러의 입장으로, 그는 "원문의 흐릿함이나 중의성을 모방하는 것은 잘못"(in Robinson 2002:210)이라고 말한다. 추어(2002:280)는 어떤 독자들은 "중의성이나 불확실성을 견디지 못하는" 반면 어떤 독자들은 그것을 기대한다고 지적하는데, 그렇게 되면 중의성을 활용하는 텍스트—대부분의 문학 텍스트가 (그리고 광고 같은 많은 비문학 텍스트도) 그 예다—와 마주쳤을 때 가능한 또는 있을 법한 반응은 다양할 것이다. 그러나 종교시에서, 아니 사실 모든 시에서, 그리고 대부분의 문학 텍스트에서 중의성은 결함이 아니라 바라 마지않던 창조적 읽기를 허용하는 바로 그 문체적 특징이다. 따라서 문학 번역자에게 문제는 그것을 보존하는 방법이다. 햄버거가 첼란을 번역하면서 말했듯이 중의성은 "절대 해소할 것이 아니라 받아들이고 존중해야 하는 것"(2007:407)이다. 다음 예들을 보라. 영어의 예를 들고 그 다음에 바로 번역을 달아놓았다. 첫 예에서는 중의성이 보존되었고, 다른 두 경우는 그렇지 않다.

(8.1) ······but he is no more here
than before

(8.2) er aber   ist genausowenig da wie   davor
he though is just-as-little here as earlier/in-front

(8.3) Garden Organic

(8.4) Öko-Garten
organic garden

(8.5) no moonshine

(8.6) kein Mondlicht
no moonlight

예 (8.2)는 (8.1)(R. S. Thomas:1993:361)을 페리먼(2003:
39)이 번역한 것이 아니다. 페리먼의 번역은 "before"를 "zuvor"
로 옮김으로써 시간적인 의미일 수도 있고 공간적인 의미일 수도
있는 가능성을 단지 시간적인 것으로 제한했다. 그러나 공간적
의미의 가능성이 이 시의 핵심인데, 이 시는 앞서는 동시에 뒤따
르기도 하면서 늘 "the vestibule"에서 기다리고 있는 사람이 느끼
는 부재에 관한 것이기 때문이다. "before"의 시간적이고 공간적
인 의미는 (8.1)에서 이 단어의 사용에 혼성되어 있는데, 이것은
또 "before the altar"나 "one who goes before" 같은 종교적인 혼
성된 심상을 암시한다. 그래서 (8.2)에 제시된 독일어 번역은 공
간적인 의미와 시간적 의미 양쪽을 다 가진 독일어 단어 "davor"
를 사용하고 있다.

유기농 정원 가꾸기를 장려하는 조직의 이름인 (8.3)의 "Garden Organic"이라는 표현은 명사를 따르는 형용사를 가진 (프랑스어 어순을 지킨 Café Rouge처럼) 묘사적인 NP(명사구)인 동시에, 물론 일반적으로 부사를 예상하기는 하지만(Garden organically!), 명령형 VP(Drive carefully! eat healthily!의 경우와 같은 동사구)이기도 하다. 이것을 (8.4)처럼 번역하는 것은 명령의 의미를 무시하는 것이다. (8.6)은 (8.5)에 나오는, 실제 달빛 외에도 환상적인 이야기나 상상을 암시하는 구절을 프란츠 부름(Dove 2004:104)이 번역한 것으로 (7.34)에서도 본 적이 있다. 그때 논의에서도 보았듯이 이 번역은 햄버거의 "moonshine" (2000:64)을 (8.6)의 "Mondlicht"로 축소하면서 시의 중요한 함의가 사라졌다.

목표 텍스트에서 어휘의 중의성이나 지시의 중의성을 포착하는 것은 어려운 일이다. 위의 세 예가 보여주듯이 그런 중의성은 원천 언어의 언어적 우연에 의존하기 때문이다. (8.1)과 (8.5)는 중의성을 포착하는 방식으로 번역될 수 있지만 (8.3)에 나온 영어 표현처럼 NP도 되고 VP도 될 수 있는 독일어 구를 찾는 것은 가능하지 않다.

따라서 이런 경우의 번역을 검토하는 또 다른 방법은 이것이 만들어내는 두 개 이상의 가능한 인지적 시나리오와 그들 관계의 본질이 무엇인지 생각해보는 것이다. 방금 살펴본 예들 가운데 (8.1)과 (8.5)는 혼성된 의미만이 아니라 별도의 의미도 암시한다. 번역은 가능한 다양한 의미를 포착하는 동시에 그런 혼성에 포함된 복잡한 사고를 가능하게 해주는 것이 좋다. 예를 들어

(8.5)에 인용된 시가 모호함보다는 중의적인 느낌을 만들어낸다는 점을 아는 것이 중요하다. 즉 해석이 전체적으로 불확실한 것이 아니라 "확실하게 여러 가지 시나리오가 있고, 각 시나리오에 다른 것들과 동등한 타당성이 있다"(Zeki 1999:263)는 것이다. 제키가 그렇게 기술하는 것은 베르메르의 "The Music Lesson" 같은 그림에 나타나는 중의성이다. 그러나 이 말은 대부분의 문학 텍스트에도 적용된다. 마이클 햄버거의 시에서 "moonshine"은 달빛이나 환상이나 둘의 혼성, 즉 달빛이 일으킬 수도 있는 환상적 생각으로 보인다. 혼성된 의미는 복잡하기는 하지만 이런 의미들은 모두 아주 분명하며 이 세 가지 외에 다른 가능한 의미는 없는 듯하다. 이 모든 예에서 중의성이 (8.1)과 (8.5)의 경우처럼 어휘에서 온 것이건, 아니면 (8.3)이나 7장의 "이중 구문"의 경우처럼 구문에서 온 것이건, 모호함은 없다. 따라서 그런 예들을 모호하게 옮기는 번역은 독자에게 인지적 혼성 과정을 불가능하게 만들 것이다. 혼성이란 분명한 두 의미나 정신적 공간을 결합하는 것이기 때문이다.

이 장에서 지금까지 제시한 예들은 어휘나 구문과 관련된 중의성을 보여주었다. 그러나 우리는 전 장에서 운율 패턴조차 중의성에 의지한다고 말할 수 있다는 것을 보았다. 좋은 시에는 늘 의미가 지배하는(또는 시를 연설처럼 읽을 경우 지배하게 될) 리듬과 보격이 지배하는 리듬 사이에 갈등이 있기 때문이다. 실제로 리치(2008:6장)는 서로 모순을 일으킬 수도 있는 운율 형식의 네 가지 수준—낭송, 리듬, 보격, 음악적 운율—에 주목했다.

(7.25)의 에드워드 토머스의 예에서도 보았듯이 독자가 "will

do never again"에서 걸려 넘어지고 "will never do again"이라고 읽어 "never"를 강조하게 하는 것이 바로 이런 모순—이 경우에는 정상적인 말의 리듬과 보격의 모순—이다. 인지적 효과는 중의성에서 온다. 보격은 이전 세 행의 강세 패턴의 반복을 요구하여 "never"에 약한 강세를 두지만, 정상적인 읽기 박자는 "never"를 강조한다. 중요한 것은 규칙적인 것과 불규칙적인 것의 갈등이다. 독자는 양쪽 시나리오, 즉 반복적(보격에 따른) 시나리오와 깨진(리듬에 따른) 시나리오를 모두 끝까지 따라가보는데, 마지막 말에서 통렬함을 느끼게 되는 것은 그 둘 사이의 대조 때문이다.

은유 또한 중의성과 상호작용을 할 수 있으며, 실제로 그렇게 되는 일이 잦다. 퍼니스와 바스(2007:151)는 번스의 1796년 노래 "my luve's like a red, red rose"(Burns 1991:75)에서 직유를 논의하면서 "my luve"가 그의 감정인지 아니면 그가 사랑하는 여자인지, 또 그녀가 어떤 면에서 붉은 장미 "같은지(like)" 풀어내는 것은 독자에게 맡겨졌다는 점을 지적한다. 전반적으로 암시적인 은유는 "방정식의 한쪽만"(Furniss and Bath 2007:152) 제시하기 때문에 명시적인 은유보다 노력이 필요하다. 퍼니스와 바스가 제공한 유용한 예를 조금 더 따라가보면 "My red red rose will never fade"를 읽을 때 독자는 장미가 사랑 자체인지 아니면 사랑하는 사람인지, 또 이것이 어떻게 붉은 장미가 될 수 있는지 풀어내야 할 뿐 아니라 붉은 장미가 은유적으로 가리키는 것이 다른 것이 될 가능성까지도 받아들여야 한다. 그것은 어쩌면 그 여자의 아름다움일 수도 있고, 화자의 그녀에 대한 기억일 수도 있고, 그들의 관계에 대한 기억일 수도 있다. 퍼니스와 바스 (2007:153)의 지적에 따르면 암시적 은유는 독자가 의미를 만들 도록 참여시키는 방법이기 때문에 특히 문학에서 중요한데, 이 것은 시의 맥락과도 관계가 있다. 그러나 이것은 동시에 독자의 맥락에도 달려 있으며, 은유가 암시적일수록 더욱 그러하다. 암 시적 은유는 독자에게 큰 자유를 주며, 그래서 우리가 앞선 예들 에서 보았던 가능한 시나리오들의 갈등 가운데 몇 가지는 생기 지 않는다. 독자를 정신적 작업으로 끌어들이는 것은 주로 "my luve"나 "moonshine" 같은 중의적 표현이 일으키는 갈등이다. 정신이 흔히 따르는 두 길은 분명하지만 서로 양립이 어려우며, 혼성의 가능성을 만들어내는 것은 이런 양립의 어려움이기 때문 이다. 사랑이 여자와 혼성되거나 환상적인 이야기가 침침한 빛과 혼성되는 것이 그런 예다. 막연한 은유는 번역이 쉽다. 해석의 개 방성은 그 은유와 더불어 거의 자동적으로 번역되기 때문이다. 언어의 문제를 일으키고 인지적 효과를 상실할 위험이 생기는 것 은 중의적 단어나 표현이 유도하는 갈등이다.

퍼니스와 바스(2007:157)는 특히 종교시와 철학시가 손에 잡 히지 않는 추상적인 것을 이야기하려고 구체적인 은유를 사용 한다고 말한다. 그러나 7장에서 논의한 R. S. 토머스의 "Agnus Dei"에서 뽑은 예((7.35)를 보라)는 약간 다른 면을 보여준다. 양을 희생과 구원이라는 관념의 구체적 은유로 보는 것은 토머스 가 하려는 말의 일부일 뿐이다. 우리가 보았듯이 독자는 여기서 훨씬 더 나아가 구체적인 것이 단지 추상적인 것의 재현인지 아 니면 그 자체로 숭배해야 할 것인지 생각해야 한다. 교구 목사였던 토머스는 십자가 처형이 은유라고 말하여 사람들을 놀라게 했다. 어떤 사람들은 그 말을 십자가 처형이 일어나지 않았다는 뜻이라고 해석했지만, 토머스는 자신의 말은 그것이 "은유 역할"을 하는 것이 아니라 "그 자체가 은유"라는 뜻이라고 설명했다 (Rogers 2006:302-303). 그의 말의 의미는 십자가 처형이 사실임과 동시에 다른 어떤 것, "일종의 새 생명"(같은 곳)을 나타내는 것이며, 다른 것을 나타내지 **않는다면**(즉 은유가 **아니라면**) 의미를 잃는다는 것이었다고 볼 수 있다. 사실 그는 십자가 처형이 역사적 사건과 은유의 혼성이라고 말하고 있는 셈이다. 이 시의 시적 효과는 "Agnus Dei"나 그 비슷한 시들을 읽는 독자의 마음에 그런 생각이 생겨나게 하는 것이다. 토머스에 따르면 종교와 시 양쪽의 핵심은 "상상"이다(Rogers 2006:302).

나아가서 양은 십자가와 마찬가지로 관습적인 기독교 상징인데, 토머스의 작품 같은 기독교 시는 독자에게 상징 자체의 본질에 의문을 제기하도록 요구하기도 한다. 양과 관념의 혼성은 역사와 관념의 혼성과 마찬가지로 아주 현실적인 가능성이다. 이것은 큰 쟁점들인데, 이런 일이 독자의 정신에서 발생한다. 독자의 정신에서 그것을 촉발시키지 않는 번역은 실패한 것이다.

"그다음에 일어나는 일"의 느낌과 독자의 입장에서 중의성의 인지적 발전은 둘 다 텍스트와 독자의 인지적 맥락의 상호작용이다. 번역자는 그 맥락을 고려해야 하는데, 그것이 인지적이고, 개별적이기 때문이다. 그것은 또 불안정하고 변화한다. 스톡웰 (2002:155-158)이 기술했듯이 맥락은 읽기와 파악의 과정 동안 구축되고, 조정되고, 늘어나고, 줄어드는 것이다.

번역에 관해 이야기하는 사람들은 가끔 맥락이 상당히 안정적인 것이며, 원문 저자의 맥락이 번역자의 맥락보다 중요하고 또 번역이 이루어지는 방식을 정하는 데 더 결정적이라고 이야기하는 것 같다. 예를 들어 구트는 2005년 글에서 가끔 번역자는 독자가 원래 의도된 해석에 이를 수 있도록 "원래 의도된 맥락"을 제공할 수도 있다고 말한다(2005:38-41). 그러나 이런 의도된 맥락과 의도된 해석이라는 개념은 자신의 맥락이 변화해도 인지적 효과를 더 얻지 못하는 독자는 해석을 중단한다고 가정하는 관련도 이론의 관점에 기초를 두고 있다. 독자의 맥락에서 말이 되는 의미가 의도된 의미와 (어느 정도) 어울리기 때문에 해석을 중단하는 것은 성공적으로 보일 수 있다. 이것이 필킹턴이 "진짜 독자는 해석에 요구되는 맥락적 가정들을 제공하여 스스로 내포 독자의 지위로 옮겨가야 한다"(2000:63)고 말할 때 암시한 읽기의 관점으로 보인다. 마찬가지로 반 페르(2000:39)도 문학적 해석은 의미의 "더 높은 확실성"에 이른다는 약속에 의해 추동된다고 말한다. 번역에서 이런 관점은 원천 텍스트를 읽는 번역자가 만족스러운 의미에 도달하면 그 지점에서 읽기를 멈추고 목표 텍스트 독자가 같은 또는 비슷한 의미에 이를 수 있는 방식으로, 또 압운, 보격, 은유 같은 문체적 장치가 일으키는 다양한 효과를 맛볼 수 있는 방식으로 시를 번역해야 한다는 이야기가 될 수도 있다.

그러나 내가 주장해온 문학적 텍스트 접근 방법은 읽기를 만족스러운 적정 관련도가 아니라 최대 관련도로 보자는 것이다(MacKenzie 2002:7 참조). 독자의 인지적 맥락은 관련도를 최대화하기 위해 계속 변한다. 예를 들어 나는 (8.1)의 출처인 R. S. 토머스의 "The Absence"를 읽다가 다음과 같은 마지막 대목에 이른다.

(8.7) ……What resource have I

other than the emptiness without him of my whole

being, a vacuum he may not abhor?

마지막 대목은 중의적이다. 한 가지 가능한 번역은 "to abhor a vacuum"이 진공 상태를 채우거나 피한다는 뜻이며, 번역자는 이 가운데 하나로 결정해야 한다고 말하는 것이다. 실제로 케빈 페리먼(2003:39)의 다음 번역은 그렇게 하고 있다.

(8.8) Welches andere Mittel bleibt   mir
　　which   other means remains to-me

als die Leere – ohne ihn –　　meines ganzen
but the emptiness without him of-my whole

Wesens, ein Vakuum, das   er vielleicht nicht
　being   a vacuum which he maybe   not

verabscheut?
shuns

독일 독자가 번역된 이 시를 읽을 때 도달하는 해석은 신이 사람의 존재의 텅 빈 곳에 들어가기를 거부하지 않을지도 모른다는 것이다. 특정한 인지적 배경, 즉 임재하는 신, 또는 적어도 임재에 대한 소망이라는 배경에서는 그렇게 이해된다. 이것이 영어 크리스마스 캐럴 "O Come All Ye Faithful"에서 "abhor"의 의미인데, 여기에서는 우리를 안심시키듯이 "he abhors not a virgin's womb"(Dearmer et al 1968:78)이라고 말한다. (8.8)의 독일어 독자가 영어 캐럴을 알든 모르든, 또 그것을 페리먼의 책 (2003:38)에서 독일어 번역 옆에 제시한 원문의 영어와 연결시키든 아니든, 독일어 시는 "vielleicht"("maybe")라는 단어로 약화시키기는 했지만 안심시켜주는 분위기를 느끼게 해준다. 그러나 영어 원시 독자는 이런 것을 느낄 수 없다. 여기에서는 읽는 도중에 맥락이 구축되고 바뀐다. "a vacuum he may not abhor"라는 구절은 적어도 네 가지 해석이 가능하다.

　(i) a vacuum he might enter
　(ii) a vacuum he must enter
　(iii) a vacuum he might not enter
　(iv) a vacuum he cannot enter

따라서 영어 독자는 네 가지 독법을 모두 염두에 두고 이와 조화를 이루는 맥락을 유지할 필요가 있는 반면 독일어 시는 오직 (i)과 조화를 이루는 맥락을 만드는 것만 허용한다. (i)과 (ii)의 차이는 영어 시의 "may not"의 서로 다른 의미("might not" or "is not able to")에 있다. 독일어 시에는 이런 중의가 없다. 그러나 사실 훨씬 큰 중의적 요소는 영어 원시에서는 (iii)과 (iv)로 읽는 것 또한 가능하다는 것이다. 이들 또한 적용될 수도 있다고 생각하는 데에는 두 가지 이유가 있다. 하나는 "nature abhors a vacuum"은 공기가 진공을 채우려고 몰려든다는 뜻이며, 이것이 영어 시의 독자의 배경에 미리 깔린 맥락을 이룬다고 가정할 수 (그리고 R. S. 토머스가 가정했다고 가정할 수) 있다는 것이다. 또 하나는 토머스가 신은 부재하며, 인간화된 사랑보다는 경외감으로 만나야 한다고 말하기 좋아했다는 것이다(Rogers 2006 : 301 참조). 시인의 관점에 관한 후자의 지식이 독자의 인지적 맥락에 포함되어 있건 아니건, 진공을 혐오하는 자연에 관한 전자의 지식은 거의 확실히 포함되어 있을 것이며, 따라서 독자는 각각을 허용하는 맥락을 구축하고 네 가능성을 모두 개방해둠으로써 (iii)과 (iv)를 가능한 해석으로 볼 것이다.

독자의 배경 지식에 따라 각 독자의 맥락에 다양한 변화를 주는 것이 문학, 특히 시의 본질이다. 하지만 독자들이 이 시와 조화를 이루는 맥락을 구하고 찾는 것은 가능한 의미에 도달하기 위해서가 아니다. 그것이 목적이라면 위의 네 가지 해석 가운데 어느 것이라도 똑같이 가능할 것이다. 그러나 시를 읽는 목적은 탐색 자체이지 가능한 맥락을 찾는 것이 아닌데, 그것은 아마 맥락을 바꾸고 만드는 것이 즐거운 일이기 때문일 것이다. 파브가 암시하듯이 우리가 하나의 텍스트에 대한 미적이고 감정적인 반응으로서 느끼는 것은 인지 과정에서, 하나의 정신적 재현과 다른 재현의 관계 속에서 경험된다(1995 : 155). 이것이 6장에서 논의한 정서라는 개념이다. 탐색이 너무 빨리 끝나면 즐거움을 많이 놓친다. 어쩌면 이것이 일부 시 독자들이 번역을 읽고 싶지 않다고 말하는 이유 가운데 하나일 것이다. 만일 시가 신중하게 시적으로 번역되지 않으면 원시의 어떤 느낌은 줄지 몰라도 맥락을 탐색할 가능성은 너무 줄어버린다. "The Absence"를 읽는 즐거움은 바로 그 복잡성이다. 앞서 "Agnus Dei"에서 보았듯이 독자는 그저 몇 가지 의미에 어울리는 열린 맥락을 유지하는 데에서 그치지 않는다. 두 무리의 의미—(i)과(ii) 대 (iii)과(iv)—사이에 갈등이 있다는 것이 일단 분명해지면 네 가능성 모두 동시에 공존하는 혼성된 시나리오를 상상하는 것도 가능해진다. 시의 맨 앞부분은 "this great absence / that is like a presence"에 관해서 이야기하는데, 이것은 사실 via negativa, 즉 부정적 신학이라는 개념에 내재하는 관념을 이야기한다. 신은 오직 신이 아닌 것과 관련해서만 이해할 수 있다는 관점이다(Rocca 2004). 일부 독자에게 맥락 구축은 네 가지 읽기 모두와 조화를 이루는 일군의 복잡한 맥락에서 멈출 것이다. 그러나 어떤 독자들은 맥락에 보탤 추가의 요소들을 적극적으로 구하여 혼성물을 얻는다. 그러면 예를 들어 via negativa라는 신학적 개념에 대한 추가의 읽기가 뒤따를 수도 있다.

　그런 텍스트에는 더 집중적인 맥락 탐색을 작동시키는 방아쇠가 늘 존재한다. "Agnus Dei"에서 그것은 "it"이라는 단어였고 "The Absence"에서는 "may not abhor"라는 구절이었고, 햄버거의 시에서는 "no moonshine"이었다. 이 모든 표현은 수렴의 결과다. 우리는 이것을 7장의 마이클 햄버거의 시의 예에서 보았다. 하지만 "Agnus Dei"에서 앞에 나오는 질문 "can an idea bleed?"와 "On what altar / does one sacrifice an idea"의 의미 충돌은 이미 관념과 양의 대조가 핵심임을 보여준다. "The

Absence"에서 부재와 존재의 개념은 첫 행에서 주어진다. 이 모든 시에서는 다른 문체적 장치들도 문제가 되는 중의적 요소를 둘러싸고 구축된다.

번역된 시는 원시가 만들어내는 가능한 맥락들과 일치하는 맥락을 확보한다는 목표를 가질 수 없다. 이런 맥락은 수가 정해진 것이 아니라 독자들 자신, 그들의 문화적이고 종교적인 배경, 시를 읽은 경험 등에 의존하는 것이기 때문이다. 따라서 일치하는 맥락을 가지려고 시도해서는 안 된다. 파브(1995)가 말하는 대로 어떤 시적인 텍스트에 대한 반응이 표상들 사이의 공간에 있다면, 원천 텍스트를 하나의 암호로 다루는 번역, 그래서 하나의 표상을 다른 표상과 일치시키거나 한정된 무리의 맥락을 다른 무리와 일치시키는 번역은 독자의 "밀도"(같은 곳) 있는 반응을 촉발시키지 못할 것이다. 번역은 늘 번역자의 해석이며 번역자가 달라지면 다른 면을 중요하게 보게 된다. 그러나 맥락의 구축과 검토를 허용하는 데, 의미 탐색 과정을 너무 빨리 끝내는 것을 막는 데 중심적 기능을 하는 것은 중의성이다.

목소리, 태도, 함의

나는 전 절에서, 아니 이전의 여러 장에서 어휘, 구문, 운율 어느 것이건 텍스트에 중의적 요소가 있을 때마다 그 결과로 독자는 텍스트에 더 많이 개입하게 된다고 주장했다. 하지만 동시에 이 책 전체에 걸쳐 번역의 효과는 단지 원문의 효과를 흉내 내는 것이 아니며, 번역자의 과제는 문체 분석을 이용하여 그런 효과를 열거하고 재생산하는 것이 아니라고 주장했다.

사실 바로 이것이 구트가 번역을 생산하는 것은 함의와 표의를 세는 것도 아니고, 전체적으로 같은 수를 그대로 옮겨다 놓으려는 시도도 아니라고 말할 때 하고자 한 말이다(2000:98-101). 번역이란 단지 메시지의 전달이 아니라, 번역자의 입장에서의 해석이 관련되는 것이기 때문이다. 번역자는 목표 독자와 관련이 있다고(관련도 이론적인 의미에서 말하자면, 독자가 아무런 이득 없이 노력하게 만들지 않는다고) 해석하는 것에 따라 목표 텍스트 독자의 맥락을 고려하게 된다(2000:116).

그러나 구트의 꼼꼼한 설명에는 등가(메시지의 등가, 함의와 표의의 등가, 독자의 인지 맥락과의 관련도 양의 등가)가 그 자체로는 번역을 이해하는 데 불충분한 기초일 수도 있다는 생각이 빠져 있는 것처럼 보인다. 구트가 말하는 등가(Pym 2010:37이 지적하듯이)가 "믿음, 허구, 또는 가능한 사고 과정의 수준"에서 작동하는 세련된 개념이라 해도 여전히 불충분하다. 메시지의 등가를 독자의 인지 맥락과의 관련 정도의 등가로 대체하면 함의와 표의를 점검하는 것보다는 번역이 하는 일에 더 다가갈 수는 있겠지만, 그래도 내가 4장에서 번역에 핵심적이라고 제시한 개념은 무시하고 있는 것으로 보인다. 즉 번역은 그 나름으로 하나의 텍스트-유형으로, 다른 유형의 읽기와 다른 관련도를 유발한다는 것이다. 이것을 관련도 이론의 용어로 표현해보자. 독자가 원래는 다른 언어로 쓴 소설이나 시를 읽으면서 원천 텍스트의 효과와 비슷한 효과를 얻으려면 더 노력이 필요하겠지만, 이런 추가의 노력은 사실 독자가 번역을 읽고 있다는 사실과 관련된 추가의 효과를 가져올 것이다. 햄버거의 첼란 번역(2007:49)에서 나온 예 (4.12), 여기에서 (8.9)로 다시 드는 예를 보라.

(8.9) Oaken door, who lifted you off your hinges?
My gentle mother cannot return.

4장에서 이 예를 논의할 때 우리는 영어 독자에게도 원문의 독자에게 필요했던 독일어나 그 관용어나 역사에 관한 모든 지식이 필요할 것이라는 점에 주목했다. 이 자체로 영어 독자에게는 더 노력이 요구된다. 우리는 또 (8.9)가 속하는 번역문의 독자는 햄버거의 목소리가 첼란의 목소리 위에 깔리고 보태지는 방식을 처리해야 한다는 데 주목했다. 햄버거는 시의 앞부분에서 사용되었던 동사 "to come"을 (8.9)의 2행에 반복하지 않고 대신 "return"을 택했다. 이것은 열린 문과 영원히 타향 생활을 하는 어머니를 암시하는 효과가 있다. 반면 독일어는 동시에 어머니가 안에 있을 수도 있지만 문까지는 올 수 없다고 암시하기도 한다. 슬픔과 부재의 느낌은 어쩌면 영어에서 더 강할 것이다. 언어가 덜 구어적이고, 어머니는 더 멀게 느껴지기 때문이다.

번역된 텍스트는 독자의 노력을 더 요구하고, 좋은 번역의 경우 더 큰 인지적 변화를 가져올 기회가 있고, 또 원래 저자의 목소리만이 아니라 번역자의 목소리도 포함되어 있어 원천 텍스트보다 더 다양한 태도를 전달할 수 있다는 점에서 원천 텍스트와 다르다. 하지만 원천 텍스트의 중의적 요소가 특별히 중심적인 특징을 이루고 그것이 암시하는 목소리가 침묵의 목소리일 때는 어떻게 될까? 나는 (6.32)에서 폰 퇴르네의 시 "Beim Lesen der Zeitung"에서 틈의 이용을 논한 적이 있다. 거기에는 조동사가 빠져 있기 때문에 독자는 가정법을 채워 화자가 신문에서 하는 말을 단지 전달하는 것으로 해석할지, 아니면 직설법을 채워 그것을 찬성하는 것으로 해석할지 선택할 수밖에 없었다(Boase-Beier 2006:122.127도 보라). (6.32)의 출처인 폰 퇴르네의 전체 시는 다음과 같다.

(8.10) Butchers ignorant of slaughter
—so at least the papers say.
(And I watched my sister with her dolls,
sewing yellow patches on in play.)

이 번역은 첫 행을 신문 표제처럼 들리게 해놓음으로써 불확실성을 유지하려 했다. 여기에는 동사가 없기 때문에 신문이 그들이 무지하다고 말한 것인지 아니면 무지하다는 소문이 있다고 말한 것인지 불분명하고, 또 신문이 그들이 무지하다는 견해에 찬성하는 것인지 아니면 단지 무지하다는 소문이 있다고 전하는 것인지도 불분명하다. 그러나 모든 좋은 시가 그렇듯이 폰 퇴르네의 원시를 번역하려는 시도는 계속 새로운 문제를 던진다. 우리는 사실 하나의 층이 더 있다고 덧붙일 수 있는데, 그 점은 이것이 번역이라는 사실 때문에 생긴 것이다. 노란 헝겊 조각은 유대인이 나치 점령기에 달아야 했던 노란 별을 아이가 대략적으로 표현한 것으로 보인다. 별을 헝겊 조각으로 바꾸는 아이의 관점을 보면 첼란이 사용한 "round star"라는 표현이 떠오르는데 ((8.9)의 출처인 시에서), 여기에서 별은 나치의 상징인 동시에 인간의 눈에 보이는 별이다. 그러나 영국에서는 사람들이 강제로 노란 별을 달지 않았으며, 따라서 이런 연결을 하는 데 들어가는 노력이 상당히 크고, 당시의 다른 유럽 나라들의 상황에 관한 배경 지식이 필요하게 된다.

영어 독자는 처음에는 "butchers"가 문제의 독일어 신문이 선택한 명칭이거나 아니면 독일 신문이 말하는 것에 대한 내레이터(이자 신문의 독자)의 해석을 표현한 것이라고 가정할 수도 있다. 이 둘 가운데 어느 하나일 경우 영어 독자가 하게 될 추가의 노력은 이 시가 원래 영어로 쓴 것일 경우보다 크게 많지 않을 것이다. 그러나 사실 이 시는 영어로 쓴 것이 아니며, "butchers"는 시에서 독일 신문이 사용한 말이 아니라 번역자가 사용한 단어로, 나중에 나오는 "patches"의 소리를 흉내 내고 있다. 따라서 영어 시에서는 도살자와 아이, 그리고 아이의 놀이(바느질)와 대조를 이루는 도살자의 행동(자르는)에 초점이 좁게 맞추어진다. 이 때문에 도살자와 재단사, 심지어 도살자와 의사의 혼성(Lakoff 2008:33도 논의했던 혼성), 또 이 혼성과 나치 범죄자들의 혼성이 생긴다. 이런 논의를 하는 것은 내가 폰 퇴르네의 시를 번역한 (8.10)이 원시보다 낫다는 이야기를 하려는 것이 아니다. 번역은 독자가 처리해야 하는 추가의 해석의 층들을 보태며, 이에 따라 인지적 효과가 생긴다는 이야기를 하려는 것이다.

홀로코스트에 관한 시는 종종 침묵과 틈이라는 특징을 보여준다. 슐란트(1999)가 주목하듯이, 사건들은 너무 참혹하여 말할 수가 없었고, 사람들은 침묵을 강요당했고, 사람들은 침묵을 선택했다. 이런 사건들을 표현하는 시들은 의식적인 책략을 피하거나, 파편화되거나, 신비해지거나, 틈이나 완결되지 않은 문장이나 모순을 사용하는데, 첼란의 "black milk"(Hamburger 2007:71)가 가장 유명한 예다. 중의적 요소는 역사적 사건의 헤아릴 수 없는 동시에 말로 할 수 없는 본질과 더불어 범법자와 방관자—진행되는 일을 알고 있는 동시에 알지 못하거나(Boase-Beier 2004a를 보라) 아니면 알지 못하는 쪽을 선택했다—의 중의적 정신 상태를 도상적으로 반영하기 위해 사용된다. 사실 이런 "분열된 자아"(Emmott 2002) 현상은 중의적 요소를 허용하는 아주 기본적인 (인지적) 과정의 특수한 예에 불과할지도 모른다. 심지어 어떤 시가 홀로코스트에 "관한" 것이냐 아니냐를 두고도 중의적일 수 있다. 폰 퇴르네(1981:13)의 "Aufruf"(Call to Action)의 마지막 세 행은 다음과 같다.

> (8.11) (Wenn sie kommen
>   when/if they come
>
>   ich weiß
>   I know
>
>   von nichts.)
>   (of) nothing

전체주의 체제하의 삶을 암시하는 이 시는 그런 모든 상황에

"관한" 것일 수 있다. 이 마지막 행들은 많은 질문을 불러일으키지만, 그 가운데 하나에만 초점을 맞추자면 이 마지막 세 행에서는 wenn 구 뒤에 도치가 없다는 점에 주목하게 된다. 이 문장은 보통 다음과 같이 말할 것이다. "Wenn sie kommen, weiß ich von nichts." 즉 주절 "I know nothing"의 주어와 동사가 자리를 바꾼다. 그러나 시에서는 도치가 없다는 사실은 이 주절이 단지 시의 나머지 부분과는 달리 내레이터의 목소리가 아니라 실제로 한 말을 흉내 낸 것이기도 하다는 점을 암시한다.*

이 행은 다음과 같이 번역할 수 있다.

(8.12) (When they come
        I know
        nothing.)

이것은 원시를 가깝게 흉내 내며, 영어로 어순을 그대로 따라가고 있다는 의미에서 원시와 구문적으로 등가를 이룬다고 볼 수 있지만, 영어에는 실제로 한 말이라는 암시가 없다. 이렇게 된 것은 첫째로 이것이 독자적인 직접화법의 어순인 동시에 "when" 종속절에 의존하는 간접화법의 어순이기도 하기 때문이다. 그러나 더 중요한 것은 아무도 실제로는 "I know nothing"이라고 말하지 않는다는 것이다. 따라서 다음과 같은 번역 대안을 제시할 수 있을 듯하다.

---

*Wenn sie kommen이 직접화법처럼 따옴표 안에 들어간 것으로 이해할 수도 있다는 뜻이다.(옮긴이)

(8.13) (When they come:

I don't know

anything.)

주절 앞에 콜론을 첨가하여 이 절을 실제로 사람이 하는 말로도 가능하게 바꾸어놓았는데, "I don't know anything"으로 바꾼 것도 같은 효과가 있다. 이런 세부적인 것들로 인해 이 목소리가 말을 하고 있는 어떤 사람의 것이 될 가능성이 더 분명해졌으며, 따라서 비록 독일어 어순은 사라졌지만 (8.13)의 목소리를 홀로코스트 동안 또는 그 뒤에 "I didn't know" 또는 "I didn't know anything"라는 표현을 사용했다고 이야기되곤 하는(예를 들어 Cohen 2002:84) "평범한 독일인"의 목소리라고 보는 것도 용이해진다.

이런 시의 번역은 특히 중요해 보인다. 공산주의자 치하의 독일민주공화국에 살고 있던 "Aufruf"의 저자 폴커 폰 퇴르네는 아버지가 나치의 범죄에 공모했다고 여겨 괴로워했던 것이 분명하며, 그의 시들은 시인이 그 일에 관해 소리 내어 말하지 않으면 사람들이 계속 무지 속에 살아갈 것임을 암시한다.

따라서 이런 시를 번역하는 것은 침묵을 강요당한 사람들과 사실이 잊히는 것이나 역사가 그런 침묵을 되풀이할 것을 두려워하는 사람들의 목소리를 보존하는 방법이며, 당시 말하지 않는 쪽을 택했던 사람들이 말하게 하는 방법이다. 여기서 핵심은 번역이 원천 텍스트의 독자가 경험할 수 있었던 것과 똑같거나 비슷한 맥락적 효과를 만들어내는 방법일 수는 없다는 것이다. 주제, 시인의 이름 등 모든 것이, 목표 텍스트의 독자는 다른 맥락을 배경으로 시를 읽을 수밖에 없고, 읽기 과정에서 자신의 맥락을 바꿀 수밖에 없다는 점을 분명히 보여준다. 이 예들은 번역을 우리에게 원천 텍스트를 보여주는(기록하는) 능력만으로 판단할 수 없고 대리로 행동하는 능력만으로도 판단할 수 없으며, 적어도 부분적으로는 원문보다 더 많은 것을 요구하는 능력으로 판단해야 한다는 것을 보여준다. 나는 이런 능력이 베누티가 이국화(Venuti 2008:152-163)라고 부르는 것의 효과 가운데 하나라고 보며, 이 효과는 특히 시의 번역과 관련성이 크다고 생각한다.

번역 생각하기와 번역 하기

번역의 기술(記述)

이론, 실천

5장에서 나는 이론이 세계를 그린 고정된 그림이 아니라 인지적 구성물이며, 독자가 텍스트를 읽을 때 동원하는 맥락을 이루는 인지적 구성물과 마찬가지로 세상과 마주하고 다른 이론, 다른 관점, 실천과 상호작용하면서 바뀌고 늘어난다는 점에 주목했다.

그러나 특히 번역학에서는 이론과 실천의 상호작용 문제가 결코 단지 이론 구축에만 한정되는 것이 아니다. 우리는 또 이런 상호작용이 실천을 발전시키는 데 어떻게 도움을 주느냐고 물을 필요가 있다. 이론은 적용하려고 만든 것이라는 순진한 견해가 있다. 와그너가 이런 견해를 제시하는데, 체스터먼은 그들의 공동 저서 서두에서 여기에 이의를 제기한다(Chesterman and Wagner 2002:1.4). 체스터먼은 "현대 번역 이론가들은 대부분 이런 견해를 매우 이상하게 여긴다"(2002:2)고 말한다. 그러나 나는 5장에서 이론은 적용하려고 만든 것이라는 생각이 특정 영역이나 현상의 여러 측면에 대한 부분적 기술인 이론의 본질을 오해한 것에 불과하지만, 그렇다고 이론이 실천에 아무런 영향을 주지 않는다는 뜻은 아니라고 말했다. 거꾸로 이론은 실천에 심오한 영향을 줄 수 있고 주고 있으며, 이것이 5장 끝에 나열한 목록의 마지막 항―(xii)항―에서 한 이야기이기도 하다. 이 마지막 장에서는 이런 영향을 검토해보겠다.

이론이 실천에 미치는 영향을 구체적인 맥락에서 생각할 때 우리가 택할 수 있는 접근법에는 두 가지 유형이 있다. 첫번째 더 일반적인 접근법은 이론이 기술이지 일군의 지침이 아니라는 점을 고려할 때 과연 어떤 영향을 줄 수 있겠느냐고 묻는 것이다. 두번째는 특정 이론을 사례로 이용하여, 특정 텍스트나 일군의 텍스트를 제시하면서 그 영향이 무엇인지 보여주는 것이다. 다음 절에서는 5장 끝에서 말한 사항들을 다시 거론하며 두번째 접근 방법으로 돌아올 생각이지만, 우선은 이론이 실천에 영향을 줄 수 있다는 말의 일반적 의미를 생각해보고 싶다. 이런 영향이 발생하는 주요한 방식은 다음 네 가지다.

(i) 이론이 정신을 넓힌다
(ii) 이론이 특정한 보는 방식을 체현한다
(iii) 이론이 우리에게 쟁점이 무엇인지 말해준다
(iv) 이론은 행동의 준비다

(i)에 관해서 보자면 번역 이론은 일군의 지식의 표현으로서 유용하다. 예를 들어 가장 잘 알려진 번역 이론의 하나인 번역자

의 비가시성(예를 들어 Venuti 2008)을 보자. 1995년에 처음 나온 베누티의 이론을 그냥 읽으면 번역을 가시성이나 비가시성과 관련하여 생각할 수 있다는 사실에서부터 베누티가 밀라노의 시인 밀로 데 앙겔리스(2008:239)를 번역했다는 사실에 이르기까지 수많은 것을 알 수 있다. 아니면 1991년에 처음 나온(Gutt 2000) 구트의 관련도 이론의 접근법을 생각해보라. 이 이론의 독자는 "관련도(relevance)"라는 전문 용어와 그것이 일반적인 언어로 사용될 때의 의미 차이를 알게 될 것이고, 어떤 학자들은 별도의 번역 이론의 필요성을 느끼지 않는다는 것을 알게 될 것이고, 무엇보다도 성경 번역에 관하여 많은 것을 알게 될 것이다. 그런 사실, 접근법, 견해, 전개는 우리가 번역에 관해 아는 것의 일부가 될 수 있고 되어야 한다. 우리가 번역자이든 번역학자이든 이것은 중요하다. 다른 사람들이 하는 말을 의도적으로 무시하는 것은 가끔 그런 말이 "최종 결과에 부정적인 영향을 줄"(Landers 2001:50) 위험이 있다는 근거에서 용서를 받는다. 그러나 이것은 이상한 생각으로, 우리가 베이킹파우더의 화학적 효과를 이해하면 그다음부터는 좋은 케이크를 구울 수 없다, 또는 누가 베이킹파우더를 발명했는지 알면 어쩐 일인지 그것을 사용하는 데 해가 된다고 말하는 것과 비슷하다. 이것은 분명히 터무니없으며, 이론을 싫어하는 번역자는 솔직하게 그냥 이론이 어렵고 기질에 맞지 않는다고 말하는 것이 낫다. 지식이 너무 많은 것이 나쁘다고 주장할 수는 없는 노릇이다. 이 말은 다른 여느 경우와 마찬가지로 번역에도 적용된다.

그런 늘어난 지식이 줄 수 있는 영향은 많고도 다양하다. 예를 들어 유창함의 숭배(Venuti 2008:1-6)의 음험한 영향을 인식하거나 "과거에 지배당했거나 배제된 것을 찾게"(Venuti 2008:33) 되면 출판사에서 번역을 두고 하는 논평의 근거를 더 잘 알 수 있다. 몇 년 전 나는 어떤 출판사에서 폴커 폰 퇴르네의 시는 "너무 독일적"이어서 영어 번역으로 영어 독자의 마음을 끌 수 없다는 말을 들었다. 번역의 역사가 그런 견해로 귀결될 수도 있는 근거를 이해하면 다양한 결과가 생겨날 수 있다. 어떤 사람은 원래의 문화를 전형적으로 드러내는 경향이 덜한 다른 작품을 구해 번역하려 할 수도 있다. 또 어떤 사람은 독자에게 너무 부담을 주지 않으려고 번역을 자국화할 수도 있다. 그러나 또 어떤 사람은, 이것이 나 자신이 선호한 대응이기도 한데, 적당한 기회가 있을 때마다 출판사, 학자, 번역자, 독자를 재교육하는 일에 나설 수도 있다. 완전히 다른 유형의 이론, 그리고 그와 연결된 접근법을 택한다면, 예를 들어 번역에 대한 관련도 이론 접근법을 이해할 경우 그 구체적 결과가 번역된 시에 중의성, 긴장, 전경화, 개방성을 다량 구축하여 독자가 너무 쉽게 만족을 느끼지 못하게 하는 것으로 나타날 수도 있다는 점에 주목할 수도 있다.

방금 제시한 두 예에서 이론을 완전히 받아들이는 것은 중요하지 않다. 이론은 늘 부분적 설명이며 부분적 그림을 제시한다. 이론은 보는 방법이다. 이것이 위의 (ii)항이다. 따라서 어떤 사람은 비가시성에 대한 답으로 번역을 이국화하는 것에 의문을 제기할 수도 있다(Davis 2001:87-90; Pym 2010:112을 보라). 또는 관련도 이론은 문학 텍스트나 문학 번역에 관해서는 거의 해주는 말이 없다고 주장할 수도 있다(Malmjkaer 1992). 이론이란 바라보는 방법이기 때문에 이론에 관해 아는 것은 다양한 관점이 존재한다는 것을 받아들인다는 뜻이다. 바라보는 다양한 방법을 이해하는 것이 번역에 근본적이기 때문에 다양한 접근법으로 번역을 보려는 행동 자체가 번역 행위를 위한 실천이라고 주장할 수도 있다. 베누티는 다양한 근거로 번역의 이국화를 옹호하는데, 영국 르네상스 문학과 마르크스주의 비평이라는 배경(Venuti 1989를 보라), 데 앙겔리스를 번역한 경험, 번역을 바라보는 제한된 관점들의 경험 등이 그런 근거다. 구트는 성경 번역자로서 자신의 경험과 다른 성경 번역자들의 작업에 대한 관심에 기초하여 주장을 펼친다. 이들과 다른 번역 이론가들의 배경과 이데올로기를 이해하는 것은 그들 입장에 서보고 번역이 다양한 사람들에게 다양한 것을 의미하며 다양한 기능을 수행한다는 것을 인식하는 데 핵심적이다.

이 양쪽의 경우에 우리는 위의 (iii)항, 즉 이론은 쟁점이 무엇인지 말해준다는 항의 중요성을 알 수 있다. 이국화 번역을 들어보지 못했다면 그렇게 번역을 하는 것이 가능하다는 것을 깨닫지 못할 수도 있다. 더 나쁜 것은 번역은 오로지 자국화 번역이며 다른 대안은 없다—실제로 베누티는 이것이 최근까지도 일반적 견해였다고 말한다—고 생각할 수도 있다(Venuti 1998:11). 번역은 의사소통의 한 유형이며 따라서 의사소통의 법칙들을 따른다는 구트의 견해를 읽기 전에는 어떤 번역은 왜 실패하고, 거룩한 텍스트의 번역에서 텍스트의 단어들이 왜 그렇게 중요하게 여겨지는지 설명하지 못할 수도 있다(Gutt 2000:22 참조).

위의 (iv)항은 이론이 행동의 준비라고 말한다. 이 말은 조건반사가 아닌 한 어떻게 하느냐에 관한 이론이 없으면 어떤 행동도 할 수 없다는 뜻이다. 이론은 행동의 부분적 모델이기 십상이며, 이것이 그 세부를 모두 설명할 수도 있고 하지 못할 수도 있지만, 어떤 종류의 정신적 모델은 늘 필요하다(Boase-Beier 2010a). 번역의 경우 특정한 텍스트 참여 방식, 특정한 읽는 방식, 특정한 언어학적 사고방식이 관련된다고 상정하는 것이 합리적이다(Slobin 2003:164; Boase-Beier 2006:23-25을 보라). 많은 번역자가 목표 언어의 표현 가능성을 염두에 두고 원문을 읽는다는 사실을 증언해왔다(예를 들어 Bell 1991:186; Scott 2008:17). 그런 읽기는 우리가 아는 번역 이론들, 그리고 우리가 동의하는 번역 이론들의 영향을 받지 않을 수가 없다. 나는 다른 곳에서(Boase-Beier 2010a) 특정 이론들의 위험을 논의한 적이 있다. 이론이 잘못될 수도 있기 때문이 아니라 그것이 첫째로, 완전한 재현으로 취급될 수 있고, 둘째로 그것이 순진하게 적용될 수 있기 때문에 위험하다. 첫번째 경우 예를 들어 번역이 "베일이 아니라 창"(Boland 2004:11)이라고 믿는 번역자들은 번역자가 번역에 중요한 방식으로는 개입하지 않는다고 보게 될 수도 있다. 이 견해는 비합리적이지는 않고, 다만 불완전하다. 번역은 해석적 행위(예를 들어 Gutt 2000:105를 보라)이므로 개입 없이 번역하는 것은 불가능하기 때문에 그 불가능성에서 내가 방금 언급한 종류의 견해, 즉 번역 그 자체가 불가능하다는 견해가 나올 수도 있다. 이 견해는 터무니없을 뿐 아니라 잠재적으로 번역자들의 작업에 해를 준다. 두번째로, 순진한 적용은 베누티가 번역자들을 보며 한탄하는 "자멸"을 낳을 수 있다(2008:7). 창문 은유가 번역이라는 행위를 완전히 재현한 것으로 받아들이거나 그것을 실천에서 적용하려고 하는 것 양쪽의 결과는 번역된 텍스트의 완전한 자국화로 나타날 수도 있고, 또는 반대로 목표 텍스트의 독자가 참여할 필요를 전혀 고려하지 않는다거나, 번역자는 중요한 역할을 하지 않는다는 믿음(예를 들어 Venuti(2008:7)가 번역자는 보이지 않는다는 견해의 예로서 인용하는 Trask in Honig 1985:11-21을 보라)에서 문체를 무시하면서 원천 텍스트에 가깝게 다가가는 것으로 나타날 수 있다.

이론은 정신적 구성체이며 이론이 독자의 정신을 위의 (i)에서 (iv)에서 이야기한 방식으로 참여시킨다는 점을 인식하는 것이 중요하다. 따라서 특정한 방식으로 번역하기 위해 그냥 번역 이론을 하나 택하여 번역 행위에 적용할 수는 없다. 관련도 이론의 방식으로 번역하는 방법은 없다. 이 이론에 따르면 모든 번역이 의사소통 행위로서 관련도 이론의 원리를 따르기 때문이다. "다체제" 번역도 없고 "문체적" 번역도 없다. 다체제 이론에 따르면 모든 번역은 체제 내에서 자기 자리를 가지며, 문체 이론에 따르면 모든 번역은 문체론의 도구를 이용하여 읽고 분석하는 것, 또 그 읽기를 분석하는 것이 가능하기 때문이다. 번역하기나 읽기의 방법론을 끌어내려면, 비평 이론이 비평적 읽기의 방법론(Iser 2006:10) 또는 심지어 쓰기의 방법론(Iser 2006:126)으로 번역될 수 있듯이, 이론 자체가 전환(또는 번역)되어야 한다. 그러나 이렇게 이론을 실천으로 번역하는 것은 필수적 단계인데, 결코 단순하지 않다. 어떤 이론가들은 자신의 이론의 일부로서 그런 번역이 어떻게 나타날지 이야기해준다. 베누티는 책의 한 장에

"행동 개시 명령"이라는 제목을 붙이고(Venuti 2008:7장), 자신이 이 책에서 기술한 "현대 영미 문화에서 번역의 주변적 지위"(2008:viii)의 원인이 되고 또 그것을 전형적으로 보여주는 조건들에 더 쉽게 "저항하고 또 그것을 바꿀" 수 있는 방법들을 제시한다(2008:13). 나는 『번역에 대한 문체론적 접근』 말미에 "문체론적 접근의 실제"란 장을 싣고(Boase-Beier 2006: 5장) 독자에게 이전 장들의 이야기를 전략으로 번역하는 구체적 방법을 제시했다. 이론은 상황, 과정, 사건을 기술한다. 그에 따르는 전략은 역사적, 문화적, 문학적 상황 등과 상호작용하면서 그런 기술 위에 구축된다. 이런 이해에 기초하여 각 번역자는 전략을 결정하고 발전시킬 필요가 있다.

번역의
시학

이 책 전체에 걸쳐 옹호해온 이론은 5장 끝에서 확립된 사항들을 전개한 것이다. 그 이후에는 그 이론의 인지적 성격을 탐사해왔다. 이 이론의 핵심은 번역될 텍스트와 그 결과로 나오는 목표 텍스트 양쪽의 문체의 중요성이다. 문체란 저자의 선택과 무의식적 영향을 반영하며, 동시에 독자에게 주는 인지적 영향의 기초이기 때문이다. 문체는 인지적 실체이기 때문에 인지적 문체론의 통찰을 활용할 때 가장 잘 살펴볼 수 있다. 여기에는 독자가 추론하도록 허용하는 뉘앙스, 틈, 중의성, 함축 안에 주로 터를 잡은 의미라는 개념을 비롯하여, 개념적 은유의 구조화 효과 같은 다른 중요한 통찰이 포함된다. 특히 6장에서 말하듯이 **사건은 행위**라는 은유의 효과는 번역자가 독자로서 번역되고 있는 텍스트에 책임을 지는 저자의 정신을 늘 재구축한다는 것이다. 그러나 인지 문체론의 또 다른 통찰(이 또한 인지 언어학과 개념적 은유 이론에 기원을 둔 것이다)은 단지 좁은 의미의 정신적 과정이 아니라 신체적이고 감정적인 과정으로서 생각, 읽기, 이해, 시적 효과를 강조한다는 점이다. 시학이나 문체론이 텍스트를 읽는 데 언어학을 적용하는 것이 우리가 특정한 읽기에 이르는 방식을 설명하는 데 도움을 준다는 이론이라면(Leech 2008:6과 Stockwell 2002:8 참조) 번역 시학은 왜 우리가 지금과 같은 방식으로 읽는지 설명하는 데 초점을 맞춘다. 번역자는 자신이 읽는 방식과 원천 텍스트가 독자에게서 어떤 효과를 달성하는 방식을 분석할 수 있어야 한다. 나아가서 번역자는 텍스트가 어떻게 작동하는지, 무엇이 텍스트를 문학으로 만드는지 의식해야 한다. 그래야 그 결과로 나온 번역이 문학적 읽기가 가능하다는 면에서 문학 텍스트로 작동할 수 있고, 또 결과로 나온 텍스트가 어느 정도는 원천 텍스트의 대리로 보인다는 면에서 번역으로서 작동할 수 있다. 1장의 1.2절에서 논의한 표현을 사용하자면 번역은 도구적(문학 텍스트로 작동한다는 점에서)인 동시에 기록적(따라서 원천 텍스트의 대리이다)이다. 특히 이 책에서 택하는 접근법이 뭐가 새로운지 그냥 요약해보는 것도 가치가 있는 일일 것이다. 그렇게 하면 독자는 이것을 다른 접근법과 더 쉽게 비교할 수 있기 때문이다. 이 장의 남은 부분에서는 이 접근법이 이전의 이론들과 다른 주요한 점들, 그리고 실천에서 이런 접근법이 발휘하는 효과를 정리하겠다.

첫째, 1장이 보여주었듯이 무엇이 번역을 구성하는가 하는 문제에 관해서는 합의가 거의 또는 전혀 이루어져 있지 않지만, 또 일부 비문학 번역(예를 들어 지침)은 실제로는 다시 쓰기이지만, 문학 번역이 무엇인지 말하는 것은 가능하다. 모든 문학 번역은 문학 텍스트의 (성공적인) 번역이든 아니면 다른 어떤 텍스트의 문학적 번역(문체와 효과를 받아들인다는 점에서)이든 기록인 동시에 도구라는 점에서 진정한 의미의 번역이다. 번역을 기록인 동시에 도구로 보는 것은 번역을 수행하는 방식에 심오한 영향을 줄 수 있다.

시의 번역을 이해하는 것은 문학 텍스트의 번역 전반을 이해하는 데 도움을 준다. 다음 예를 보자.

(9.1) "No need to apologize"

　　　says God to his conscience.

　　　......

　　　"The answer is at the back

　　　of the mirror", says Alice, "where truth lies"

(Thomas 2004:303)

번역자(그리고 아마 대부분의 독자)는 apologize와 lies의 연결을 볼 것이다. 두 단어가 운이 맞기 때문이다. 두 단어가 운이 맞는 것은 단지 이들이 압운의 음운론적 기준을 충족시킬 뿐 아니라(즉 강세가 있는 모음과 그 뒤의 자음이 동일하다) 덧붙여서 위치의 기준을 충족시키기 때문이다. 이들 사이에는 여섯 행이 있고 이 두 단어를 강조할 만한 강한 보격이 있는 것도 아니지만, 이들은 각기 시의 첫 행과 마지막 행의 끝에 있으며, 따라서 전경화된다. 이렇게 이들은 운이 맞으며, 이 압운을 번역자는 중요하게 받아들일 것이다. 그것이 중요한 것은, 10장의 논의에서 분명해졌겠지만, 특정한 의미로 향하는 길을 가리키기(예를 들어 실제로 사과할 필요가 있다거나) 때문이 아니라, 독자에게 apologize와 lies 사이에는 소리와 위치의 연결 외에 다른 연결이 있다는 것을 알리기 때문이다. 따라서 압운은 "where truth lies" 의 중의성을 강화하여 다시 읽고 다시 평가하는 작업을 촉발시키는 역할을 한다. 시에 참여하는 것은 답을 탐색하는 것만큼이나 시가 제기하는 의문을 탐색하는 작업이 된다.

그렇다고 우리가 기록이나 도구 가운데 어느 한쪽 번역, 또는 두 유형을 결합하는 번역을 수행할 수 있다는 이야기를 하자는 것은 아니다. 사실 이 시의 모든 번역은 단지 그것이 시의 번역이라는 이유만으로 두 가지를 결합할 가능성이 높다. 하지만 도구성이라는 개념은 중요하다. 모든 번역은 번역으로 간주되기 위해서는 어느 정도는 기록이어야 한다는 데 의문을 제기할 사람은 없을 것이다. 하지만 도구성이라는 개념은 독자가 노력을 하게 한다는 뜻이다. 도구성의 인식 여부에 따라 (9.1)은 그 아래 (9.2)로 번역될 수도 있고 (9.3)으로 번역될 수도 있다.

(9.2) "Kein Grund zum Entschuldigen",

   sagt Gott zu seinem Gewissen.

......

"Die Antwort ist hinter

dem Spiegel", sagt Alice "wo Wahrheit liegt".

(9.3) "Keine Entschuldigung nötig

sagt Gott seinem Gewissen.

......

Sagt Alice: "Hinten liegt die Antwort

im Spiegel, wo Wahrheit falsch ist"

(9.2)에서는 원문의 한 의미가 보존되고 있다. 하지만 우리는 (9.1)을 논의하면서 apologize-lies의 압운이 문학적 읽기를 촉발한다는 이야기를 했다. 우리는 구 걸치기가 "answer at the back"(문제지에서 답의 위치를 표시하는 경우처럼)과 "answer at the back of the mirror"(비현실적 세계에서 이루어지는 일이나)의 이중 구문을 만들어내는 것이 중요하다고 간주하고, truth lies의 중의성을 더 살펴보게 된다. (9.3)은 필립 윌슨이 이 책을 위해 해준 도구적 번역으로, 독자가 진실, 현실, 질문의 본질이라는 이 모든 쟁점에 창조적으로 참여하게 해준다. (9.2)를 포함하여 모든 번역은 정의상 기록이지만, 문학 번역을 다르게 만드는 것은 결과로 나온 텍스트의 도구적 성격이다. 도구적 번역을 하는 것은 창조적 읽기를 자극하는—이것이 문학 텍스트의 특징이다—목표 텍스트를 쓰는 것이다. 이렇게 하려면 번역자는 원천 텍스트의 문체를 고려해야 한다.

두번째로, 나는 이 책에서 문학 번역은 도구적 번역 과정이 독자에게 심오한 인지적 효과를 낳는 텍스트를 창조한다는 점에서 비문학 번역과 다르다고 주장해왔다. 문학 번역은 독자가 전에 알던 것을 다시 생각하고 새로운 의미를 찾고 새로운 맥락을 창조하게 한다. 로제 아우슬랜더(1977:24)의 시의 다음 발췌문(처음과 마지막 연이다)을 보자.

(9.4) Wir kamen heim
    we came home

ohne Rosen
without roses

sie blieben im Ausland
they stayed in-the abroad
......

Wir sind Dornen geworden
we are thorns become

in fremden Augen
in foreign eyes

잠시 마지막 연에 초점을 맞추면 우리는 이 독일어 시의 독자가 적어도 다음 사항들을 인식하게 될 것임을 알 수 있다.

(i) "Dornen" 즉 가시는 시인의 이름 Rose와 더불어 이 시의 첫 두 행과 관련이 있는데, 이 두 행은 직역하면 "we came home / without roses"라는 뜻이다. 따라서 "Thorns"는 이

시의 "we"가 부정적인 빛 속에서 나타나는 것을 암시한다.

(ii) 관용구 "jemandem ein Dorn im Auge sein"은 누군가에게 심하게 짜증이 나는 자극이 된다는 뜻으로 직역하면 눈엣가시라는 뜻이다.

(iii) "fremd", 즉 외국이라는 말은 시인의 성을 암시한다. 시인의 성 Ausländer는 "foreigner"라는 뜻이기 때문이다. 이것은 또 첫 연에서 "Ausland" 즉 외국이라는 말을 사용한 것과 연결된다.

독일어 시의 모든 독자는 각기 다른 배경 맥락에서 출발하여 시를 읽으면서 의미 탐색의 일부로서 그 맥락을 바꾸거나 보탤 것이다. 방금 말한 세 가지 사항은 아마 대부분의 독일 독자가 공유하는 기본적인 맥락의 틀의 일부를 구성하겠지만, 어떤 사람들은 예를 들어 시인에 대한 특정한 지식—예를 들어 그녀가 미국에 오래 살았다는 사실이나 그녀가 유대인이라는 사실—을 보태기도 하고, 화자, 그리고 다른 밝혀지지 않은 사람들이 "thorns in foreign eyes"라는 의미에 대하여 그들 나름의 해석을 보태기도 할 것이다. 이런 배경에서 독자는 원시를 해석하면서 시의 첫 단어인 "we"가 아우스랜더와 다른 망명한 유대인을 가리킨다고, 아니면 단지 그녀 자신만을 가리킨다고—그녀가 처음에는 독일어 시인으로 출발했지만, 그 후 오랫동안 영어 시인으로 활동하면서 이 둘로 파편화되었다고 느낀다는 점에서—이해할 것이다. 아니면 우리는 이것이 망명의 삶을 살아가는 우리 모두를 가리킨다는 식으로 이해할 수도 있을 것이다. "Dorn im Auge"의 이미지가 모든 망명한 유대인, 모든 망명자 전체, 모든 유대인 전체, 시인들을 가리키는 것이라고 해석할 수도 있다. 이 책에서 내가 주장해온 것은 시의 번역은 번역된 시—여기에서 암시는 맥락의 틀을 확립하는 데 도움을 줄 수도 있고 중의성은 그것이 발전해 갈 수도 있는 길을 탐사하는 데 도움을 줄 수도 있다—의 독자에 게서도 맥락 구축과 변화라는 비슷한 과정이 일어난다는 점을 고려하지 않으면 이루어질 수 없다는 것이다. 아우슬랜더라는 성에 대한 암시는 번역에서 유지하기 어려울 수도 있지만 불가능한 것은 아니다. 첫 연은 이렇게 번역할 수 있다.

(9.5) We came home
    with no roses
    they stayed out in that land

"the thorn in the eye" 이미지를 어떻게 번역하느냐 하는 문제도 있다. 이것은 영어로도 얼마든지 이해할 수 있으며, 따라서 우리는 원문에 가까운 상태를 유지한다는 의미에서(Berman의 이야기(2004:286)를 따라), 또 베누티가 말하는 의미, 즉 우리가 사물을 다르게 보는 데 도움을 주는 특별한 언어를 사용한다는 의미에서(예를 들어 Venuti 200) 이국화 번역을 택할 수도 있다. 오서스(1977:51)는 바로 이런 일을 하여, 이 연을 이렇게 번역했다.

(9.6) We've become thorns

in the eyes of others

일반적인 번역은 "a thorn in the flesh"일 것이나 이런 덜 고통스러운 이미지는 다르게 보는 방법들을 가리킬 여지를 주지 않는다. 중요한 것은 영어 독자가 장미와 가시의 이미지, 외국과 고국의 이미지, 다른 사람들이 보는 방식에 관한 이미지 등 모든 것이 자기 자리를 갖는 수많은 맥락을 구축할 수 있다는 점이다.

영어로 번역된 이 시—(9.6)의 출처이기도 하다—의 독자가 독일어 독자보다 더 노력해야 한다는 점도 주목할 가치가 있다. 영어 독자는 나치의 동유럽 점령기에 해외로 간 유대인의 상황을 더 많이 알아보고 "foreigner"가 된다는 것이 무슨 의미인지 다시 생각해보거나, 영어 관용어 "a thorn in the flesh"와 오서스가 사용한 표현의 차이를 곰곰이 생각해보거나, 오서스의 배경과 그가 독일어 관용어에 가까운 상태를 유지하려 한 이유를 알아내려 할지도 모른다. 번역된 문학 텍스트에 더 깊이 참여하여 더 창조적으로 읽으면 실제로 문학적 효과도 늘어난다. 문학 번역의 강화된 문학성을 알기 때문에 번역자들은 목표 독자에게는 분명하지 않을 수도 있는 암시를 독자의 맥락에 집어넣기 위해 미주나 각주를 사용하기도 한다. 하워드와 플레바네크(2001)의 폴란드 시인 로제비치 번역도 그런 예다. 이 번역의 미주 덕분에 영어 독자는 읽는 동안 구축되는 맥락에 폴란드 화가들, 독일의 구호와 요리들, 심지어 원시의 시인의 (공언된) 견해와 생각까지 통합할 수 있다. 이런 추가의 주석은 종종 논란을 일으킨다. 어떤 비평가들(예를 들어 Newmark 2009:35)은 주석이 정보를 제공하여 번역 독자를 너무 편하게 해준다고 주장했다. 이것은 어느 정도 사실이다. 우리가 보았듯이 창조적인 맥락 구축의 여지를 남기는 것은 함의, 암시, 문체적 뉘앙스이기 때문이다. 그러나 문학 텍스트의 정보적 내용—이것은 미주와 각주에도 적용된다—은 늘 문체적 특징과 상호작용을 하며, 따라서 텍스트에 대한 참여를 강화하여 효과를 늘릴 수 있다.

여기서 제시하는 이론이 과거의 이론들과 다른 세번째 점은 이 책에서는 번역된 텍스트를 진짜 원천 텍스트의 요소들과 원래 목표 언어로 쓴 상상의 텍스트를 결합하는 개념적 혼성물로 본다는 것이다. 이런 견해는 영어가 모어이고 독일어를 모르는 화자가 독일 시인 릴케의 작품을 아느냐는 질문을 받았을 때 "그렇다, 나는 릴케를 읽었다" 하고 대답할 수 있지만, 똑같은 사람이 "나는 패터슨의 릴케는 읽었지만 햄버거의 릴케는 읽지 않았다"(Paterson 2006, Hamburger 2003을 보라)고 말할 수도 있는 상황을 설명해줄 수 있다. 첫번째 경우 그 책은, "읽다"라는 동사를 사용할 수 있을 만큼은 되지만, 그럼에도 영어 시인-번역자에 의한 영어 책의 특징이 상대적으로 적은 혼성물로 생각되고 있다. 두번째 경우 영어 시인의 문체의 문체적 요소들을 포함한 영어 텍스트의 특징이 혼성물에 더 강하게 자리 잡고 있다. 번역을 혼성물로 본다면 전 절에서 언급한 강화된 효과는 쉽게 설명할 수 있다. 번역은 원문을 없애거나 대체하는 것이 아니라 번역에 의해 창조된 효과를 거기에 추가하는데, 이런 효과는 그 혼성된 성격으로 인한 텍스트 참여 증가에서 나온다. 번역자의 목소리가 보태지면서 원문의 목소리들이 늘어나고, 번역자의 해석에 의해 해석의 가능성도 늘어난다. 4장의 예들이 보여주듯이 텍스트의 언어조차 혼종이 될 수 있다. 번역을 혼성물로 이해하면 번역자는 원천 텍스트의 관용어를 유지하기 위해 이국화의 요소들을 이용할 수 있고(Venuti 2008이 말하듯이), 베르만(2004)이 말하듯이 새로운 단어와 새로운 상황의 창조를 허용할 수 있다.

네번째로, 나는 6장에서 번역된 텍스트는 대리 원리에 종속된다고 말했다. 그것은 원문을 대신한다. 이것은 그 자체로는 좋은 일도 아니고 나쁜 일도 아니며, 단지 사실일 뿐이고, 또 환유에서든, 가족관계에서든, 공적인 모임에서든 한 가지가 다른 것의 대리 역할을 할 수 있다는 더 큰 원리에 의존하고 있다. 베누티는 이런 원리의 잠재적 함정 몇 가지를 보여주었으며(예를 들어 2008:7), 번역자의 지위가 대리라서 부차적 가치를 가진다는 견해가 적어도 학계에서는 널리 의문의 대상이 된 것은 대체로 그의 작업의 결과다. 그렇다고 해서 대리 원리 자체가 문제라는 뜻은 아니다. 존 쏘(영국 텔레비전 시리즈에서 모스 경감 역을 맡았다)가 옥스퍼드에서 심장마비에 걸렸다거나 조디 피쿠가 *Nineteen Minutes*(2008)에서 묘사한 사건들이 실제로 일어났다거나, 햄버거의 작업이 릴케의 시라고 상상하는 데에는 아무런 잘못이 없다. 잘못이 있다면 연기는 무의미하고 소설은 탈출구를 제공하지 않고 번역은 성공을 거두지 못할 것이다. 대신 우리는 그런 원리가 존재하는 동시에 그것이 잠재적으로 위험한 결과를 낳을 수 있다는 점을 의식할 필요가 있다. 이런 결과 가운데 일부는 독자가 범죄소설에서 벌어지는 일을 흉내 내려 한다거나 아이들이 배트맨 만화를 읽고 날아보려 한다거나 유령 이야기를 읽은 뒤 어둠이 무서워진다거나 하는 경우처럼 심각할 수도 있다. 다른 결과들, 예를 들어 번역자의 비가시성 같은 경우는 생명을 위협하지는 않을지 모르나 자존심 외에도 생계, 학문적 경력, 연구 자금에 엄청난 영향을 줄 수 있다. 번역을 하는 방식에 대한 영향이라는 면에서 보자면 대리 원리는 원리를 준수하려는 시도와 회피 양쪽을 낳을 수 있다. 예를 들어 학문적 배경 때문에 다른 많은 번역자보다 번역이 대리로서 가지는 잠재력을 더 의식하게 된 마이클 햄버거는 자신의 번역 작업을 "자신을 텍스트에 강요하려고 하는" 것이 아니라 "텍스트를 옮기려 하는 것" (Honig 1985:177)으로 보며, 그렇게 함으로써 예를 들어 사람들이 번역이 없었다면 들어보지 못했을 외국의 시인들을 알게 된다고 말한다. 햄버거에게는 여러 유형의 번역이 있다. 원문을 보기 위해 읽는 번역이 있고 번역자의 작업이 좋아서 읽는 번역이 있다(Honig 1985:179). 따라서 그가 말하고 있는 것은 어떤 번역은 원래의 시인의 글의 대리 역할을 하고 어떤 번역은 그렇지 않다는 것이다. 후자의 예는 로월이 1961년에 낸 책 *Imitations*인데 이것은 "하나의 연속체, 하나의 목소리가 여러 인격을 통하여 흐르는 것"(Lowell 1990:xi)으로 읽을 수 있다. 이 때문에 로월은 자유롭게 번역할 수 있었으며, 로월의 번역을 원본으로 보게 될 일은 없을 것이다. 반면 번역자의 이름을 책 표지에 두드러지게 박아 넣는 것을 피하는 출판사들은 아마 사람들이 원문을 읽고 있다고 생각하기를 바라기 때문에 그렇게 할 것이다. 번역을 대리로 보는 관점은 위에서 언급한 "창문" 은유를 이야기할 수도 있고, 역설적으로 텍스트가 번역으로서 눈길을 끄는 것을 피하려고 언어를 자국화하게 될 수도 있다. 번역이 원본의 대리로 보이게 할 수 있는 능력은 3장에서 이야기했던, 번역자가 원본에 느끼는 충성심과 밀접하게 연결되어 있다.

번역이 대리로 간주되는 정도와 번역자의 창조성 사이에는 연관이 있는 것으로 보일 수도 있다. 독자에게 "원본이 실제로 어떠했는지"(Hamburger in Honig 1985:179) 보여주고 싶은 마음이 확실한 번역자는 창조성을 덜 발휘할 것이기 때문이다. 번역자들 자신도 가끔 이런 견해를 지지하는 듯하다. 햄버거는 자신의 작품을 쓸 수 없을 때 번역을 했다고 말했다. 그는 번역을 음악을 작곡하기보다는 "연주"하는 것으로 여겼다. 로월 또한 "가끔 나 자신의 것을 전혀 쓸 수 없을 때" 번역을 "썼다"(1961:xii)고 말했다. 그러나 홀먼과 내가 *The Practices of Litearry Translation*(Boase-Beier and Holman 1999:2-17)의 머리말에서 주장했듯이 제약은 그 자체로 더 큰 창조성을 낳을 수 있어, 문학 번역은 창조적 글쓰기와 창조적 읽기 양쪽을 강화한다.

마지막으로, 나는 이 책 전체를 통하여, 문학 번역을 분석하면 문학 번역과 비문학 번역 양쪽의 과정을 모두 이해할 수 있다고 주장해왔다. 나의 이런 주장은 한편으로는 문학적 사고가 우리가 생각하는 방식 전체에서 중심적이라는 인지 언어학자와 문체론자들의 견해(Turner 1996:11)를 확장한 것이며, 또 한편으로는 광고 같은 많은 비문학 텍스트가 문학적 문체를 사용하고, 비록 문학 텍스트보다 심오하지는 않을 가능성이 높지만 독자에게 인지적 영향을 준다는 점에 기초하고 있다. 상대적으로 심오하지 않다는 것은 문학적 읽기는 창조적인 참여를 더 요구한다는 점에서 비문학적 읽기와 다르다는 사실에서 끌어낸 이야기다. 또 나는 시 번역의 이해가 문학 번역 전체를 이해하는 데 도움을 준다는 것을 보여주려고 노력했는데, 이것은 시에서는 똑같은 규칙이 더 집중된 방식으로 적용되기도 하고, 형태와 위치가 더 큰 역할을 하기 때문이기도 하다. 따라서 시 번역 공부는 문학이든 비문학이든 모든 번역자에게 유용하다. 시와 그 번역을 공부하는 것이 문학 비평 훈련의 중요한 한 부분이라고 생각하는 경우도 많은데(Barlow 2009:52-65), 이것은 문학을 공부하는 사람과 마찬가지로 문학 번역을 공부하는 사람도 귀담아 들을 이야기이고, 창작을 하는 작가와 마찬가지로 번역자도 귀담아 들을 이야기다. (9.2)와는 달리 (9.1)의 예에서는 apologize와 lies가 행 마지막에 있다는 것, 즉 이들의 위치가 이 둘이 운이 맞는 것으로 보이게 해주는 결정적 요소였으며, 이런 위치라는 요소는 시에서 더 쉽게 전경화된다. 7장에서 논의했던 자유와 제약이라는 쟁점은 모든 텍스트에서, 특히 문학 텍스트에서 중요한데, 보격과 소리 반복에 영향을 주는 이런 형태적 제약이 추가될 때 훨씬 의미심장해진다. 내가 이야기해왔듯이 이 모든 요소는 특히 창조적인 번역을 낳을 가능성이 높다. 이것은 한편으로는 그런 모든 제약이 독자에게 인지적 영향을 주는 문체적 장치이고 번역은 목표 텍스트의 독자에게 그런 효과를 재창조하는 것을 목표로 삼기 때문이다. 8장에서도 말했듯이 특히 중의적 요소는 독자를 참여시키는 강력한 도구다. 시는 아마도 다른 문학 텍스트보다 더, 그리고 분명히 비문학적 텍스트보다는 훨씬 더 중의적 요소에 의존할 것이다. 하지만 우리는 또 신문 표제, 광고, 정치 연설 등 독자가 참여하기를 원하는 곳마다 글을 쓰는 사람이 중의적 요소를 사용하는 것을 보았다. 특히 7장에서 보았듯이—그리고 위의 (9.4)의 예를 기억하라—독자의 참여란 독자가 의미를 탐색하기 위하여 자신의 인지적 맥락을 처리하고, 그런 처리 과정에서 견해를 바꾸고, 새로운 정보를 추가하고, 새로운 통찰을 얻고, 감정을 경험하는 등 온갖 종류의 영향을 받는 것이다.

어떤 읽기에서나 인지적 효과는 일어난다. 우리는 1장의 예 (1.18)에서 대중적 심리학서가 "creeps"라는 말을 감정적으로 사용하는 것을 보았다. 또 다른 사실적 작업물을 읽을 경우에도, 가령 유럽의 역사나 콩고민주공화국 국민이 현재 겪는 곤경에 관해 읽을 때도, 우리는 지식을 늘리고, 어쩌면 우리의 입장을 다시 볼 수도 있을 것이다. 차이는 시의 경우에는 인지적 효과가 목표의 전부라는 것이다. 따라서 시의 번역을 이해하는 것은 문학 번역과 문학 전체를 이해하는 데 핵심적인 자리를 차지한다.

번역 공부는 단지 번역이 어떤 특수한 경우에 작동한 방식이나 특정한 환경에서 작동할 수도 있는 방식, 또 문학 텍스트가 작동하는 방식이나 정신이 작동하는 방식을 이해하는 수단이기만 한 것은 아니다. 지식은 행동에 활력을 불어넣기 때문에 여기서 논의한 많은 예에서 보여주려 했듯이 번역자에게도 영향을 줄 가능성이 있다. 따라서 여기서 제시한 모든 방법으로 번역을 생각해 보면 아마 번역을 하는 특정한 방법에 도달하게 될 것이다. 이 책을 읽고 생각한 결과로 나오기를 기대하는 번역은 기록인 동시에 도구이며, 창조적 읽기를 장려하고 독자에게 잠재적으로 심오한 인지적 효과—맥락을 구축하고 탐색하는 과정에서 받게 된다—

를 주는 것이다. 그런 번역은 언어와 상황의 혼성물로서 이국화되어 낯설게 느껴질 가능성이 높지만, 그럼에도 독자들이 원본의 본질을 체현한 것으로 받아들일 만한 설득력을 갖추고 있을 것이다.

참고 문헌

Abbott, C. (ed.) (1955), *The Letters of Gerard Manley Hopkins to Robert Bridges*. London: Oxford University Press.

Adams, R. (1973), *Proteus, His Lies, His Truth: Discussions of Literary Translation*. New York: Norton.

Agnorni, M. (2002), *Translating Italy for the Eighteenth Century*. Manchester: St Jerome Publishing.

Anderson, E.A. (1998), *A Grammar of Iconism*. London: Associated University Presses.

Apollinaire, G. (2003), *Calligrammes*. Paris: Gallimard.

Armitage, S. (1989), *Zoom!* Highgreen: Bloodaxe Books.

Arndt, W. (tr) (1989), *The Best of Rilke*. London: University Press of New England.

Arnold, M. (1994), *Selected Poems*. London: Penguin.

Arup, J. (1981), *Ibsen: Four Major Plays*. Oxford: Oxford University Press.

Attridge, D. (1982), *The Rhythms of English Poetry*. London: Longman.

Attridge, D. (1995), *Poetic Rhythm: An Introduction*. Cambridge: Cambridge University Press.

Attridge, D. (2004), *The Singularity of Literature*. London: Routledge.

Ausländer, R. (1977), *Gesammelte Gedichte*. Cologne: Literarischer Verlag Braun.

Austin, J.L. (1962), *How to do Things with Words*. Oxford: Oxford University Press.

Badiou, A. (2001), *Ethics*, tr. P. Hallward. London: Verso.

Baker, M. (2000), 'Towards a methodology for investigating the style of a literary translator'. *Target* 12(2): 241-266.

Barlow, A. (2009), *World and Time: Teaching Literature in Context*. Cambridge: Cambridge University Press.

Barnstone, W. (1993), *The Poetics of Translation: History, Theory, Practice*. New Haven and London: Yale University Press.

Barrett, J. (2002), 'Dumb gods, petitionary prayer and the cognitive science of religion', in I. Pyysiäinen and V. Anttonen (eds), *Current Approaches in the Cognitive Science of Religion*. London: Continuum, pp. 93-109.

Barthes, R. (1977), 'The death of the author', in S. Heath (tr and ed.), *Image—Music—Text*. London: Fontana, pp. 142-148.

Bartoloni, P. (2009), 'Renunciation: Heidegger, Agamben, Blanchot, Vattimo', *Comparative Critical Studies* 6(1): 67-92.

Bassnett, S. (1998), 'When is a translation not a translation', in S. Bassnett and A. Lefevere (eds), *Constructing Cultures: Essays on Literary Translation*. Clevedon: Multilingual Matters, pp. 25-40.

Bassnett, S. (2002), *Translation Studies*. London: Routledge.

Bassnett, S. and H. Trivedi (eds) (1999), *Post-Colonial Translation*. London: Routledge.

Beckett, S. (1999), *Worstward Ho*. London: John Calder.

Bell, A. (tr) (1992), *Christian Morgenstern: Lullabies, Lyrics, Gallows Songs*. London: North-South Books.

Bell, R. (1991), *Translation and Translating: Theory and Practice*. London: Longman.

Benjamin, W. (2004), 'The task of the translator', tr. H. Zohn, in L. Venuti (ed.), *The Translation Studies Reader* (second edn). London: Routledge, pp. 75-85.

Bennett, A. and N. Royle (2004), *Introduction to Literature, Criticism and Theory* (third edn). London: Longman.

Berger, J. (1972), *Ways of Seeing*. London: Penguin.

Berman, A. (2004), 'Translation and the trials of the foreign', tr. L. Venuti, in L. Venuti (ed.), *The Translation Studies Reader* (second edn). London: Routledge, pp. 276-289.

Bex, T., M. Burke and P. Stockwell (2000), *Contextualized Stylistics: In Honour of Peter Verdonk*. Amsterdam: Rodopi.

Bhabha, H. (1994), *The Location of Culture*. London: Routledge.

Biedermann, H. (1992), *The Wordsworth Dictionary of Symbolism*, tr. J. Hulbert. Ware: Wordsworth.

Blackburn, N. (2005), *Truth: A Guide for the Perplexed*. London: Penguin.

Blake, W. (1967), *Songs of Innocence and Experience*. Oxford: The Trianon Press.

Blakemore, D. (1987), *Semantic Constraints on Relevance*. Oxford: Blackwell.

Blakemore, D. (2002), *Linguistic Meaning and Relevance: The Semantics and Pragmatics of Discourse Markers*. Cambridge: Cambridge University Press.

Blyton, E. (2003), *The Ring O'Bells Mystery*. London: Award Publications.

Blyton, E. (2007), *The Mountain of Adventure*. London: Macmillan.

Boase-Beier, J. (2004), 'Knowing and not knowing': Style, intention and the translation of a Holocaust poem'. *Comparative Critical Studies* 2(1): 93-104.

Boase-Beier, J. (2006), *Stylistic Approaches to Translation*. Manchester: St Jerome Publishing.

Boase-Beier, J. (2009), 'Translating the eye of the poem'. *CTIS Occasional Papers*, 4: 1-15.

Boase-Beier, J. (2010a), 'Who needs theory?', in A. Fawcett, K. Guadarrama García and R. Hyde Parker (eds), *Translation: Theory and Practice in Dialogue*. London: Continuum, pp. 25-38.

Boase-Beier, J. (2010b), 'Translation and timelessness'. *Journal of Literary Semantics*, 38(2): 101-114.

Boase-Beier, J. (2010c), 'Introduction' to R. Dove (tr), Ludwig Steinherr: Before the Invention of Paradise. Todmorden: Arc Publications, pp. 28-32.

Boase-Beier, J. and M. Holman (eds) (1999), *The Practices of Literary Translation: Constraints and Creativity*. Manchester: St. Jerome Publishing.

Boase-Beier, J. and A. Vivis (trs) (1995), *Rose Ausländer: Mother Tongue*. Todmorden: Arc Publications.

Boase-Beier, J. and A. Vivis (trs) (2011), *Rose Ausländer: Mother Tongue* (second edn). Todmorden: Arc Publications.

Boland, E. (tr) (2004), *After Every War: Twentieth-Century Women Poets*. Princeton: Princeton University Press.

Bolinger, D. (1968), *Aspects of Language*. New York: Harcourt, Brace and World.

Booth, W. (1983), *The Rhetoric of Fiction* (second edn). Chicago: University of Chicago Press.

Boroditsky, L. (2004), 'Linguistic relativity' in L. Nagel (ed.), *Encyclopedia of Cognitive Science*. London: Macmillan, pp. 917-922.

Bühler, K.C. (1965), *Sprachtheorie: die Darstellungsfunktion der Sprache*. Stuttgart: Fischer.

Burke, S. (2007), *The Death and Return of the Author* (second edn). Edinburgh: Edinburgh University Press.

Burns, R. (1991), *Selected Poetry*. London: Penguin.

Burnshaw, S. (ed.) (1960), *The Poem Itself*. Harmondsworth: Penguin.

Carey, J. (2007), *What Good Are the Arts?* London: Faber and Faber.

Carper, T. and D. Attridge (2003), *Meter and Meaning: An Introduction to Rhythm in Poetry*. London: Routledge.

Carston, R. (2002), *Thoughts and Utterances: The Pragmatics of Explicit Communication*. Oxford: Blackwell.

Carter, R. (2004), *Language and Creativity: The Art of Common Talk*.

London: Routledge.

Catford, J.C. (1965), *A Linguistic Theory of Translation*. Oxford: Oxford University Press.

Chesterman, A. (1997), *Memes of Translation*. Amsterdam and Philadelphia: John Benjamins.

Chesterman, A. and E. Wagner (2002), *Can Theory Help Translators?*, Manchester: St. Jerome Publishing.

Chomsky, N. (1957), *Syntactic Structures*. The Hague: Mouton.

Chomsky, N. (1965), *Aspects of the Theory of Syntax*. Cambridge, Massachusetts: MIT Press.

Chomsky, N. (1972), *Language and Mind*. New York: Harcourt, Brace and World.

Chomsky, N. (2000), *New Horizons in the Study of Language and Mind*. Cambridge: Cambridge University Press.

Clancy, P. (2006), 'Nine years in Provence'. *In Other Words* 27: 6-12.

Cohen, S. (2002), *States of Denial: Knowing about Atrocities and Suffering*. Cambridge: Polity Press.

Concise Oxford Dictionary of Current English (1976). Oxford: Clarendon Press.

Concise Oxford English Dictionary (2008). Oxford: Oxford University Press.

Constantine, D. (tr) (2005), *Johann Wolfgang von Goethe: Faust Part I*. London: Penguin.

Cook, G. (1994), *Discourse and Literature*. Oxford: Oxford University

Press.

Crisp, P. (2008), 'Between extended metaphor and allegory: is blending enough?', *Language and Literature* 17(4): 291-308.

Croft, W. and D. Cruse (2004), *Cognitive Linguistics*. Cambridge: Cambridge University Press.

Crystal, D. (2003), *The Cambridge Encyclopedia of the English Language*. Cambridge: Cambridge University Press.

Damasio, A. (1994), *Descartes' Error: Emotion, Reason, and the Human Brain*. New York: Avon.

Damasio, A. (1999), *The Feeling of What Happens*. London: Vintage.

Davie, D. (1960) 'Syntax and music in *Paradise Lost*', in F. Kermode (ed.), *The Living Milton*, pp. 70-84.

Davis, K. (2001), *Deconstruction and Translation*. Manchester: St Jerome Publishing.

Dearmer, P., R. Vaughan Williams and M. Shaw (eds) (1968), *Songs of Praise*. London: Oxford University Press.

Diaz-Diocaretz, M. (1985), *Translating Poetic Discourse: Questions on Feminist Strategies in Adrienne Rich*. Amsterdam: John Benjamins.

Die Heilige Schrift (n.d.), tr. M. Luther, Stuttgart: Württembergische Bibelanstalt.

van Dijk, T.A. (1972), *Some Aspects of Text Grammars*. The Hague: Mouton.

van Dijk, T.A. (1977), *Text and Context*. London: Longman.

Dove, R. (ed.) (2004), *Michael Hamburger: Unterhaltung mit der Muse des Alters*. Munich: Carl Hanser Verlag.

Dryden, J. (1992), 'On translation', in R. Schulte and J. Biguenet (eds), *Theories of Translation: An Anthology of Essays from Dryden to Derrida*. Chicago: University of Chicago Press, pp. 17-31.

Eco, U. (1976), *A Theory of Semiotics*. Bloomington: Indiana University Press.

Eco, U. (1981), *The Role of the Reader*. London: Hutchinson.

Ellsworth, J. (tr) (2007), *Enid Blyton: Der Berg der Abenteuer*. München: dtv.

Elsworth, B. (tr) (2000), *Michael Strunge: A Virgin from a Chilly Decade*. Todmorden: Arc Publications.

Emmott, C. (2002) '"Split selves" in fiction and in medical "life stories": cognitive linguistic theory and narrative practice', in E. Semino and J. Culpeper (eds), *Cognitive Stylistics: Language and Cognition in Text Analysis*. Amsterdam: Benjamins, pp. 153-181.

Evans, I. (1970), *The Wordsworth Dictionary of Phrase and Fable*. Ware: Wordsworth.

Even-Zohar, I. (1978), 'The position of translated literature within the literary polysystem', in J. Holmes, J. Lambert and R. van den Broeck (eds), *Literature and Translation: New Perspectives in Literary Studies*. Leuven: acco, pp.117-127.

Exner, R. (1998), 'Nachwort', in K. Perryman (ed. and tr), *R.S. Thomas: Laubbaum Sprache*. Denklingen: Babel, pp. 75-80.

Fabb, N. (1995), 'The density of response: a problem for literary criticism and cognitive science' in J. Payne and N. Fabb (eds), *Linguistic Approaches to Literature: Papers in Literary Stylistics*. Birmingham: University of Birmingham English Language Research, pp. 143-156.

Fabb, N. (1997), *Linguistics and Literature*. Oxford: Blackwell.

Fabb, N. (2002), *Language and Literary Structure*. Cambridge: Cambridge University Press.

Fairley, I. (tr) (2001), Paul Celan: *Fathomsuns and Benighted*. Manchester: Carcanet.

Fauconnier, G. (1994), *Mental Spaces: Aspects of Meaning Construction in Natural Language*. London: MIT Press.

Fauconnier, G. and M. Turner (2002), *The Way We Think*. New York: Basic Books.

Faulkner, W. (1993), *The Sound and the Fury*. London: Picador.

Felstiner, J. (1995), *Paul Celan: Poet, Survivor, Jew*. New Haven: Yale University Press.

Ferreira, F., K. Christianson and A. Hollingworth (2000), 'Misinterpretations of garden-path sentences: implications for models of sentence processing and reanalysis'. *Journal of Psycholinguistics Research*, 30(1): 3-20.

Fish, S. (1980), *Is There a Text in This Class?* Cambridge, Massachusetts: MIT Press.

Fowler, R. (ed.) (1975), *Style and Structure in Literature*. Oxford: Blackwell.

Fowler, R. (1977), *Linguistics and the Novel*. London: Methuen.

Fowler, R. (1996), *Linguistic Criticism*. Oxford: Oxford University Press.

Freeman, D. (2008), 'Notes towards a new philology', in S. Zyngier, M. Bortolussi, A. Chesnokova and J. Auracher (eds), *Directions in Empirical Literary Studies*. Amsterdam: Benjamins, pp. 35-47.

Freeman, M. (2005), 'The poem as complex blend: conceptual mappings of metaphor in Sylvia Plath's "The Applicant"', *Language and Literature* 14(1): 25-44.

Frye, N. (1957), *The Anatomy of Criticism*. Princeton: Princeton University Press.

Furniss, T. and M. Bath (2007), *Reading Poetry*: An Introduction (second edn). London: Longman.

Garvin, P. (ed.) (1964), *A Prague School Reader on Esthetics, Literary Structure, and Style*. Washington: Georgetown University Press.

Gavins, J. (2007), *Text World Theory: An Introduction*. Edinburgh: Edinburgh University Press.

Gendlin, E. (2004), 'The new phenomenology of carrying forward', *Continental Philosophy Review* 37: 127-151.

Gibbs, R. (1994), *The Poetics of Mind: Figurative Thought, Language and Understanding*. Cambridge: Cambridge University Press.

Gifford, T. (2008), *Ted Hughes*. London and New York: Routledge.

Glasheen, A.-M.(tr) (2009), *Anise Koltz: At the Edge of Night*. Todmorden: Arc Publications.

Goodrick, A. (tr) (1962), *Johann Jakob Christian von Grimmelshausen: The Adventurous Simplicissimus*. Lincoln: University of Nebraska Press.

Green, J. and S. McKnight (eds) (1992), *Dictionary of Jesus and the Gospels*. Leicester: InterVarsity Press.

Greenbaum, S. (1996), *The Oxford English Grammar*. Oxford: Oxford University Press.

Gumperz, J. and S. Levinson (eds) (1996), *Rethinking Linguistic Relativity*. Cambridge: Cambridge University Press.

Gutt, E.-A. (2000), *Translation and Relevance* (second edn). Manchester: St. Jerome Publishing.

Gutt, E.-A. (2005), 'On the significance of the cognitive core of translation'. *The Translator* 11(1), 25-49.

Halliday, M. (1978), *Language as Social Semiotic*. London: Edward Arnold.

Hamburger, M. (tr) (1966), *Friedrich Hölderlin: Poems and Fragments*. London: Routledge and Kegan Paul.

Hamburger, M. (1991) *String of Beginnings*. London: Skoob.

Hamburger, M. (1995), *Collected Poems 1941-1994*. London: Anvil.

Hamburger, M. (2000), Intersections. London: Anvil.

Hamburger, M. (tr) (2003), *Rainer Maria Rilke: Turning-Point: Miscellaneous Poems 1912-1926*. London: Anvil.

Hamburger, M. (tr) (2004), *Peter Huchel: The Garden of Theophrastus*. London: Anvil.

Hamburger, M. (tr) (2007), *Poems of Paul Celan*. London: Anvil.

Hardy, T. (1974), *Jude the Obscure*. London: Macmillan.

Hardy, T. (1977), *Poems of Thomas Hardy*, ed. T. Creighton. London: Macmillan.

Hartley Williams, J. and M. Sweeney (2003), *Teach Yourself Writing Poetry*. London: Teach Yourself Books.

Harvey, M. (2005), *The Sum of My Parts*. Halesworth: The Poetry Trust.

Hatfield, G. (2003), *Descartes and the 'Meditations'*. London: Routledge.

Havránek, B. (1964), 'The functional differentiation of the standard language', in P. Garvin (ed.), *A Prague School Reader on Esthetics, Literary Structure, and Style*. Washington: Georgetown University Press, pp. 3-16.

Heaney, S. (1995), *The Redress of Poetry*. London: Faber and Faber.

Heidegger, M. (1957), *Der Satz vom Grund*. Pfullingen: Neske.

Herbert, G. (2007), *The English Poems of George Herbert*, ed. H. Wilcox. Cambridge: Cambridge University Press.

Hermans, T. (1996), 'The translator's voice in translated narrative'. *Target* 8(1): 23-48.

Hermans, T. (2002), 'Paradoxes and aporias in translation and translation studies', in A. Riccardi (ed.), *Translation Studies: Perspectives on an Emerging Discipline*. Cambridge: Cambridge University Press, pp. 10-23.

Hermans, T. (2007), *The Conference of the Tongues*. Manchester: St. Jerome.

Hermans, T. (2009), 'Translation, ethics, politics', in J. Munday (ed.), *The RoutledgeCompanion to Translation Studies*. London: Routledge, pp. 93-105.

Hill, G. (1971), *Mercian Hymns*. London: André Deutsch.

Hiraga, M. (2005), *Metaphor and Iconicity: A Cognitive Approach to Analyzing Texts*. Basingstoke: Macmillan.

Hofmann, W. (1975), *William Blake: Lieder der Unschuld und Erfahrung*. Frankfurt am Main: Insel.

Holmes, J. (1998), *Translated! Papers on Literary Translation and Translation Studies*. Amsterdam: Rodopi.

Holy Bible (1939), Authorized King James Version. London: Collins.

Honig, E. (ed.) (1985), *The Poet's Other Voice: Conversations on Literary Translation*. Amherst: University of Massachusetts Press.

Hopkins, G.M. (1963), *Poems and Prose*, ed. W.H. Gardner. London: Penguin.

Howard, T. and B. Plebanek (trs) (2001), *Tadeusz Różewicz: Recycling*. Todmorden: Arc Publications.

Hughes, T. (tr) (1997), *Tales from Ovid*. London: Faber and Faber.

Hulse, M. (tr) (1993), *W.G. Sebald: Vertigo*. London: Vintage.

Ibsen, H. (1962), 'Hedda Gabler' in *Natidsdramaer*. Oslo: Gyldendal Norsk Vorlag, pp. 383-484.

Ingarden, R. (1973), *The Cognition of the Literary Work of Art*.

Evanston: Northwestern University Press.

Iser, W. (1971), 'Indeterminacy and the reader's response in prose fiction', in J. Hillis Miller (ed.) *Aspects of Narrative*. New York: Columbia University Press, pp. 1-45.

Iser, W. (1974), *The Implied Reader: Patterns of Communication in Prose Fiction from Bunyan to Beckett*. Baltimore: Johns Hopkins University Press.

Iser, W. (1979), *The Act of Reading: A Theory of Aesthetic Response*. London: Routledge and Kegan Paul.

Iser, W. (2006), *How to do Theory*. Oxford: Blackwell.

Jakobson, R. (2004), 'On linguistic aspects of translation', in L. Venuti (ed.), *The Translation Studies Reader* (second edn). London: Routledge, pp. 138-143.

Jakobson, R. (2008), 'Linguistics and poetics', in D. Lodge and N. Wood (eds), *Modern Criticism and Theory: A Reader* (third edn). London: Pearson, pp. 141-164.

Johnson, M. (1987), *The Body in the Mind*. Chicago: University of Chicago Press.

Johnson, M. (2007) *The Meaning of the Body: Aesthetics of Human Understanding*. Chicago: University of Chicago Press.

Jones, F.R. (2009), 'Embassy networks: translating post-war Bosnian poetry into English', in J. Milton and P. Bandia (eds), *Agents of Translation*. Amsterdam: Benjamins, pp. 301-325.

Joyce, J. (2000), *A Portrait of the Artist as a Young Man*. Oxford:

Oxford University Press.

Kazin, A. (1974), 'Introduction' to A. Kazin (ed.), *The Portable Blake*. Harmondsworth: Penguin, pp. 1-55.

Kerr, J. (1968), *A Tiger Comes to Tea*. London: Collins.

Kinnell, G. and H. Liebmann (trs) (1999), *The Essential Rilke*. New York: Ecco Press.

Kiparsky, P. (1973), 'The role of linguistics in a theory of poetry', *Daedalus* 102: 231-244.

Kirkup, J. (2002), *Shields Sketches*. Sutton Bridge: Hub Editions.

Kleist, H. (1973), *Der zerbrochne Krug*. Stuttgart: Reclam.

Knight, M. (tr) (1963), *Christian Morgenstern: Galgenlieder*. Berkeley: University of California Press.

Koch, E. (2006), 'Cartesian corporeality and (aesth)etics', *PMLA* 121(2): 405-420.

Kövecses, Z. (2002), *Metaphor and Emotion*. Cambridge: Cambridge University Press.

Kristeva, J. (1986), 'Freud and love' in *The Kristeva Reader*, Oxford: Blackwell, pp. 240-271

Kuiken, D. (2008), 'A theory of expressive reading', in S. Zyngier, M. Bortolussi, A. Chesnokova and J. Auracher (eds), *Directions in Empirical Literary Studies*. Amsterdam: Benjamins, pp.49-68.

Lakoff, G. (2008), 'The neural theory of metaphor', in R. Gibbs (ed.), *The Cambridge Handbook of Metaphor and Thought*. Cambridge: Cambridge University Press, pp.17-38.

Lakoff, G. and M. Johnson (1980), *Metaphors We Live By*. Chicago: University of Chicago Press.

Lakoff, G. and M. Johnson (1999), *Philosophy in the Flesh*. New York: Basic Books.

Lakoff, G. and M. Turner (1989), *More Than Cool Reason: A Field Guide to Poetic Metaphor*. Chicago: University of Chicago Press.

Landers, C. (2001), *Literary Translation: A Practical Guide*. Clevedon: Multilingual Matters.

Lawson, S. (2002), *Poems of Jacques Prévert*. London: Hearing Eye.

Lee, D. (2001), *Cognitive Linguistics: An Introduction*. Oxford: Oxford University Press.

Leech, G. (2008), *Language in Literature: Style and Foregrounding*. London: Longman.

Lefevere, A. (ed.) (1992), *Translation/History/Culture: A Sourcebook*. London: Routledge.

Leimberg, I. (tr) (2002), *George Herbert: The Temple*. Munich: Waxmann Münster.

Lewes, G.H. (1855), *The Life and Works of Goethe*. London: Everyman.

Lewis, C.S. (1947), *Miracles*. London: Bles.

Lowell, R. (1990), *Imitations*. New York: Farrar, Straus and Giroux.

MacKenzie, I. (2002), *Paradigms of Reading*. London: Palgrave.

MacNeice, L. (2007), *Collected Poems*. London: Faber.

Madsen, D. (2003), *A Box of Dreams*. Sawtry: Dedalus.

Malmkjær, K. (1992) '[Review of] E.A. Gutt: "Translation and

Relevance: Cognition and Context"'. *Mind and Language* 7(3): 298-309.

Malmkjær, K. (2005), *Linguistics and the Language of Translation*. Edinburgh: Edinburgh University Press.

Mankell, H. (2002), *One Step Behind*, tr. E. Segerberg. London: Vintage.

Martindale, C. (2007), 'Deformation forms the course of literary history'. *Language and Literature* 16(2): 141-153.

McCrone, J. (1990), *The Ape that Spoke*. London: Macmillan.

McCrum, R. (1999), 'Ghost writer'. *The Observer*, December 12, 1999.

McCully, C. (1998), 'The beautiful lie: towards a biology of literature', *PN Review* 121: 22-24.

Mehrez, S. (1992), 'Translation and the postcolonial experience: the francophone North African text', in L. Venuti (ed.) *Rethinking Translation: Discourse, Subjectivity, Ideology*. London: Routledge, pp. 128-138.

Mey, J.L. (2001), *Pragmatics* (second edn). Oxford: Blackwell.

Miall, D. (2007), 'Foregrounding and the sublime: Shelley in Chamonix'. *Language and Literature* 16(2): 155-168.

Miall, D. and D. Kuiken (1994a), 'The form of reading: empirical studies of literariness'. *Poetics* 25: 327-341.

Miall, D. and D. Kuiken (1994b), 'Foreground, defamiliarization, and affect: response to literary stories'. *Poetics* 22: 389-407.

Milroy, J. and L. Milroy (1991), *Authority in Language* (second edn). London and New York: Routledge.

Mithen, S. (1996), *The Prehistory of the Mind*. London: Phoenix.

Montgomery, M., A. Durant, N. Fabb, T. Furniss and S. Mills (2000), *Ways of Reading: Advanced Reading Skills for Students of English*. London: Routledge.

Morgenstern, C. (1965), *Gesammelte Werke*. München: Piper.

Morrison, B. (tr) (1996), *The Cracked Pot*. London: Samuel French.

Mukařovský, J. (1964), 'Standard language and poetic language', in P. Garvin (ed.), *A Prague School Reader on Esthetics, Literary Structure, and Style*. Washington: Georgetown University Press, pp. 17-30.

Munday, J. (2008), *Style and Ideology in Translation: Latin American Writing in English*. London: Routledge.

Munday, J. (ed.) (2009), *The Routledge Companion to Translation Studies*. London: Routledge.

Newmark, P. (1988), *A Textbook of Translation*. London: Phoenix.

Newmark, P. (1993), *Paragraphs on Translation*. Clevedon: Multilingual Matters.

Newmark, P. (2009), 'The linguistic and communicative stages in translation theory', in J. Munday (ed.), *The Routledge Companion to Translation Studies*, London: Routledge, pp. 20-35.

Nida, E. (1964), *Toward a Science of Translating*. Leiden: Brill.

Nietzsche, F. (1998), *Beyond Good and Evil*. Oxford: Oxford

University Press.

Nord, C. (1997), *Translating as a Purposeful Activity: Functionalist Approaches Explained*. Manchester: St. Jerome Publishing.

Oakley, B. (2007), *Evil Genes*. New York: Prometheus Books.

O'Hear, A. (1985), *What Philosophy Is*. Atlantic Highlands: Humanities Press International.

Osers, E. (tr) (2007), *Rose Ausländer: Selected Poems*. London: London Magazine Editions.

Osers, E. (2001), *The Snows of Yesteryear*. London: Elliott and Thompson.

Owen, W. (1990), *The Poems of Wilfred Owen*, ed. J. Stallworthy. London: Chatto and Windus.

Parks, T. (1998), *Translating Style*. London: Cassell.

Parks, T. (2007) *Translating Style* (second edn). Manchester: St Jerome Publishing.

Paterson, D. (tr) (2006), *Rilke: Orpheus*. London: Faber and Faber.

van Peer, W. (1986), *Stylistics and Psychology: Investigations of Foregrounding*. London: Croom Helm.

van Peer, W. (2000), 'Hidden meanings', in T. Bex, M. Burke and P. Stockwell (eds), *Contextualized Stylistics*. Amsterdam: Rodopi, pp. 39-47.

van Peer, W. (2007), 'Introduction to foregrounding: a state of the art', *Language and Literature* 16(2): 99-104.

Peirce, C.S. (1960), *Collected Papers of Charles Sanders Peirce*, Vol I and II, ed. C. Hartshorne and P. Weiss. Cambridge, Massachusetts: Harvard University Press.

Perryman, K. (tr and ed.) (1998), R.S. Thomas: *Laubbaum Sprache*. Denklingen: Babel.

Perryman, K. (tr and ed.) (2003), R.S. Thomas: *Die Vogelscheuche Nächstenliebe*. Denklingen: Babel.

Picoche, J. (1994), *Dictionnaire Étymologique du Français*. Paris: Les Usuels.

Picoult, J. (2008), *Nineteen Minutes*. London: Hodder and Stoughton.

Pilkington, A. (2000), *Poetic Effects: A Relevance Theory Perspective*. Amsterdam and Philadelphia: Benjamins.

Pinker, S. (1994), *The Language Instinct: The New Science of Language and Mind*. London: Penguin.

Pinker, S. (1999), *Words and Rules*. London: Weidenfeld and Nicolson.

Pinker, S. (2007), *The Stuff of Thought*. London: Penguin.

Pope, R. (1995), *Textual Intervention*. London: Routledge.

Pope, R. (2005), *Creativity: Theory, History, Practice*. London: Routledge.

Pym, A. (2010), *Exploring Translation Theories*. London and New York: Routledge.

Qvale, P. (2003), *From St. Jerome to Hypertext*. Manchester: St Jerome Publishing.

Rahner, H. (1983), *Greek Myths and Christian Mystery*. London: Burns and Oates.

Ratey, J. (2001), *A User's Guide to the Brain*. London: Little, Brown and Company.

Reah, D. (2003), *Bleak Water*. London: Harper Collins.

Reidel, J. (tr) (2006), *Thomas Bernhard: In Hora Mortis; Under the Iron of the Moon*. Princeton: Princeton University Press.

Reiß, K. (1971), *Möglichkeiten und Grenzen der Übersetzungskritik*. Munich: Hueber.

Reiß, K. and H.J. Vermeer (1984), *Grundlegung einer allgemeinen Translationstheorie*. Tübingen: Niemeyer.

Richards, I.A. (1970), *Poetries and Sciences*. New York: Norton.

Richardson, L.L. (1983), *Committed Aestheticism: The Poetic Theory and Practice of Günter Eich*. New York: Peter Lang.

Ricks, C. (1963), *Milton's Grand Style*. Oxford: Oxford University Press.

Ricœur, P. (2006), *On Translation*. London: Routledge.

Riffaterre, M. (1959), 'Criteria for style analysis'. *Word* 15: 154-174.

Riffaterre, M. (1992), 'Transposing presuppositions on the semiotics of literary translation', in R. Schulte and J. Biguenet (eds), *Theories of Translation*. Chicago: University of Chicago Press, pp. 204-217.

Rimbaud, A. (2001) *Collected Poems*, tr. Martin Sorrell. Oxford: Oxford University Press.

Roberts, I. (1997), *Comparative Syntax*. London: Arnold.

Robinson, D. (ed.) (2002), *Western Translation Theory from Herodotes to Nietzsche*. Manchester: St Jerome Publishing.

Rocca, G. (2004), *Speaking the Incomprehensible God: Thomas Aquinas on the Interplay of Positive and Negative Theology*. Washington: Catholic University of America Press.

Rogers, B. (2006), *The Man Who Went into the West*. London: Aurum Press.

Ross, H. (1982), 'Hologramming in a Robert Frost poem: the still point', in The Linguistic Society of Korea (eds), *Linguistics in the Morning Calm*. Seoul: Hanshin Publishing, pp. 685-691.

Russell, B. (1957), *Why I am not a Christian*. London: Allen and Unwin.

Salinger, J.D. (1987), *The Catcher in the Rye*. Harmondsworth: Penguin.

Sansom, P. (1994), *Writing Poems*. Highgreen: Bloodaxe.

Sapir, E. (1949), *Selected Writings in Language*, Culture and Personality, ed. D. Mandelbaum. Berkeley: University of California Press.

Saussure, F. de (1966), *Course in General Linguistics*. New York and London: McGraw-Hill.

Sayers Peden, M. (1989), 'Building a translation, the reconstruction business: poem 145 of Sor Juana Inés de la Cruz', in J. Biguenet and R. Schulte (eds), *The Craft of Translation*. Chicago: University of Chicago Press, pp. 13-27.

Schlant, E. (1999), *The Language of Silence: West German Literature and the Holocaust*. London: Routledge.

Schlegel, W. and L. Thieck (trs) (1916), *William Shakespeare: Hamlet*.

Jena: Eugen Diederichs.

Schleiermacher, F. (1992), 'On the different methods of translating', in R. Schulte and J.Biguenet (eds), *Theories of Translation*. Chicago and London: University of Chicago Press, pp 36-54.

Schulte, R. and J. Biguenet (eds) (1992), *Theories of Translation*. Chicago and London: University of Chicago Press.

Scott, C. (2008), *Translating Baudelaire*. Exeter: University of Exeter Press.

Scott, C. (2008), 'Our engagement with literary translation'. *In Other Words* 32: 16-29.

Scott Moncrieff, C. (tr) (1929), *Stendhal: The Red and the Black*. University of Virginia: The Modern Library.

Sebald, W.G. (1990), *Schwindel. Gefühle*. Frankfurt am Main: Eichborn Verlag.

Semino, E. (1997), *Language and World-Creation in Poems and Other Texts*. London: Longman.

Semino, E. (2002), 'A cognitive stylistic approach to mind style in narrative fiction', in E. Semino and J. Culpeper (eds), *Cognitive Stylistics: Language and Cognition in Text Analysis*. Amsterdam: Benjamins, pp. 95-122.

Sendak, M. (1963), *Where the Wild Things Are*. Harmondsworth: Penguin.

Shakespeare, W. (1956), *The Works of Shakespeare*, ed. W. Clark and W. Wright. London: Macmillan.

Shklovsky, V. (1965), 'Art as technique', in L. Lemon and M. Reis (eds), *Russian Formalist Criticism: Four Essays*. London: University of Nebraska Press, pp. 3-24.

Short, M. (1996), *Exploring the Language of Poems, Plays and Prose*. London: Longman.

Simmonds, K. (1988), Sunday at the Skin Launderette. Bridgend: Seren.

Simpson, P. (1993), *Language, Ideology and Point of View*. London: Routledge.

Slobin, D.I. (1987), 'Thinking for speaking'. *Proceedings of the 13th Annual Meeting of the Berkeley Linguistics Society* 30: 435-444.

Slobin, D. (2003), 'Language and thought online: cognitive consequences of linguistic relativity', in D. Gentner and S. Gocklin-Meadow (eds), *Language in the Mind: Advances in the Study of Language and Thought*. Cambridge, Massachusetts: MIT Press, pp. 157-192.

Snell-Hornby, M. (1988), *Translation Studies: An Integrated Approach*. Amsterdam: John Benjamins.

Snell-Hornby, M. (2006), *The Turns of Translation Studies*. Amsterdam: Benjamins.

Sontag, S. (2000), 'On W.G. Sebald', *Times Literary Supplement*, February 25, 2000.

Sørensen, J. (2002), '"The morphology and function of magic" revisited', in I. Pyysiäinen and V. Anttonen (eds), *Current*

Approaches in the Cognitive Science of Religion. London: Continuum, pp. 177-202.

Sorrell, M. (tr) (2001), *Claude de Burine: Words Have Frozen Over*. Todmorden: Arc Publications.

Sperber, D. (1996), *Explaining Culture: A Naturalistic Approach*. Oxford: Blackwell.

Sperber, D. and D. Wilson (1995), *Relevance: Communication and Cognition*. Oxford: Blackwell.

Spigge, E. (tr.) (1995), 'August Strindberg: The Father' in E. Spigge (tr and ed.), *Six Plays of Strindberg*. New York and London: Anchor, pp. 1-57.

Spolsky, E. (1993), *Gaps in Nature: Literary Interpretation and the Modular Mind*. Albany: SUNY Press.

Spolsky, E. (2002), 'Darwin and Derrida: cognitive literary theory as a species of post-structuralism'. *Poetics Today* 23(1): 43-62.

Steiner, G. (1966), *The Penguin Book of Modern Verse Translation*. Harmondsworth: Penguin.

Stockwell, P. (2002), *Cognitive Poetics: An Introduction*. London: Routledge.

Stockwell, P. (2009), *Texture: A Cognitive Aesthetics of Reading*. Edinburgh: Edinburgh University Press.

Strachan, J. and R. Terry (2000), *Poetry*. Edinburgh: Edinburgh University Press.

Strindberg, A. (1984), 'Fadren' in *Samlade Verk* Vol 27. Stockholm:

Almqvist and Wiksell Förlag, pp. 7-98.

Strubel, A. (2008), *Kältere Schichten der Luft*. Frankfurt am Main: Fischer.

Tabakowska, E. (1993), *Cognitive Linguistics and Poetics of Translation*. Tübingen: Narr.

Tan, Z. (2006), 'Metaphors of translation', *Perspectives: Studies in Translatology*, 14(1): 40-54.

Taylor, J.B. (2008), *My Stroke of Insight*. London: Hodder and Stoughton.

Tennyson, A. (1894), *The Works of Alfred Lord Tennyson, Poet Laureate*. London: Macmillan.

Tennyson, H. (1897), *Alfred Lord Tennyson: A Memoir*, Vol I. London: Macmillan.

Thomas, E. (1997), *Edward Thomas* (ed.) W. Cooke. London: Dent.

Thomas, R.S. (1993), *Collected Poems 1945-1990*. London: Orion.

Thomas, R.S. (2004), *Collected Later Poems 1988-2000*. Highgreen: Bloodaxe Books.

Thurner, D. (1993), *Portmanteau Dictionary: Blend Words in the English Language, Including Trademarks and Brand Names*. London: McFarland.

von Törne, V. (1981), *Im Lande Vogelfrei: Gesammelte Gedichte*. Berlin: Wagenbach.

Tourniaire, C. (1999), 'Bilingual translation as a re-creation of the censored text: Rhea Galanaki in English and French', in J. Boase-

Beier and M. Holman (eds), pp. 71-80.

Toury, G. (1980), *In Search of a Theory of Translation*. Tel Aviv: Tel Aviv University.

Toury, G. (1995), *Descriptive Translation Studies and Beyond*. Amsterdam and Philadelphia: John Benjamins.

Trotter, D. (1992), 'Analysing literary prose: the relevance of relevance theory'. *Lingua* 87: 11-27.

Tsur, R. (1992), *What Makes Sound Patterns Expressive*. Durham: Duke University Press.

Tsur, R. (2002), 'Some cognitive foundations of "Cultural Programs"'. *Poetics Today* 23(1): 63-80.

Turner, M. (1991), *Reading Minds: The Study of English in the Age of Cognitive Science*. Princeton: Princeton University Press.

Turner, M. (1996), *The Literary Mind: The Origins of Thought and Language*. Oxford: Oxford University Press.

Turner, M. and G. Fauconnier (1999), 'A mechanism of creativity'. *Poetics Today*, 20(3): 397-418.

Tymoczko, M. (2007), *Enlarging Translation, Empowering Translators*. Manchester: St. Jerome Publishing.

Tytler, A.F. (2002) 'The proper task of a translator', in D. Robinson (ed.), pp. 209-212.

Vardy, P. (1999), *The Puzzle of Evil*. London: Fount Books

Vendler, H. (1995), *Soul Says: On Recent Poetry*. Cambridge, Massachusetts: Harvard University Press.

Venuti, L. (1998), *The Scandals of Translation*. London: Routledge.

Venuti, L. (2008), *The Translator's Invisibility: A History of Translation* (second edn). London: Routledge.

Verdonk, P. (ed.) (1993), *Twentieth-Century Poetry: From Text to Context*. London: Routledge.

Verlaine, P. (2001), *Romances sans paroles*. Paris: Gallimard.

Verschueren, J. (1999), *Understanding Pragmatics*. London: Arnold.

Vincent, J. (2002), *Queer Lyrics: Difficulty and Closure in American Poetry*. New York: Palgrave Macmillan.

Vogler, C. (2007), *The Writer's Journey*. Studio City, California: Michael Wiese.

de Waard, J. and E. Nida (1986), *From One Language to Another*. New York: Thomas Nelson Publishers.

Wales, K. (2001), *A Dictionary of Stylistics*. London: Longman.

Wechsler, R. (1998), *Performing Without a Stage: The Art of Literary Translation*. North Haven: Catbird Press.

Weissbort, D. (ed.) (1989), *Translating Poetry: The Double Labyrinth*. London: Macmillan.

Werth, P. (1999), *Text Worlds: Representing Conceptual Space in Discourse*. London: Longman.

Westerweel, B. (1984), *Patterns and Patterning: A Study of Four Poems by George Herbert*. Amsterdam: Rodopi.

Whorf, B.L. (1956), 'An American Indian model of the universe', in J. Carroll (ed.) *Language, Thought and Reality: Selected Writings of*

Benjamin Lee Whorf. Cambridge, Massachusetts: MIT Press, pp. 57-64.

Wimms, J. (1915), *An Introduction to Psychology for the Use of Teachers*. London: Charles and Son.

Wimsatt, W.K. (ed.) (1954a), *The Verbal Icon*. Lexington: University of Kentucky Press:

Wimsatt, W.K. (1954b), 'The intentional fallacy' in W. Wimsatt (ed.), pp. 3-18.

Woolf, L.S. and V. Woolf (1917), *Mark on the Wall*. London: Hogarth.

Zeki (1999), 'The neurology of ambiguity', in H. Turner (ed.) *The Artful Mind*. Oxford: Oxford University Press, pp. 243-270.

Zhu, Chunshen (2004), 'Repetition and signification; a study of textual accountability and perlocutionary effect in literary translation'. *Target* 16(2): 227-252.

Zola, E. (1995), *L'Assommoir*, tr. M. Mauldon. Oxford: Oxford University Press.

우선 제목 이야기부터 해야 할 듯하다. 이 책의 원제는 *A Critical Introduction to Translation Stuides*이며, 이는 그대로 옮기면 "번역학의 비판적 소개" 정도가 될 것이다. 번역에 관한 논의야 오래전부터 있었지만, 이런 논의가 "번역학"이라는 명칭으로 하나의 학문 분야로서 자리를 잡게 된 것은 불과 수십 년의 일이다. 그러나, 비록 역사는 짧지만, 늦게 탄생한 학문 분야가 흔히 그렇듯이 번역학 또한 인접 학문으로부터 지원을 받았고, 또 말과 글을 다루는 이 분야의 특성상 그 젖줄이 되는 학문들도 폭이 넓어 번역학은 꽤나 복잡한 지형을 형성하게 되었다. 따라서 소개 수준이라 해도 그 지도를 그리는 것은 의외로 간단한 일이 아니다. 이책의 저자 진 보즈 바이어는 그런 시도를 하고 있을 뿐 아니라, 거기에서 몇 걸음 더 나아가고 있다.

대개 번역학의 지도를 그리는 책들은 여기에 뭐가 있고 저기에 뭐가 있다는 식으로, 겉모습을 객관적으로 보여주는 데 만족하고 만다. 즉 번역에 대한 여러 접근법을 깔끔하게 정리하여 잘 늘어놓는 것을 목표로 삼는다는 것이다. 그러나 이 책의 저자는 그런 지도상의 형태가 나타나게 된 원인들에 관심을 갖고, 다양한 접근법들의 뿌리까지, 즉 그런 접근법들이 등장하게 된 문제의식까지 거슬러 올라가는 사유를 보여준다. 그 결과 보즈 바이어는 자기 나름의 관점에 입각하여 번역과 관련된 복잡한 논의를 마치 내러티브를 구성하듯 일관된 흐름으로 잡아내 제시하는 어려운 일을 해냈다. 그리고 그런 특징은 원제의 "비판적 소개"라는 말에서도 드러나고 있다.

물론 "비판적 소개"라는 말은 원서의 출판사가 기획한 시리즈에 붙인 말이기도 하다. 그러나 다른 책들은 어떤지 몰라도, 이번역학 입문서의 경우에는 이 말이 각별한 의미가 있다. 저자가자신의 입장을 드러내지 않고 번역과 관련된 여러 접근법을 중립적으로 소개하기보다는, 앞서 말했듯이, 자기 나름의 확고한 입장을 바탕으로 번역의 제반 문제를 검토하고 그 논리적 흐름 속에서 여러 접근법을 비판적으로 소화해 나아가기 때문이다. 이런방식 때문에 이 책은 이런저런 접근법을 찾아보는 사전 같은 구성을 보여주는 것이 아니라, 일관된 논리적 흐름과 완결성을 갖춘 하나의 이야기로 전개되어 나가며, 다른 것은 몰라도 이 매력하나만으로도 읽어볼 가치가 있다고 말할 수 있을 듯하다.

저자 자신의 번역을 바라보는 입장, 즉 번역론은 "번역 시학"이라는 말로 요약할 수 있을 듯하다. 저자의 이런 입장 또한 다른번역론들과 마찬가지로 인접 학문의 성과에 의지하고 있는데, 저자의 경우 그것은 인지 시학이다. 그러나 저자는 이 책에서 인지시학으로부터 번역 시학을 끌어내는 과정을 보여주는 것도 아니고, 또 번역 시학이 무엇인지 정의한 다음 그 칼로 도마 위에 오른 다른 접근법들을 썰어나가지도 않는다—혹시 "비판적 소개"라는 말에서 그런 인상을 받았을까 봐 하는 말이지만. 처음에는자신의 입장을 드러내지 않고, 번역에 관심 있는 사람이라면 누구나 생각해보았음직한 쟁점들을 짚어가는 가운데 자신의 생각을 차곡차곡 쌓아나가며, 그래서 우리는 이 책의 마지막에 가서 저자가 말하는 번역 시학의 전모를 파악하게 된다. 이 또한 상당히 설득력 있는 방식으로 보인다.

대체로 이러한 내용을 담고 있는 원서의 "번역학의 비판적 소개"라는 제목을 이 번역서에서는 『문학의 번역』으로 바꾸었다. 여기에는 물론 여러 고려가 있었지만, 무엇보다도 우리의 경우에는 원서처럼 시리즈 제목의 틀에 맞추어야 한다는 부담이 없고, 그럴 경우 『문학의 번역』이라는 제목이 책의 내용과 저자의 의도를 잘 살릴 수 있다고 보았다. 물론 이 책이 문학 번역만 다루는 것은 아니지만, 혹시 제목 때문에 비문학 번역은 고려하지 않는다는 인상을 줄지도 모른다는 걱정이 없지는 않았다. 그러나 어떤 면에서는 그런 인상을 주어도 어쩔 수 없다는 생각도 있었는데, 이 점에 대해서는 약간의 설명을 덧붙이는 것이 좋을 듯하다.

문학이 단지 정신의 작동 방식을 특히 잘 보여주는 예에 불과했듯이, 번역 시학 또한 우리 정신의 작동 방식을 특히 잘 설명해주는 번역 연구다.

본문의 뒷부분에서 가져온 이 인용문은 저자가 이 책을 쓴 태도를 가장 잘 보여준다고 여겨지는데, 저자는 문학 번역을 이야기하는 것이 단지 문학 번역 자체만을 이야기하는 것이 아니라 번역 전체의 특징을 집약한 가장 좋은 예를 이야기하는 것이라고 생각한다. 이것은 문학을 이야기하는 것이 인간 정신을 이야기하는 가장 좋은 방법이라는 인지 시학적 발상과 통하며, 이런 점이 저자가 번역 시학을 주창하는 이유이기도 하다. 따라서 저자의 입장을 원용해 말하자면 우리가 붙인 『문학의 번역』이라는 제목은 그냥 『번역』이라는 제목으로 받아들여도 좋다는 뜻이 된다.

이것은 의미심장한 이야기다. 사실 번역에 관해 이야기하는 사람들 사이에는 문학 번역과 비문학 번역 사이에 건널 수 없는 강이 놓여 있다는 인식이 널리 퍼져 있다. 문학 번역에는 다른 번역에서 찾아볼 수 없는 어떤 특수한 면들이 있고, 이런 면들에 관한 논의는 비문학 번역에는 적용될 수 없다는 것이다. 따라서 문학 번역과 비문학 번역을 아우르는 "통일 이론"의 성립은 마치 물리학에서 대통일 이론을 수립하려는 것과 마찬가지로 지난한 일로 여기는 사람들이 많다. 그러나 이 책의 저자는 그 나름의 방식으로, 그것도 매우 설득력 있는 방식으로 통일이 가능하다고 이야기하고 있으며, 실제로 비문학 번역에서도 많은 예를 가져와 그 점을 보여주고 있다.

옮긴이가 이 책에서 놀란 점은 바로 이런 대목들, 즉 자칫 그냥 그런가 보다 하고 넘어가기 쉽지만 가만히 보면 번역론의 난제와 연결되는 사유가 자리를 잡고 있는 지점들이었다. 말이 나온 김에 옮긴이가 번역론에 관한 많은 책들 가운데도 굳이 이 책을 골라 번역한 이유, 다시 말해서 옮긴이가 이 책에서 놀랐던 점들을 이야기하여 이 책의 매력을 좀더 드러내두는 것이 좋을 듯하다.

첫번째로 놀란 점은 이 얇은 책이 번역과 관련된 논점을 거의 모두 다루고 있다는 것이다. 예를 들어, 직역과 의역의 대립이 궁금한가? 번역이 창조인지 아닌지 궁금한가? 아니, 도대체 번역이 무엇인지, 무엇이 번역이고 무엇이 번역이 아닌지 궁금한가? 아마 이 책에서는 우리가 떠올릴 수 있는 거의 모든 문제를 찾아볼 수 있을 것이다. 번역학을 소개하는 책이라면 그 정도는 당연한 것 아니냐고 말할 수도 있지만, 앞서 말했듯이 저자 자신의 입장인 번역 시학으로 가는 길을 염두에 두고 그 길에 쟁점들을 차근차근 배치하는 것은 쉽지 않은 일이다. 뒤집어 말하면 저자가 나중에 제시하는 입장이 번역의 수많은 쟁점에 관한 깊은 사유의 결과로 나온 것임을 짐작할 수 있다. 그래서 이 책은 그런 쟁점들을 모두 포괄하고 있을 뿐 아니라, 놀랍게도 그 쟁점들 사이의 연결까지 보여준다. 다만 소개라는 말에 어울리게, 또 얇은 분량에 어울리게, 매우 압축적으로 다루어지기 때문에, 위의 문학 번역과 비문학 번역의 문제에서 이야기했듯이, 유심히 보지 않으면, 또는 읽는 사람이 문제의식이 없으면 놓치고 그냥 지나갈 수도 있다.

두번째로, 이런 번역론의 쟁점들이 모두 번역학에서 거둔 학문적 성과와 연결되어 논의되고 있다. 원제목에 따르면 이 책은 번역학을 소개하는 것이지만, 번역학 자체를 표면에 내세우는 것이 아니라 흔히 거론되는 번역의 쟁점들을 거점 삼아 이야기를 풀어나가며, 또 그것이 중요한 장점이기도 하다. 그러나 번역학을 소개하는 임무에서도 소홀한 것이 아니어서, 해당 쟁점들을 논의하면서 번역학의 학문적 논의와 연결하는 일을 잊지 않는다. 물론 이야기의 중심 흐름을 잡아나가는 것은 쟁점에 대한 논의이기 때문에 번역학적 이론 자체를 길게 소개하는 일은 드물지만, 우리가 무심히 보아 넘길 수도 있는, 또는 귀찮게 여길 수도 있는 괄호 안의 참조 사항들이 모두 본격적인 번역학 공부로 들어갈 수 있는 길잡이들이라고 할 수 있다. 따라서 가만히 읽어나가다 보면 이 책이 번역의 쟁점을 모두 망라했을 뿐 아니라, 번역학의 접근법도 모두 망라하고 있고, 게다가 그 둘을 영리하게 연결시키고 있다는 것을 알 수 있을 것이다.

세번째로 놀라운 점은 이런 쟁점들을 다룰 뿐 아니라, 대부분의 경우 저자가 그 나름으로 답을 제시한다는 것이다. 물론 앞서도 말했듯이, 저자의 입장인 번역 시학을 답이라고 제시해놓고, 모든 문제에 그것을 기계적으로 적용하지는 않는다. 번역 시학은 저자가 여러 쟁점을 세밀하게 파헤치고 분석하고 숙고한 결과 나온 작은 답들을 쌓아간 끝에 얻어낸 큰 그림일 뿐이다. 이것은 옳은 그림일까? 옮긴이가 보기에 이 그림이 옳으냐 아니냐 하는 것보다 더 중요한 점은, 어쩌면 번역 시학을 통해 번역 이론과 문학 이론이—또 거기에 인간의 정신을 다루는 이론까지—결합된다는 것일지도 모른다. 그런 포괄적인 지평이 아니고는 번역에 관한 이야기를 모두 담아낼 수 없을 것 같기 때문이다. 그렇게 넓은 지평을 열어놓았다는 점을 가장 높이 사기는 하지만, 실제로 구체적인 쟁점들로 들어가서도 저자가 제시하는 답에 대부분의 경우 동의할 수 있었다는 것이 옮긴이가 네번째로 놀란 점이다. 어쩌면 옮긴이가 가장 놀란 점은 바로 이 부분이었다고도 할 수 있는데, 이것이 바로 이 책을 번역해야겠다고 마음먹은 가장 중요한 이유이기도 하다.

문학의 번역

1판 1쇄 발행 　|　 2017년 4월 10일

지은이 　　|　 진 보즈 바이어
옮긴이 　　|　 정영목
펴낸이 　　|　 정홍수
편집 　　　|　 김현숙 이진선
펴낸곳 　　|　 (주)도서출판 강
출판등록 　|　 2000년 8월 9일(제2000-185호)

주소 　　　|　 서울시 마포구 동교로17안길 21(우 04002)
전화 　　　|　 02-325-9566
팩시밀리 　|　 02-325-8486
전자우편 　|　 gangpub@hanmail.net

값 20,000원
ISBN 978-89-8218-220-4　　03800

이 도서의 국립중앙도서관 출판예정도서목록(CIP)은 서지정보유통지원시스템 홈페이지(http://seoji.nl.go.kr)와
국가자료공동목록시스템(http://www.nl.go.kr/kolisnet)에서 이용하실 수 있습니다.(CIP제어번호: CIP2017007370)

*잘못 만들어진 책은 구입처에서 교환해드립니다.